FATE
A SAGA WINX

Acendendo a chama

FATE
A SAGA WINX

Acendendo a chama

Sarah Rees Brennan

Tradução
Paula Pedro de Scheemaker

Principis

Esta é uma publicação Principis, selo exclusivo da Ciranda Cultural
© 2022 Ciranda Cultural Editora e Distribuidora Ltda.

Fate: A Saga Winx™ © 2022 Rainbow S.p.A. All Rights Reserved.
Fate: A Saga Winx™ is based on the Winx Club Series created by Iginio Straffi.
© Netflix 2022. Used with permission.

Título original
Fate: The Winx Saga
Lighting the Fire

Texto
Sarah Rees Brennan

Tradução
Paula Pedro de Scheemaker

Editora
Michele de Souza Barbosa

Produção editorial
Ciranda Cultural

Revisão
Fernanda R. Braga Simon

Diagramação
Linea Editora

Dados Internacionais de Catalogação na Publicação (CIP) de acordo com ISBD

B838f	Brennan, Sarah Rees
	Fate: a saga Winx - acendendo a chama / Sarah Rees Brennan ; traduzido por Paula Pedro de Scheemaker. - Jandira, SP : Principis, 2022. 256 p. : 15,50cm x 22,60cm.
	Título original: Fate: the winx saga - Lighting the fire ISBN: 978-65-5552-751-3
	1. Literatura infantojuvenil. 2. Fada. 3. Fantasia. 4. Magia. 5. Netflix. Scheemaker, Paula Pedro de. V. II. Título.
2022-0587	CDD 028.5 CDU 82-93

Elaborado por Lucio Feitosa - CRB-8/8803

Índice para catálogo sistemático:
1. Literatura infantojuvenil 028.5
2. Literatura infantojuvenil 82-93

1ª edição em 2022
www.cirandacultural.com.br
Todos os direitos reservados.
Nenhuma parte desta publicação pode ser reproduzida, arquivada em sistema de busca ou transmitida por qualquer meio, seja ele eletrônico, fotocópia, gravação ou outros, sem prévia autorização do detentor dos direitos, e não pode circular encadernada ou encapada de maneira distinta daquela em que foi publicada, ou sem que as mesmas condições sejam impostas aos compradores subsequentes.

Sumário

Conto de fadas n.º 1 9
Conto de fadas n.º 2 50
Conto de fadas n.º 3 95
Conto de fadas n.º 4 130
Conto de fadas n.º 5 164
Conto de fadas n.º 6 210
Reconhecimentos 256

Dedicado a Anthony e Fionnuala, lorde
e lady Ardee, e toda a turma, com os
agradecimentos pela calorosa recepção em
Killruddrey House, a Alfea da vida real.

Conto de fadas n.º 1

*Os bem-dotados, os escolhidos,
Todos por sua juventude arruinados,
Todos, todos, por aquela inumana
Amarga glória destruída.*
— W. B. Yeats

Bem-vindos a Alfea!

Um panfleto para futuros estudantes participantes de primeiro Dia da Orientação

O castelo de Alfea foi construído há muito tempo como um lugar dedicado a educar jovens fadas e encorajar o espírito de comunidade entre aqueles que possuem diferentes magias de fadas. Cem anos depois, o *Hall* dos Especialistas foi anexado ao prédio principal, a divisão militar onde aqueles que não são fadas, mas que são nossos aliados, podem ser treinados na arte da guerra.

Seja você um Especialista ou uma fada, seja sua magia de fada da água, terra, luz, mente, tecnologia, fogo ou ar, hoje nós o convidamos a se juntar a esta antiga tradição! Caminhe pelos campos de Alfea, descubra o labirinto, passeie pela floresta (por favor, não chegue muito perto da Barreira) e comece sua jornada de autoconhecimento dentro destes salões de pedra atemporais.

Aviso de segurança

- Não se aproxime da Ala Leste, uma vez que está em péssimo estado de conservação.
- Não toque em nenhuma planta da estufa sem a supervisão direta do professor Harvey. Muitas dessas plantas são mágicas ou venenosas. Ou magicamente venenosas.
- Não peça a um Especialista para lutar contra você, uma vez que ele pode arrancar sua cabeça.
- Não subestime as magias que não conhece. Você pode ser uma Fada da Terra, capaz de comandar todas as plantas que crescem no solo, mas uma Fada da Água pode afogá-la, e uma Fada da Luz pode cegá-la.
- Lembre-se de que é importante ser respeitável com todos. Nossa perspectiva para Alfea é a harmonia.

ESTA SEÇÃO É APENAS PARA AS FADAS DO PRIMEIRO MUNDO E TROCADAS. SE VOCÊ FOR DO REINO DE SOLARIA, ERAKLYON, ETC., SINTA-SE À VONTADE PARA TRANSPOR ESTA PARTE.

Este reino pode parecer muito diferente para aqueles que são do mundo humano, com magia em vez de eletricidade e reis e rainhas poderosos em vez de presidentes e primeiros-ministros. Deixe-me garantir a vocês a resposta para a primeira pergunta que todos fazem – nós temos internet. Embora não seja rápida como a sua internet, vocês podem se conectar, e seus telefones funcionarão aqui. Vocês podem até ligar para casa!

O envelhecer do coração

O castelo no reino das fadas de Solaria localizava-se próximo à cachoeira e à floresta. Praticamente todas as fadas encaminhavam suas crianças para Alfea, a única instituição educacional em todo o reino que formava cidadãos-fada modelo. Farah Dowling, diretora de Alfea, tinha muito orgulho dessa reputação. Sacrificou sua vida para conquistá-la e não permitiria que nada arranhasse essa imagem.

Seu orgulho por Alfea foi o motivo pelo qual decidiu organizar o Dia da Orientação. Para o evento, elaborou informativos ainda rascunhados, por isso reviu a página e riscou as palavras "para trocadas", pois, na verdade, as trocadas não existiam mais; atualmente todas eram fadas iluminadas e modernas. Em seguida, deixou o rascunho do panfleto "Bem-vindo a Alfea" para o Dia da Orientação sobre a escrivaninha, além de guardar a carta secreta, de modo que pudesse mais tarde dar uma última olhada.

Como de hábito, pedia ao seu assistente para cuidar de toda aquela papelada. Havia escolhido um assistente humano porque desejava mostrar que humanos poderiam trabalhar harmoniosamente ao lado de fadas. Contudo, passados alguns meses, constatou que Callum não tinha habilidades que atendessem às suas expectativas além de manter os arquivos em ordem. Outro fato que a intrigava era algo semelhante a um chip grudado em seu ombro; nunca havia visto nada igual em todo o reino de Solaria. Mas de uma coisa ela tinha certeza: Callum não poderia saber da existência da carta guardada em sua escrivaninha. Ninguém mais poderia ter acesso ao bilhete além dela, pois se tratava de registros sobre Rosalind, a diretora anterior de Alfea, e tudo que se relacionasse a ela Farah Dowling deveria resolver por conta própria. Cuidadosamente, escondeu todas as lembranças de Rosalind em um lugar secreto; mesmo assim, havia rastros deixados por sua administração que se perpetuavam ao longo do tempo. Farah poderia trabalhar todos os dias por anos a fio, fazendo boas ações, limpando as manchas do passado. No entanto, a velha escuridão que guardava em suas sombras por toda a sua juventude estava sob cada superfície que ela tentava limpar. Cedo ou tarde, seu caminho seria achado através das rachaduras na fachada de Alfea e se espalharia como óleo por todos os cantos da escola. Daquela vez, o mal viera na forma de um bilhete rabiscado de Rosalind, sem destinatário e aparentemente nunca enviado, escondido em um livro de magia, fechado por muito tempo.

Naquele dia, Farah pegou discretamente o papel, amarelado pelo tempo de dezesseis anos, e sentiu o coração acelerar ao reconhecer a grafia, pois no passado recebera muitas ordens escritas pela mão pesada e forte de Rosalind; chegou a matar por ordem dela quando era uma jovem soldada. Mesmo agora, as palavras de Rosalind faziam Farah querer entrar em ação.

A atual diretora havia saído nas primeiras horas da manhã e, à luz bruxuleante das tochas, debruçou-se sobre a carta na abandonada Ala Leste. A linguagem de Rosalind era enigmática, mas Farah sabia como decifrar seu significado. Rosalind insinuara haver algo valioso escondido no Primeiro Mundo, aquele estranho mundo onde os humanos viviam e a eletricidade substituía a mágica. Quem conhecia Rosalind sabia que poucas coisas eram importantes para ela, podendo ser tão discrepantes como um prêmio mágico ou uma arma aterrorizante. Quem sabe, ambos.

Após estudo minucioso das instruções escritas no bilhete, Farah refez os antigos passos de Rosalind e reduziu sua busca ao bizarro lugar chamado Califórnia. Em seguida, pediu a um amigo para ajudar a rastrear a magia e voltou a trabalhar com o segredo criminoso, como se uma pedra esmagasse seu peito. Farah estava diante de sua mesa, em sua gaveta, guardou o papel rabiscado. Saiu de sua sala e caminhou pelos corredores de Alfea. O salto de seus sapatos de amarrar ecoava contra o piso de pedra, e suas mãos estavam enterradas nos bolsos do casaco. Os alunos se dispersaram ao ouvi-la chegar, suas risadas esfuziantes atrás deles. Farah nunca foi do tipo calorosa e popular. Organizou o Dia da Orientação porque sabia que, quando abria a escola aos pais e estudantes, mantinha uma postura de respeito e simpatia, características importantes para que todos se sentissem acolhidos naquele lugar. Se convidasse diretamente os potenciais estudantes para a sua escola e deixasse a cargo deles conhecerem a estrutura, poderia ser mais fácil, mas esse não era seu objetivo. Às vezes, quando via os estudantes correndo por Alfea, lamentava seu natural distanciamento. Farah havia dominado algumas magias de fadas, mas ela tinha nascido uma Fada da Mente, um tipo raro de magia que podia identificar e compreender sentimentos e se aprofundar em pensamentos. As pessoas raramente desejavam estar próximas a Fadas da Mente. Além disso, poderiam magoar as Fadas da Mente se estivessem perto delas, justamente por causa de seu poder de leitura da mente. Depois de muito tempo, Farah aprendeu a se manter distante para proteger a si mesma e aos outros. Não importa quão solitário às vezes pudesse ser, mas era uma lição que seria incapaz de esquecer. Admirava Alfea com um sentimento de carinho que ela não sabia como mostrar aos seus estudantes. As Fadas da Água com suas magias se manifestavam em cintilantes gotículas azuis. As Fadas do Ar faziam sua atmosfera vibrar. As Fadas da Terra preenchiam o mundo com frutas e flores. As Fadas da Luz iluminavam o céu. E as Fadas do Fogo possuíam o poder de aquecer qualquer lar. Fadas com outros poderes raros também poderiam estar lá. Além dos Especialistas, subordinados ao diretor Silva, que protegeriam todos os demais.

Ela entendeu por que Rosalind havia angariado os protegidos para o seu lado. Se qualquer uma daquelas brilhantes criaturas alguma vez sentisse vontade de ir até ela, Farah lhe ensinaria tudo o que sabia e só, mas Rosalind seduzia estudantes para depois manipulá-los, somente não sabia qual era o seu truque para conquistar discípulos com tanta habilidade. Para Farah, restava manter distância e sorrir internamente enquanto os estudantes passavam correndo à sua frente. Lembrou-se de quando era jovem, todos haviam sido jovens um dia, ao lado de seus amigos que se amavam com laços forjados em batalhas. Duas fadas e dois Especialistas: Farah Dowling e Ben Harvey, Saul Silva e Andreas de Eraklyon. Mas Farah e seus adorados amigos nunca tiveram a chance de serem verdadeiramente jovens. Haviam sido um time de soldados da elite, treinados para ser implacáveis na extinção do mal. Sua líder, Rosalind, garantira que fossem de ferro. Na época, Farah tinha orgulho de servir. Não questionara o treinamento de Rosalind, e, quando começou a entender seu intrincado esquema de controle das pessoas, já era tarde demais.

Naquele momento, seus pesadelos nada tinham a ver com os monstros contra os quais sempre lutara, mas, sim, com as atitudes monstruosas que fora obrigada a tomar. Agora, o objetivo de Farah se concentrava em impedir que os estudantes de Alfea se tornassem marionetes, como aconteceu com ela.

Pensou se deveria contar a Saul ou a Ben para onde estava indo. Talvez devesse perguntar a eles se gostariam de acompanhá-la. Atravessou as portas de carvalho entalhadas da escola e vislumbrou a estonteante avenida arborizada que conduzia aos lagos duplos onde os estudantes Especialistas aprendiam a arte da guerra com o melhor soldado que Farah conhecia.

Lá estava Saul Silva, de braços cruzados e olhos azuis semicerrados, observando dois alunos treinarem; um deles estava visivelmente em vantagem. Farah reconheceu o cabelo claro de Sky, mas na verdade reconheceria apenas pelo semblante do diretor. Para um estranho, Silva devia apenas parecer severo, mas ele havia sido companheiro dela por muito tempo. Farah podia perceber o orgulho em suas feições enquanto observava o menino que havia criado.

Observando o empenho de Saul para exercer suas tarefas com maestria, Farah concluiu que seria melhor não o incomodar.

Sua vida não era como a de seus velhos amigos. Andreas estava morto. Ben tinha os filhos para amar, Saul tinha Sky, o filho de Andreas, para proteger. E Farah tinha Alfea. Ao mesmo tempo que não tinha filhos, tinha muitos deles para cuidar, era responsável por cada alma de Alfea, desde a jovem mais arrogante à fada mais humilde. Ela não permitiria que nada atrapalhasse a juventude dourada daquela nova geração.

Qualquer que fosse a arma ou tesouro que Rosalind houvesse escondido no Primeiro Mundo, Farah o encontraria, destruiria e voltaria a tempo para conduzir as celebrações de orientação sem problemas. Farah faria o que fosse para que cada alma de Alfea estivesse segura, feliz e imaculada.

Especialista

Alfea era o pior lugar do mundo, e Riven era seu mais lastimável habitante. A única coisa que estava aprendendo na escola era como levar um chute bem dado na bunda, lição que aprendera muito tempo atrás. Inclusive achava que já estava preparado para fazer seu doutorado em fracassos.

"Uau, doutor Riven", os futuros perdedores diriam, "o senhor realmente fez do fracasso uma forma de arte. Inspirador. Não podemos esperar para ler sua fracassada tese".

Faltavam vinte minutos para o término da aula.

Riven encarou bravamente seu parceiro de treino por ínfimos segundos até se esquivar da pancada do bastão de Sky, caindo e batendo o ombro com força no chão. Sky respirava sem dificuldade e ria impiedosamente, obrigando Riven a ficar de pé, os dentes cerrados. Sky se considerava muito melhor do que Riven simplesmente pelo fato de... ser muito melhor do que Riven.

O ar primaveril estava começando a dar as caras, agitando a superfície escura dos lagos onde suas plataformas de treino estavam suspensas. Folhas tenras farfalhavam nos galhos dos carvalhos, e as frondosas faias acobreadas estendiam seus densos galhos sobre suas cabeças. Riven estava congelando em seu uniforme sem mangas de Especialista; lançou um olhar ansioso em direção aos galhos da margem, onde havia deixado seu confortável moletom e sua bela jaqueta de couro.

– Continue assim! – ordenou Silva, o diretor Especialista. – Nunca admita a derrota.

Mas tudo o que Riven queria fazer era admitir a derrota.

"Sim, Sky, você pode me derrotar, muitas e muitas vezes. Por que estou perdendo meu tempo aqui, aceitando minhas humilhantes derrotas? Não poderia simplesmente esculpir meu rosto em um tronco para que você possa derrubá-lo e darmos um fim a esta situação?", ele pensou. Assim, todos os demais estudantes Especialistas poderiam apontar e rir para a escultura de Riven, e ele poderia partir para um passeio na natureza.

O bastão de Sky bateu fortemente contra o bastão de Riven, causando um choque pungente nos ossos de seus braços, e Riven não pôde partir para um passeio natural. Riven não podia caminhar.

Ele não entendia como ainda era uma novidade; ou seja, Sky não estava entediado? Riven estava entediado.

Faltavam quinze minutos para o fim da aula.

Quando Riven chegou a Alfea no início do ano, tinha a esperança de que seu parceiro de quarto fosse legal. Riven não era do tipo popular, mas imaginava ter uma pequena turma de amigos para sair e observar os outros. Uma vez que viu seu colega de quarto, Riven percebeu que seu desejo havia sido realizado e sua fada madrinha havia trabalhado duro naquele desejo. Seu colega era muito bacana. *Abortar. Abortar.*

Ele havia visto Sky circulando entre as competições militares e treinamentos para aspirantes a Especialistas. Conheciam-se o suficiente para se cumprimentar com um simples aceno de cabeça quando Sky passava para colecionar medalhas. Riven não se sentia à vontade em relação à atitude de Sky desde o primeiro instante, quando Riven percebeu que o maxilar heroico e o cabelo extravagante do mocinho sempre eram uma referência impossível de se rebater. Mas, em Alfea, Riven estava preso ao Senhor Herói e decidiu extrair o melhor da situação. Sky pareceu bem simpático, assim Riven pensou que talvez pudessem se divertir sendo parceiros de quarto. Quem sabe até amigos.

Riven e Sky estavam juntos na festa de boas-vindas e viram a loira em um poderoso terninho azul, dando ordens para seus amigos estudantes como se fossem seus subordinados.

– Ei – Riven chamou –, olhe aquela garota. Que princesa! – Sky lançou um olhar divertido.

– Ela *é* uma princesa – ele declarou.

– O que quer dizer?

– Quero dizer – começou Sky – que ela é a filha da rainha Luna, a governante de Solaria.

– Oh – Riven murmurou.

Sky tossiu.

– E por acaso é minha namorada.

– Foi mau! – Riven anunciou rindo e caminhando até um arco de pedra onde havia algumas vultosas trepadeiras.

Ele pareceu conversar com as plantas por cerca de uma hora para tentar se afastar de mais gafes. Sky foi se juntar à Princesa Insuportável, cujo nome aparentemente era Stella. A princesa colocou a mão no braço de Sky e olhou em volta do pátio sorrindo, seu orgulho de posse reluzindo enquanto as luzes mágicas dançavam em volta de seu loiro cabelo cintilante.

E a festa fora um fracasso.

Durante a primeira aula, o diretor Especialista Silva, um homem com olhos azuis assustadoramente frios que nunca piscavam, disse a Sky e Riven para treinarem e darem o seu melhor, assim ele poderia avaliar suas habilidades.

Sky aplicou um golpe certeiro em Riven, que pareceu torcer o tornozelo. O diretor Silva afirmou que, na realidade, Riven havia se machucado na pressa de escapar, mas o golpe de mestre era mérito de Sky. Ao final da primeira aula, todos já haviam conhecido a capacidade de Riven combater seu adversário, que era pouca, aliás. Para lhe fazer justiça, Sky lhe pediu desculpas depois que as luzes se apagaram, embora tivesse rido enquanto fez aquilo, como se achasse que torcer tornozelos fosse divertido.

Riven ainda tentava se dar bem com seu companheiro de quarto; assim, acenou com a mão em um gesto casual.

– Quer saber? Pouco me importo com essa história de ser garoto metido a soldado. Ninguém me perguntou se eu queria realmente ser um Especialista.

Sky parecia confuso.

– Brincar com espadas é interessante – Riven comentou. – Mas a ideia de sucumbir para proteger os reinos já é demais. Por exemplo, o que esses reinos já fizeram por mim? A resposta virá com a minha morte, ou seja, nada! E que diferença faz se você sair de uma batalha como um idiota ou como Andreas de Eraklyon? Vai morrer seco e esquartejado de qualquer jeito.

Sky não expressou nenhuma reação ao encará-lo.

– Andreas de Eraklyon?

Riven ficou feliz com o fato de seu companheiro de quarto não saber de nada, afinal era a primeira vez que o almofadinha não sabia de um assunto.

Andreas de Eraklyon era praticamente um garoto-propaganda para os Especialistas, um herói de guerra contra os Queimados da geração anterior.

– Ora, você deve ter ouvido falar do cara. Um soldado que liderou as forças contra os Queimados, os monstros assustadores que costumavam rondar por aí, ameaçando todo mundo. Andreas é muito famoso. Pena que morreu batalhando.

– Já ouvi falar dele, sim. Era meu pai – disse Sky.

– Uau, sinto muito, isso é terrivelmente embaraçoso.

Sky concordou, com a linha dos maxilares acentuada, provável herança de seu pai.

– O que você acha se eu colocar minha cabeça sob o cobertor? – Riven perguntou sem pressa. – E ficar de castigo por, no mínimo, um ano?

– Tudo bem – Sky concordou. – Acontece.

Riven puxou o cobertor por cima de seu rosto, enfrentando desesperadamente a repentina escuridão. Era o mínimo que poderia fazer para evitar o constrangimento.

Essa foi a pá de cal que faltava para acabar com a esperança de ter um bom relacionamento com seu companheiro de quarto. Riven estava contando os dias até que o primeiro ano acabasse e ele pudesse dividir o quarto com outra pessoa.

Até aquele dia de libertação, tudo levava a crer que o diretor Silva havia decidido que Sky e Riven formariam um time para que treinassem juntos todos os dias.

As sessões de *sparring* pareciam intermináveis; no entanto, o fim estava próximo, tão próximo que Riven podia sentir o gosto.

Um minuto para o fim da aula!

Sky se moveu para atacá-lo, mas Riven se esquivou para se defender. Enfim, mais uma sessão sem ser golpeado, *ponto*!

– Você está realmente se tornando... – Sky começou a falar.

– Por acaso percebeu que o tempo já acabou? – Riven o provocou.

– Finalmente, o treino terminou!

E não pensou duas vezes antes de deixar o lugar; saiu rolando lentamente para fora da plataforma, descendo a margem, para bem longe de Sky, das plataformas de treino, do diretor Especialista e do *Hall* dos Especialistas.

Ele odiava aquele lugar, a extensa cordilheira de montanhas, o vale escarpado, os altos cumes das colinas envoltos na névoa esbranquiçada; o reino das fadas onde soldados um dia perseguiram monstros, espadas de impiedosa prata na floresta e sob a pálida luz do luar. Silva tentava mantê-los, sem questionar, em tropas que comandariam batalhas, assassinos formados para lutar uma guerra sem fim. Riven jamais seria igual a esses guerreiros que partiram para a caça.

Ele odiava cada prédio e cada pessoa em Alfea. Exceto uma.

Riven estava saindo quando o diretor Silva interveio:

– Riven, espere.

Maldição.

Luz

Alfea era o melhor lugar do mundo, e Stella nunca fora tão feliz.

Agora, poderia até admitir que estivera um pouco nervosa antes de chegar a Alfea, mas tudo indicava que pertencia àquele lugar; era o lugar onde deveria aprender a ser a mulher poderosa que fora destinada a se tornar. Para o bem de seu treinamento, deveria governar uma escola antes que pudesse governar um reino.

– Senhoritas – Stella anunciou a suas companheiras de quarto –, este é um recorde, pois finalizei meu dever de casa em cinco minutos!

Estendeu as mãos de forma expressiva, e um espetáculo de luzes ganhou vida, envolvendo seu rosto tal qual uma moldura, como se estivesse no centro de um espelho mágico.

Ricki e Ilaria bateram palmas para ela, e Stella girou em círculos, permitindo-se um momento de orgulho. Bem, talvez um pouco mais de um momento. "Não esconda seus talentos", era o que sua mãe sempre dizia. O intuito era sempre impressionar as pessoas como se não tivesse a intenção de fazê-lo.

Stella sempre se esforçou muito, até que finalmente foi bem-sucedida. Assim que chegou a Alfea, as pessoas a cercaram como se... como se ela fosse a própria rainha Luna.

"A princesa tem um nome bonito", diziam os mais bajuladores. "Tem uma estrela que brilha muito dentro de si, porém nunca poderá se comparar ao brilho solar de sua mãe."

Se nomes eram importantes, o povo deveria saber que o significado do nome de sua mãe nada tinha a ver com sol; pelo contrário, lua era o seu significado, e luas refletiam a luz, ou seja, todo o seu brilho havia sido roubado.

Stella não desejava ser uma estrela, pois deveria viver como elas, no escuro da noite, e ela ansiava viver no esplendor de todos os dias. Depois de anos sendo ofuscada, ela personificava o brilho mais cintilante no céu de Alfea.

– Isso me dá duas horas para escolher a roupa perfeita para o encontro – Stella murmurou.

Seu armário era repleto de vestidos, conjuntos e tudo o mais que uma princesa poderia ter, mas em primeiro lugar precisaria decidir qual penteado faria em seu cabelo: rabo de cavalo alto ou cachos soltos ao vento, ou quem sabe uma grossa trança. E para isso precisaria escolher entre grampos ou faixas de cabelo.

Como de hábito, ela usava seu anel mágico para ir ao mundo dos humanos e participar da Semana de Moda; contudo, Stella concluiu que não havia melhor lugar para usá-lo senão em Alfea.

Ricki sorriu.

– Não há em seu guarda-roupa uma única roupa que não fique perfeita em você.

– Meu homem gosta de ver mais pele do que você normalmente mostra, Princesa – disse Ilaria, para depois ser mais branda em suas palavras. – Mas você sempre está fabulosa.

Sky, diferentemente do namorado de Ilaria, Matt, nunca mencionaria querer ver mais pele. Sky era um cavalheiro. Stella arqueou a sobrancelha e disse:

– Obrigada.

"Não permita que ninguém roube seu poder", sua mãe dizia, para depois completar: "escolha apenas o que potencialize sua força".

No primeiro ano, a escolha do quarto era aleatória e poderia ser uma suíte com várias colegas ou um simples quarto com uma companheira. Stella foi designada para ficar em Alfea com cinco garotas em uma suíte com três quartos e uma sala de estar. Sendo ela uma princesa, naturalmente teria direito a um quarto privativo. A suíte ficava no último andar, assim Stella pôde ter a experiência de morar em um edifício de dormitórios em Alfea. A primeira providência foi pintar as paredes de azul e pendurar diversos espelhos, para que pudessem captar todos os seus ângulos; além disso, fixou suas fotografias acompanhada dos novos amigos ao lado dos espelhos, adornadas com luzinhas cintilantes.

Às vezes, quando acordava no meio da noite, com o vento assoprando pela janela da torre, tremendo e amedrontada, Stella desejava ter uma companheira em seu quarto. Durante o dia, adorava receber tratamento diferenciado.

Por enquanto, o arranjo convinha a Stella, mas no segundo ano seria permitido escolher suas companheiras de quarto. Caso uma amiga não quisesse compartilhar a suíte, então era uma prova de que não era uma melhor amiga. Stella precisava fazer uma escolha.

O problema era que Stella não estava segura de sua escolha. Se tivesse que decidir de quem Stella mais gostava, essa pessoa seria Ricki. Passar o tempo com ela sempre era muito divertido e estranhamente relaxante. Ricki era uma pessoa arrebatadora e jamais dissera uma simples palavra contra ela.

Esse era o problema. Às vezes, uma garota tinha de ser maldosa. Além disso, ser uma pessoa maldosamente antipática significava que também tinha posição social capaz de se livrar dessa má fama. Ilaria certamente sabia como ser uma pessoa má, e ela estava namorando um Especialista do segundo ano. Ricki não era comprometida com ninguém, o que tornava mais fácil formar uma dupla com ela. Stella tinha plena convicção de que sua mãe teria escolhido Ilaria como sua amiga sem pensar duas vezes. O fato de Stella preferir Ricki era uma prova absoluta de sua fraqueza e sandice. Pela janela do quarto impecavelmente decorado para uma princesa, Stella lançou um olhar demorado para o lago de águas escuras. Além do pátio do castelo estavam os lagos dos Especialistas, onde seu namorado havia conquistado outra vitória.

Ela amava Sky. Ele era o melhor acessório do mundo, muito mais valioso do que qualquer joia ou outro objeto cobiçado pelas mulheres. Todas as outras meninas tinham inveja de Stella; até mesmo sua mãe achava que seu namorado era a pessoa perfeita e digna de uma princesa.

E a garota nunca se esqueceu de que Sky somente tinha olhos para ela, mesmo quando o brilho de sua mãe a ofuscava, tornando-a praticamente invisível. Sky desejava protegê-la.

Mas, em Alfea, Stella nunca mais precisaria de proteção, o que a fazia se sentir culpada por admitir a ideia de que, por vezes, ela preferia sair com Ricki, Ilaria e suas outras amigas de suíte a sair com Sky. Ela tinha muito em comum com suas amigas. Uma vez, quando Sky chegou para saírem, as meninas bloquearam as portas duplas e o fizeram esperar porque estavam se divertindo muito. Às vezes parecia que ser pedida em namoro era muito mais prazeroso do que o namoro em si.

"Isso é natural", Stella dizia a si mesma sempre que aquele pensamento traiçoeiro atravessava sua mente. Conhecia Sky havia tanto tempo e, sem dúvida, pessoas e lugares diferentes sempre eram empolgantes. Depois de tantos anos querendo sempre mais, era natural querer tudo para si, e agora ela tinha os melhores amigos e o namorado que a amava. Após tanto tempo sob a insensível escuridão da sombra de uma pessoa, finalmente ela era a estrela da escola.

– Mostre-nos o primeiro *look* – Ricki sugeriu. – Mal posso esperar para ver.

Stella se virou para as amigas, embora continuasse a vigiar seu reflexo com o canto dos olhos. Era sua política continuar reforçando sua luz natural com magia, restaurando seu charme e fascínio cada vez que se sentisse enfraquecida. Quem disse que não se pode viver uma vida real com filtros? Stella se recusava a aceitar a premissa do termo *Respeitável Instagram*: o Instagram deveria ser digno *dela*, e não o contrário; o Instagram deveria chegar ao nível de Stella.

Os olhos de Ilaria refletiam inveja enquanto observavam Stella. Ricki sorriu como se estivesse se divertindo verdadeiramente com o espetáculo. Foi quando Stella se decidiu: transformaria Ricki em sua colega de quarto ideal, afinal ela era a princesa e poderia ter o que quisesse. Stella tinha um plano, e depois Sky poderia ajudá-la a realizá-lo.

Bastaria manter vivo seu brilho ofuscante para que tudo continuasse perfeito.

Terra

Alfea era o melhor lugar do mundo, e seu pai, Ben Harvey, era o melhor professor do mundo. Se Terra pudesse ser uma estudante de Alfea, ela atingiria a felicidade plena, e não haveria nada mais a pedir da vida.

Contudo, ela ainda deveria esperar mais um ano antes de ter idade suficiente, e aquele ano fora o pior.

Até então, sempre tivera o irmão ao seu lado.

Terra e Sam Harvey cresceram em Alfea porque eram os filhos do professor. Seu pai dizia que a diretora Dowling e o diretor Silva não podiam viver sem ele. A menina cresceu sabendo que um dia sua casa seria sua escola. Durante toda a sua vida, Terra viveu lado a lado com os estudantes de Alfea como se fossem plantas raras sob o vidro da estufa de seu pai. Poderia admirá-los, mas estava proibida de se aproximar deles.

Em princípio, os alunos pareciam muito mais velhos e descolados, pouco importava. Terra sabia que um dia iria para Alfea.

Mas, recentemente, ela começou a desejar florescer da noite para o dia. Desejava caminhar ao lado dos grupos de amigos tagarelas, fazer parte do que sempre admirara. Desejava com tanta força que chegava a doer.

Sam e Terra eram uma dupla como ervilhas em uma vagem. Deviam ser próximos porque não tinham mais ninguém. Terra sempre aguardou pela visita de sua bela prima, Flora, mas os anos se passaram, Terra continuou a esperar, e Flora nunca chegou.

Às vezes, Sky também ia ao castelo, embora morasse no *Hall* dos Especialistas. Sky tinha a mesma idade que Sam, portanto seria esperado que ambos fossem amigos, mas Sky sempre estava ao lado do diretor Especialista Silva, que era uma pessoa completamente aterrorizante. Ainda mais aterrorizante do que Silva era a lenda do pai de Sky, um famoso herói e mártir.

Sam e Terra imaginavam que Sky se achava melhor do que eles. Quando o diretor Silva saía em missões ou para visitar a rainha, Sky o acompanhava. Sky se comprometeu com a princesa Stella praticamente desde o nascimento. Sky era tão educado que era muito bom ser emparedado por ele: um obstáculo de charme em vez de um ataque de charme. Certa vez, Sky sugeriu que Sam treinasse espada com ele e ficou assustado quando o garoto agradeceu e declinou do convite pelo simples fato de não querer ter as vísceras espalhadas por Alfea.

Não se podia ficar bravo com Sky. Obviamente, ele tinha mais o que fazer do que mexer na sujeira da estufa com um par de irmãos, que se preocupava mais com compostagem do que com as joias da coroa.

Terra tinha a companhia de Sam; logo, nunca estava sozinha, até aquele ano, quando Sam começou a frequentar Alfea. Seu irmão se tornou um dos estudantes da vívida e charmosa turma e deixou Terra para trás.

Em princípio, Terra aparecia depois da aula, esperando que Sam a apresentasse aos seus novos amigos; acreditava que também poderia ser amiga deles, como se tivesse chegado a Alfea um pouco mais cedo. No ano seguinte, dizia a si mesma que os alunos do ano de Terra ficariam muito impressionados por ela ter amigos mais velhos.

Porém, quando Terra surgia em frente à sala de aula dele, Sam fingia não a ver. E a menina não teve a espertaza de perceber a mensagem embutida naquela atitude, ela não era boa nisso, Sam deveria explicar com todas as letras.

– Pare de me incomodar, Terra – Sam foi obrigado a retrucar após o terceiro dia. – Como posso fazer amigos se minha irmãzinha vive me perseguindo?

– Isso mesmo – advertiu em um sussurro uma Fada do Ar, que parecia ser tão leve quanto o próprio ar. – Vá embora, rechonchudinha.

Terra estava quase certa de que Sam não havia ouvido aquilo; desejava muito ter certeza disso. Se ouviu ou não, Sam se virou e deixou a irmã sozinha no corredor. Uma gorducha em um casaco floral, sem amigos ou aulas às quais assistir. Ainda não sentia pertencer a Alfea além de não mais pertencer ao irmão. Seu único refúgio era a estufa.

Terra suspirou, o braço apoiado em uma das mesas pretas do laboratório onde fazia poções e óleos destilados. Olhou para o caixote no canto e, em seguida, para o relógio. Estava extremamente tentada a abrir a tampa e bisbilhotar dentro dele, apenas uma espiadinha.

Mas, não! Ela deveria esperar.

Parecia que sua vida inteira estava resumida a somente esperar os dias passarem.

Terra hesitou.

A porta da estufa se abriu. A diretora Dowling surgiu emoldurada entre as trepadeiras sinuosas. Terra se aprumou tão rapidamente que quase caiu para trás do banco.

– Senhorita Dowling! – exclamou. – Que surpresa! A senhorita nunca vem aqui, quero dizer, claro que pode vir quando quiser, sempre será bem-vinda, como certamente sabe.

Terra inspirou e manteve a respiração presa, contando lentamente até cinco. Seu irritante irmão a aconselhou a fazer aquilo sempre que se sentisse tensa.

– Seu pai está aqui, Terra? – a diretora perguntou.

Terra expirou contando até dez.

– Meu pai? Claro, a senhorita quer falar com ele, seu braço direito! Bem, suponho que o senhor Silva seja seu braço direito, ou seja, meu pai seria seu braço esquerdo, acho que a senhora diria isso, não diria?

A senhorita Dowling ficou a observá-la; seus olhos castanhos eram ternos, mas seu olhar tinha um quê de assustador. A menina se perguntou como ela conseguia fazer aquilo.

– Meu pai está passeando perto da Barreira, com os alunos do segundo ano – a menina se apressou em explicar.

– Ah, que pena – lamentou a diretora. – Assim que ele voltar, pode lhe entregar isso?

Ela deixou um bilhete sobre a mesa do laboratório dentro de um envelope cor de creme escrito "Ben" na parte superior, com a caligrafia característica firme e pesada. Terra ficou imediatamente preocupada, raramente a diretora chamava seu pai de "Ben", sempre fora "professor Harvey". Talvez a senhorita Dowling tivesse se distraído, quem sabe?

– Obrigada, Terra – ela agradeceu, virando-se e batendo forte a porta atrás de si.

A senhorita Dowling era uma dama gentil e eficiente, mas nunca fora realmente uma pessoa informal. Naquele dia, porém, parecia menos solene do que o usual. E Terra estava cansada de esperar, deu um passo adiante e deixou a estufa, mas ainda se manteve ao lado da parede exterior enquanto a diretora caminhava ao longo do gramado em direção à floresta.

Terra conhecia cada palmo do terreno de Alfea. Observou com perplexidade a senhorita Dowling se afastando; para sua surpresa, ela não estava se dirigindo à Barreira azul cintilante, obstáculo contra os monstros que haviam sido derrotados na geração anterior, ou para o celeiro onde seu pai uma vez cuidou de um corcel de fada ferido. Na época,

Terra fora obrigada a acompanhá-lo e levara secretamente guloseimas e pomadas, pois o bicho era na verdade um pônei, e ela amava pôneis, o que justificava quebrar as regras.

Naquele momento, estava seguindo os passos da senhorita Dowling, que se dirigia ao jardim coberto pela floresta. Havia tanta hera subindo pelos muros do jardim que as paredes pareciam verdes.

De súbito, a senhorita Dowling olhou para trás. O coração da menina pulou para fora da boca, ela escondeu-se atrás da parede e lançou gavinhas mágicas, pequenas como brotos, suplicando à hera que a ocultasse das vistas da senhora.

A trepadeira obedeceu, envolvendo os ombros da menina com suas folhas e se misturando aos fios de seu cabelo, como um delicado manto envolvente.

Não vendo ninguém, o ar de tensão no semblante da diretora desapareceu, substituído pelo seu habitual jeito descontraído e confiante. Ela caminhou até o ponto que parecia outra peça na parede verde escura e seus olhos brilharam. A senhorita Dowling era uma fada muito poderosa, que podia controlar vários elementos, enquanto a maioria das fadas apenas tinha poder sobre o elemento com o qual nasceram.

A trepadeira se ergueu para mostrar o arco em ruínas de uma porta. A diretora deu um passo para dentro, e as folhas caíram como se sua figura imponente nunca tivesse estado lá.

Terra se desvencilhou das folhas da hera e andou em direção à porta secreta; estendeu a mão, mas então considerou o horário e repensou. Sua consciência lhe dizia que não deveria bisbilhotar os assuntos da senhorita Dowling; era improvável haver algum pônei em risco naquele momento.

Como não queria perder o pôr do sol, correu de volta para o castelo.

Especialista

— Aguarde um segundo — pediu o diretor Silva. —Vamos trocar de parceiro, Riven.

Riven desejara ardentemente ouvir aquelas palavras mágicas. Talvez pudesse treinar com Kat, ela era legal. Seus olhos se voltaram para o farto e negro cabelo dela, então reconsiderou. Kat era a mais nova Especialista em seu ano e uma das melhores. Contudo, ela não simpatizara com Riven desde o dia em que impediu Sky de sair com ela e uma amigas. Mal sabia a moça que o que ele havia tentado era evitar um encontro entre ela e Stella, pois poderia acontecer uma tragédia! Além disso, Kat era ardilosa e habilidosa, o que não facilitaria a vida de Riven, afinal ele queria vencer, pelo menos uma vez!

Silva estalou os dedos, e cada movimento que fazia parecia uma batida de porta contundente.

— Venha, Mikey, você tem potencial — o treinador gritou em direção ao menino.

E ele tinha mesmo. Riven olhou para ele com interesse.

— Ei, Mikey — Riven o chamou —, onde está sua equipe?

— Não se preocupe, amigo, porque eu sempre entro em uma batalha para vencer sozinho — ele respondeu em um grunhido.

Aquilo era uma tentativa de homicídio? O que Riven havia feito contra Silva? Talvez Silva só quisesse que seu precioso Sky fosse para o quarto descansar.

Riven preferiu preservar sua inestimável vida.

— Bem, como podem perceber, estamos terminando a aula...

— Ataque rápido! — Silva interrompeu abruptamente, batendo palmas.

Sky permaneceu atento atrás do ombro do diretor para assistir, quem sabe, à trágica morte de Riven.

Sky parecia ser mais alto que o diretor, pelo menos foi o que Riven assumiu, considerando sua genética de herói, mas não era mais alto que Mikey, ou seja, sua envergadura não era das piores para se enfrentar. Na realidade, Riven tinha certeza de que havia, nas proximidades, penhascos menores do que Mikey.

Mikey deu um soco de esquerda em direção à cabeça de Riven, que desviou rapidamente para garantir que continuaria vivo.

– Muito bom – Silva elogiou. – Mantenham-se em movimento.

Por que o diretor o estava testando daquela maneira? "Diretor Silva, meu amigo", Riven pensou, "eu literalmente não sou um de seus soldados mais fortes". Ele não hesitaria em se jogar no lago e esperar respirando por meio de um caule oco até que todos fossem embora. A não ser que houvesse pessoas presenciando a cena, os mesmos estudantes que riram e o chamaram de patético por torcer o tornozelo. Riven desejava ser um solitário rebelde legal, e não um *nerd* dramático, evitado por todos.

Riven desviou de outro soco e resistiu à vontade de pular no lago. Estava acostumado a treinar com Sky até aquele momento, pelo menos Mikey não estava sendo tão rápido quanto Sky.

– Use sua agilidade, Riven – Silva ordenou.

E o que exatamente o diretor achava que ele estava fazendo?

– Use sua força, Mikey – Silva comandou.

Certo, ele quase se esqueceu de que Silva estava tramando sua morte. Riven olhou mais uma vez para os punhos marreteiros de Mikey e se encolheu.

– Não hesite! – Sky advertiu, como se ele fosse um professor usando sua maldita didática.

– Não precisa me dar aula – Riven retrucou, desviando a cabeça.

Na fração de segundo que levou para Riven virar a cabeça, o punho de seu adversário o alcançou. A pancada doeu tanto quanto Riven imaginou, além de jogá-lo para fora dos limites da plataforma e cair no lago.

Ele se levantou e saiu do lago literalmente cuspindo água e lentilhas d'água.

Ao piscar para limpar os olhos, o diretor estava balançando a cabeça.

– Você está me desapontando, Riven!

"E o senhor está sendo sádico", Riven pensou no mesmo instante que queria estar longe dali. Limpou com as mãos a sujeira que cobria seu rosto e perguntou apenas:

– Posso ir embora agora?

Silva assentiu, suspirando. Riven pegou sua bela jaqueta de couro e correu para longe dos lagos, descendo pelo caminho pelo qual veria as janelas em forma de flecha e cúpula de vidro do *Hall* dos Especialistas.

No trajeto, viu Callum, o assistente da diretora Dowling, não exatamente no mesmo percurso, mas se esgueirando entre as árvores. E Riven apenas conseguiu vê-lo porque estava prestando atenção às árvores. Estaria Callum fazendo uma solitária caminhada pela natureza? Como não era algo que pudesse adivinhar, encolheu os ombros e continuou em seu percurso.

Especialista

– Seu amigo Riven precisa melhorar, e rapidamente – Silva observou. – Estou cansado de vê-lo vacilar.

Sky fez uma careta.

– Verdade, o treino dele não foi dos melhores – ele concordou.

Os demais Especialistas voltaram para o *hall* enquanto o céu escurecia. Riven não teve aula, mas ainda estava agitado, ainda pensando no fiasco de seu treino, quando acabou jogado no lago.

Eram apenas Silva e Sky conversando a sós, do jeito que Sky gostava. Mas o diretor só franzia a testa em desaprovação, e aquela expressão sempre deixava Sky chateado.

– Você tinha insistido para treinar com ele o ano todo, mas ele não está evoluindo em sua técnica. Aconselho que mude de parceiro para manter seu nível de habilidades.

Sky ainda não estava pronto para desistir do amigo; no entanto, não queria discutir com o diretor, ele nunca se indispôs contra Silva, e mais uma vez foi obrigado a concordar com o diretor.

Silva ficou pensativo.

– O problema é que nenhum deles tem o seu nível. Você é infinitamente superior a eles.

Sky sabia disso, trabalhou duro para ser o melhor de todos, para que Silva tivesse orgulho dele. Esperou mais alguns segundos, caso o diretor quisesse dizer que sentia orgulho dele; mas Silva não disse nada. "Está tudo bem", ele pensou: havia esse entendimento implícito entre eles.

– Vou chamar alguns times de Especialistas para virem à escola para o Dia da Orientação de Farah e fazer algumas demonstrações – Silva decidiu.

Sky hesitou.

– Então, devo continuar treinando com Riven?

Silva fez um breve gesto de cabeça, concordando, o que deixou o aluno aliviado.

Ele não dispendia muito tempo com pessoas de sua idade, exceto com Stella. Sempre estava com Silva, recebendo o melhor treinamento militar particular do mundo. Sky estava pronto para ser um soldado e perpetuar o legado de seu pai, sabia que Silva o treinara com aquele propósito. Era somente isso...

Era solitário, tornando-se um exército de apenas um militar. Tentou fazer amizade com Sam Harvey, o filho do professor Harvey, oferecendo-se, uma vez, para lhe ensinar esgrima. Sam e sua irmã mais nova se surpreenderam com a ajuda, mas na última hora Sky educadamente recuou. Isso fora o melhor a ser feito, de qualquer maneira.

Ele pensou que Sam teria muito mais coisas em comum com outro Especialista e, quando estivesse matriculado em Alfea, encontraria facilmente um colega de quarto. E por que aquilo seria tão útil? A escola oficialmente se preocuparia em encontrar um amigo para ele, o que o deixava muito feliz. Sky deveria admitir que Riven não era a pessoa que tinha em mente como colega de quarto, mas eles se conheceram havia um tempo, em um campeonato de tiro com arco, e se tornaram bons colegas. Tiveram muitas conversas agradáveis sobre tipos de ponta de flechas. Além disso, Riven tinha potencial no campo; se tivesse ouvido os conselhos de Sky e se preparasse melhor, seria realmente bom. E Riven também era divertido às vezes, apesar de muito do que ele falava fosse desrespeitoso, então Sky não ria de suas brincadeiras, o que de certo modo o desencorajava a continuar com aquelas bobagens. Sky desejava um colega soldado dedicado às obrigações como ele, assim poderiam ter um vínculo de irmãos, como seu pai e Silva tiveram, um vínculo indestrutível, mais forte do que a morte.

Não havia ninguém em Alfea que fosse remotamente um candidato a ter uma relação indestrutível com ele; logo, Riven era praticamente sua melhor opção e continuaria a ajudá-lo durante as aulas, até quando Silva permitisse. Sky jamais desafiaria seu comandante. Ele deu um sorriso de agradecimento ao diretor.

– Posso manter minhas habilidades em alto nível por minha conta. Veja, eu corro dez quilômetros ao redor dos campos todos os dias, no alvorecer e no entardecer. Assim como você e meu pai costumavam fazer. – Pensou que Silva ficaria contente com aquela lembrança.

O diretor esboçou um sorriso nos lábios, mas por pouco tempo.

– Quando digo que eu quero que seja como seu pai – ele começou a falar –, quero dizer que quero que seja melhor do que ele, entende? Porque ele sempre queria mais, nunca estava satisfeito com o próprio desempenho.

"Como devo fazer isso?", perguntava a voz interior de Sky, assemelhando-se cada vez mais com Riven. "Não existem mais monstros para serem abatidos! Como poderei superar um herói de guerra se não há mais batalhas a serem vencidas?"

– Vou tentar – ele disse em voz alta.

Sempre que sentia que as expectativas de Silva sobre ele eram irracionais, sabia que estava decepcionando a todos. O diretor queria apenas que fizesse o seu melhor; pelo menos, Silva demonstrava que se preocupava com ele. Toda vez que Sky se saía melhor do que os outros, provava que era merecedor daquele cuidado.

Sky prometeu a si mesmo que daquele momento em diante correria doze quilômetros em torno dos campos, o que deixaria o diretor satisfeito. Poderia não ser um herói de guerra, mas pelo menos estava se esforçando para se tornar um deles.

Àquela distância e naquela direção, os galhos das árvores cortavam as sombras da Barreira azul reluzente, sua proteção contra o mal, como se alguém a tivesse destruído em mil pedaços. Mas ninguém o fizera, Sky sabia. Alfea estava salva, graças ao sacrifício de heróis como seu pai.

"Posso chamá-lo de pai?", certa vez Sky perguntou a Silva quando era mais novo e ingênuo, encostado na perna do diretor, em um dia que havia treinado especialmente bem, o que o fez pensar que Silva provavelmente concordaria com ele. Contudo, o técnico pegou seus ombros e o sacudiu, com força suficiente para que lágrimas jorrassem de seus olhos, mas Sky não se permitiu expor seus sentimentos.

– Não – Silva respondeu com congelante fúria. – Você tem um pai, Sky, ele foi um herói, salvou vidas. Nenhum de nós poderá um dia esquecê-lo. – O olhar do diretor era perscrutador, tão contundente que Sky pensava que Silva estava olhando através dele, para qualquer outra pessoa. Muitos diziam que Sky era a própria imagem de seu pai. Tudo ficou mais claro para Sky depois daquele dia. Silva o estava treinando por causa de seu pai. Pedir um abraço era como se traísse ambos, seu pai e o próprio Silva.

Correndo de um inimigo que só ele enxergava sob as extensas sombras das árvores de Alfea, Sky se forçou a correr mais quilômetros e sentiu seus pulmões queimarem.

Luz

Stella estava no pátio admirando o sol poente tendo o toque artístico de um brilho mágico emoldurando seu cabelo de cachos dourados; vestia uma blusa lilás cintilante e uma longa saia branca de couro. Ricki escolheu para ela delicados brincos de ametista *art déco* para completar seu visual. Sem dúvida, era a personificação de um sonho estiloso de primavera.

Seu namorado estava atrasado, Stella batia impaciente o salto de sua bota cor de marfim contra os paralelepípedos enquanto observava Sky caminhar em direção ao pátio e correr para abraçá-la assim que a viu.

– Ei! – Stella protestou, esticando o braço e alcançando o peito musculoso com a palma da mão aberta. – Querido, você está transpirando mais do que nunca, por quê?

– Silva me pediu para correr alguns quilômetros a mais, e acabei perdendo a hora – ele explicou.

Stella ainda o encarava com olhar acusador, esperando a palavra que faltava.

– Desculpe-me – ele completou.

Stella respirou fundo, pensou que homens sempre têm uma desculpa para dar, e mudou de assunto.

– O que achou da minha roupa?

– Você está linda! – ele elogiou.

Pura verdade! Stella sorriu.

Sky se inclinou e beijou sua bochecha, mas estragou o elogio ao dizer:

– Você sempre está maravilhosa, Stel.

Ele não entendia que dizer aquilo significava que todo o esforço dela fora em vão?

– Muito gentil o seu elogio, mas muito pobre, Sky. E nem ouse tocar em meu cabelo, por favor – Stella avisou dando um tapinha no ombro dele como se estivesse perdoando seu deslize. Stella precisava que ele estivesse de bom humor para que pudesse ajudar em seus planos. – Baby, estava pensando que sempre me divirto em nossos encontros.

– Oh – Sky piscou para ela –, isso é muito bom.

– Mas acho que poderíamos tentar algo diferente – ela sugeriu.

Naquele momento, um brilho surgiu nos olhos de Sky, depois de ouvir a sugestão:

– Continue. Qual é a sua proposta?

– Pensei se não seria bem divertido fazermos um encontro triplo – a garota disparou. Sky não falou nada, apenas a encarou. Stella estendeu as mãos, e seu anel de família refletiu um brilho ofuscante. – Acho que seria muito mais divertido que um encontro duplo. Pense: eu e você, Ilaria e Matt e...

Naturalmente, o cenho de Sky franziu, um claro sinal de julgamento. Sky sempre era agradável com todas as pessoas, característica apreciada pela namorada, mas raramente conseguia esconder o sentimento quando ficava descontente.

O tom de voz na pergunta de Stella foi mais agressivo do que pretendia que fosse.

– O que tem contra Ilaria e Matt?

– Matt é desrespeitoso com as mulheres – ele respondeu sussurrando. – E deixa isso bem claro quando estamos conversando entre homens.

– É mesmo? – Stella inquiriu, duvidando daquela afirmação. – Bem, como mulher, creio que posso julgar melhor o comportamento dele. Importa-se de repetir algum comentário que ele fez?

Como esperado, Sky ameaçou falar, mas nada veio à sua mente, visivelmente incapaz de falar qualquer coisa desrespeitosa. O rapaz era um verdadeiro cavalheiro mesmo quando tinha razão para falar de maneira rude e desprezível.

– Muito bem, já está decidido – ela determinou. – Portanto, podemos procurar uma companhia para Ricki.

A expressão tensa de Sky se suavizou, transformando-se em um sorriso de genuína satisfação.

– Boa ideia, Ricki é legal.

Stella sabia que Ricki era uma pessoa bacana, e justamente por isso teve a ideia. Uma vez que a amiga formasse um casal poderoso, Ricki seria a colega de quarto perfeita para Stella.

A jovem pediu para o namorado:

– Tem alguma sugestão para o encontro de Ricki?

Houve uma pausa.

– O que acha de Riven? – Sky perguntou, cauteloso.

Stella piscou.

– Na realidade, nunca pensaria nele.

Ela mal conhecia Riven, colega de quarto do namorado, apenas que ele parecia mais legal do que realmente era quando vestia sua jaqueta de couro.

Sky gostava de Riven, mas isso não era muito relevante, pois Sky era um rapaz bondoso por natureza. Lembrou-se de uma vez quando alimentou cinco gatinhos recém-nascidos órfãos com mamadeira e logo se apegou àquelas criaturas abandonadas e indefesas.

– Se não for Riven – Sky conjecturou –, poderíamos pensar em Sam.

– Sam? Quem é Sam? – Stella perguntou. – Espere, ele não é uma Fada da Terra? Sky, por favor! Eu não suporto Fadas da Terra, elas são da natureza, e a natureza é suja. Você não conhece nenhum segundo-anista?

Sky encolheu os ombros, impotente, pois não conhecia quase ninguém em Alfea, era um jovem solitário dedicado a cumprir suas obrigações e definir os músculos. Stella admirava seu porte físico e tudo o mais, mas ter uma rede de contatos pessoais e profissionais poderia ser uma competência ainda melhor.

Alfea era uma maravilhosa escola, mas definitivamente havia muito a melhorar em se tratando de beleza masculina, a princesa pensou. A mente de Stella vagou pelas opções disponíveis, que não eram muitas.

Relutante, foi obrigada a reconsiderar o colega de quarto do namorado como uma opção.

Riven tinha o hábito de olhar para Stella como se estivesse fazendo comentários sarcásticos sobre ela em seus pensamentos, o que era muito ousado vindo de alguém supostamente desalinhado como ele. Havia muito tempo ela considerava Riven uma pessoa descartável, mas no momento foi obrigada a pensar nele como um possível acessório para Ricki. Ela pensou que ele não era de todo desprezível, apenas precisava cuidar mais de sua aparência e comportamento descortês, mas isso era o que acontecia com quase todos os meninos, Stella ficou triste em admitir. Definitivamente, Riven tinha uma tendência à maldade, mas Ricki poderia ser mais malvada ainda do que ele se fosse preciso. Ela era quase tão legal quanto Sky, com a vantagem de que era uma amiga com quem podia fofocar. Talvez Ricki e Riven pudessem dar certo. Uma vez, Stella havia lido na *Fabulous Fairy* que casais deveriam aprender mais um com o outro.

Muito bem, estava resolvido. Riven deveria ensinar a Ricki como ser desagradável, e Ricki poderia ensinar Riven como se vestir, falar e interagir socialmente com outras pessoas.

Stella sorriu para o namorado, concedendo-lhe a permissão real.

– Tudo certo – ela anunciou –, diga ao seu irritante colega que este é o dia de sorte dele.

Terra

O pôr do sol podia ser visto através das imensas janelas da estufa, e Terra estava na iminência de desistir, quando a porta se abriu em um estrondo, e a pessoa que ela estava aguardando finalmente entrou.

Terra pulou de alegria, que rapidamente se transformou em horror.

– Riven, você está encharcado! O que aconteceu?

Ele tirou o capuz do seu moletom, ao contrário de outras vezes, quando, ao se esgueirar para a estufa, ele colocava o capuz na cabeça como se realmente acreditasse que isso o tornava um alvo menos visado. Seu cabelo estava molhado, e um hematoma se formava ao redor de um de seus olhos.

– Fui jogado no lago – ele explicou, sucinto.

– Sky é um monstro! – Terra exclamou, horrorizada.

O menino balançou a cabeça. Seu cabelo escorria ao redor do rosto, deixando-o com uma aparência triste; gotas de água respingaram na mesa do laboratório.

– Não foi Sky, desta vez foi Mikey.

– Oh, não, não pode ter sido Mikey! – Terra estava aflita.

– E por que não? Mikey é um cara grande e sabe lutar muito bem – Riven disse.

Falou com seu característico tom sarcástico, mas dessa vez não estava girando sua faca no ar, como costumava fazer para demonstrar sua valentia. Aliás, estava tremendo dentro da jaqueta de couro. Terra tomou uma decisão rápida. Algo deveria ser feito.

– Você precisa de um cobertor – ela declarou. – Vou buscar um dos que minha avó Dahlia tricotou. Também farei chá de ervas para você tomar; pode ficar tranquilo, pois fui eu que misturei as folhas, então é bem suave!

– Não! – Riven protestou.

Terra estava prestes a repreendê-lo severamente, informando-o de que deveria obedecer a ela, mas Riven se apressou em dizer:

– Vamos abrir o caixote, o sol já está sumindo no horizonte.

Terra não pôde negar que ele estava certo.

– Oh, está bem. Já tirei as agulhas; tudo o que temos que fazer é levantar a tampa. Estava esperando você.

– Obrigado. – Olhou em sua direção e dirigiu-lhe um sorriso relâmpago de menos de um segundo. Ela tinha de prestar muita atenção para os sorrisos de Riven, porque eram muito raros.

No começo das aulas daquele ano, Sam pouco contato teve com a irmã, fato que mexeu muito com a autoestima de Terra. Sempre se esgueirando pelos cantos de Alfea, seu porto seguro sempre era a estufa, único lugar onde se achava mais útil e podia descansar e meditar, mesmo com o coração dilacerado pela tristeza. Nesse sentido, nunca imaginou que algum dia pudesse encontrar em seu refúgio outra alma tão sofrida quanto a dela. Foi quando deu de cara com Riven sentado sob as folhas de uma frondosa samambaia, chorando.

Terra se aproximou cuidadosamente.

– Garoto – ela chamou –, por que está chorando?

Quando ele levantou a cabeça, Terra pôde ver por quê. Riven tinha os dois olhos roxos; em seguida, soube que havia torcido o tornozelo.

Terra estava grata por isso, pois impediu Riven de fugir correndo da humilhação sofrida, e ela tinha tentado persuadi-lo. Explicou quem era, que nem mesmo era estudante de Alfea e muito menos estava preocupada com isso. Mesmo que quisesse fofocar sobre o choro de Riven na estufa, ela não teria para quem contar. Terra nunca se sentira tão agradecida por sua própria habilidade em falar a mil por hora.

Depois de Riven desistir de fugir, Terra foi buscar as pomadas e unguentos que ela mesma havia feito. Os olhos dele ficaram ótimos após três dias. Nos dias posteriores, sempre depois da aula, ele saía e furtivamente chegava à estufa, como um gato de rua procurando comida. Ele estava sozinho, foi o que Terra pensou. Ensinou-lhe todas as receitas das pomadas e unguentos que conhecia; explicou-lhe sobre as propriedades curativas de algumas plantas que conhecia, e ele ficou bom nisso. Embora ele tentasse fingir que não estava interessado, Terra podia dizer que era um aluno aplicado. Quando uma planta especial chegava à estufa, Terra esperava para desembalá-la com Riven, o que tornava o momento muito mais incrível.

Mas precisava ter dito que estava à sua espera? Para que se expor daquela maneira? Arrependida, tentou mudar de assunto:

– Também tive outras coisas para fazer, inclusive segui a diretora Dowling, depois que ela veio até aqui perguntando pelo meu pai. No caminho, vi-a se esgueirando pela floresta, seguindo para um lugar secreto, quero dizer, eu suponho que seja um lugar secreto, pois ela atravessou uma porta mágica, que rapidamente se fechou atrás dela, portanto acho que aquele passeio não era para se encontrar com alguma amiga.

– Tem certeza? – Riven piscou. – Eu vi o assistente dela se enfiando entre as árvores da floresta também. Ei, acha que eles estão tendo um caso?

– *Riven*! – Terra gritou, assustando-o.

Ela sentia muito pelo soco que o rapaz levara no rosto, mas aquilo não era motivo para seu mau comportamento. Apesar de considerá-lo um rapaz inteligente, portanto capaz de aprender a ser mais educado, Riven pecava por ter a mente muito suja e ser grosseiro.

– Você acha que esse é o jeito apropriado de falar sobre nossa diretora?

– Não – ele respondeu, murmurando.

– Então vamos esquecer esse episódio de desrespeito. Nossa diretora é uma autoridade muito respeitada aqui em Alfea e assim deve continuar – disse Terra.

– Sim, vamos... – Riven concordou, mas não havia sido muito convincente.

– Você já pensou como esse tipo de fofoca pode envenenar um ambiente de trabalho? – ela perguntou, dura. – Pois eu sei, afinal faço trinta e quatro tipos de veneno, dos quais cinco deles não deixam rastro! É outro tipo de veneno, mas os efeitos podem ser igualmente devastadores.

Riven fez uma careta.

– Acho que não vou beber seu chá calmante, então.

– Quanto a isso, não se preocupe, pois agora estamos falando sobre venenos que não fazem mal, como venenos medicinais que podem, por exemplo, ser pingados no ouvido das pessoas, o que nada tem a ver com venenos referentes à vida romântica ou passado sexual das mulheres...

– Pode parar, sei muito bem a que está se referindo – ele interveio, constrangido. – Podemos abrir o caixote antes que o sol se ponha, pode ser? – Riven quis mudar de assunto.

Terra cedeu aos seus apelos; sabia que ele ainda estava ferido, afinal de contas.

Ela pulou até o caixote, que estava entre uma parede lisa de arenito e uma mesa preta do laboratório, e empurrou a tampa.

– Aqui estão as verdadeiras flores boca de sino! – Terra declarou.

Dentro do caixote havia um vaso com terra preta repleto de flores. A flores tinham o mesmo formato que as jacintos azuis, mas, em vez de azuis, eram cinza peroladas, que no escuro certamente eram opacas, mas não naquele momento, pois, à medida que os enfraquecidos raios de sol atingiam as pétalas, cada uma delas brilhava com radiante prateado.

– Muito legal – Riven disse, suspirando.

Os lábios de Terra, que concordou de pronto, se curvaram em um amplo sorriso.

– Se destilarmos, ao mesmo tempo, as pétalas e o pólen se transformam em uma poção poderosíssima. Foi por isso que teve de ser enviado para meu pai – ela disse, gabando-se. – Nas mãos de uma pessoa menos habilidosa que não saiba medir tempo ou quantidade com precisão, pode se tornar uma verdadeira poção mortal.

– Caramba! – foi o veredito de aprovação de Riven.

A cabeça dele devia estar doendo muito, porque sem cerimônia deixou-se apoiar no ombro de Terra. Sutilmente, ela mexeu o ombro e deu um tapinha nas costas dele, mas Riven realmente devia estar se sentindo mal, pois nem reagiu.

– Oh, Riven – Terra lamentou –, o que aconteceu com você?

– Eu odeio isso aqui, Ter – ele disse, com raiva na voz.

– Eu sei... – Terra murmurou, querendo confortá-lo.

Ela olhou através do rendilhado fluido das janelas da estufa para o extenso terreno de Alfea. Aquele era seu lar, e Terra sempre gostara daquele lindo lugar. Todos diziam que as luzes eram diferentes no reino das fadas, de um amarelo menos brilhante e intenso do que no Primeiro Mundo, especialmente quando o crepúsculo das fadas chegava antes das longas horas de orvalho da noite. No reino das fadas, a luz se entrelaçava com as sombras, tingindo-se de cinza e verde, viajando em sulcos das folhas na floresta orvalhada. Na casa de Terra, a luz ondulava ao sabor do vento das fadas, e o movimento suave da paisagem da terra era como a vida do mar. Terra sob a onda. Mas a vida perde sua beleza quando se está afogando no fundo do mar.

Claramente, Riven estava sofrendo *bullying*, mas ele estava muito envergonhado para falar sobre isso.

Terra estava chocada com a desmedida crueldade de Sky.

Tudo o que Terra desejava era alguém que precisasse dela e não a abandonasse. No ano seguinte, Terra teria muitos amigos, mas naquele momento Riven era seu único amigo, e era sua obrigação cuidar dele.

Aquilo não ia dar certo, tinha certeza de que Riven gostaria mais de Alfea se as pessoas parassem de intimidá-lo. Assim, Terra decidiu que ninguém mais incomodaria seu amigo, ela o protegeria.

Planos eram mais eficientes quando prazos eram definidos. Terra pretendia estar muito ocupada durante a orientação, conhecendo novos amigos, o que significava que teria três dias para o grande Dia da Orientação e até lá ela garantiria que Riven estivesse seguro.

Água

Faltavam três dias para o Dia da Orientação até que Aisha finalmente chegasse a Alfea. Ela estava pronta para seus treinos diários de natação, e não havia desculpas. Para ela, se você perde um dia, certamente perderá outros. Quebrar uma regra significava que seriam grandes as chances de todas as regras serem quebradas, o que levaria à perda de disciplina, e não ter disciplina levaria à pior coisa que Aisha poderia pensar: decepcionar a equipe. Aisha nunca permitiria que isso acontecesse. Seu time vencera prêmios, ela era o orgulho e alegria de todos os técnicos de natação que já tivera.

A magia não estava nadando.

Sentou-se a lado da piscina externa e tentou convocar as gotas de orvalho da grama para formar uma cortina no ar; as gotas se levantaram, mas de repente perdeu o controle, e as gotas respingaram em seu rosto como uma chuva de areia. Aisha resmungou, fechando os olhos.

Ela amava a água, sempre se moveu pelo elemento com mais facilidade do que no ar. Usava vestidos esvoaçantes quando não estava com roupas esportivas para se sentir como se estivesse flutuando na água. A maioria de seus brincos tinha pedras azuis: topázios e safiras azuis, além de turquesas. Frequentemente pensava em pintar seus *dreads* de azul-cobalto, para que se parecessem com a cor do mar uma hora antes do pôr do sol, seu tom preferido de azul. Sempre sendo capaz de se destacar entre seus pares com o mínimo de esforço, Aisha era uma Fada da Água, portanto deveria ser capaz de invocar e controlar a água conforme sua vontade. Muito embora, por algum motivo indefinido, seu poder estivesse escapando pelos dedos.

E aquela seria a semana do Dia da Orientação em Alfea, a escola que tanto desejava frequentar. Ninguém era aceito se a magia não fosse poderosa o suficiente, e seria assim que deveria ser a dela: poderosa, afinal ela tinha responsabilidades.

Aisha convocou as gotas do orvalho mais uma vez, tentando juntá-las na pequena cavidade que formou com as mãos. Daquela vez, as gotas espirraram desordenadas entre seus dedos, como uma fonte incontrolável.

O que aconteceria se um professor ou mentor lhe pedisse para mostrar sua magia no Dia da Orientação? E se Aisha se colocasse em uma situação constrangedora e as pessoas pensassem que ela seria um risco para qualquer equipe da qual fizesse parte?

Pela primeira vez em anos, Aisha estava tentada a não participar de seu treino diário de natação e focar em sua mágica. Contudo, ela sabia que seria um sinal de fraqueza. Se duvidasse de si mesma, se sentiria derrotada.

Deslizou para dentro da piscina. Assim que a água cobriu sua cabeça, sentiu-se mais calma. Impulsionou seu corpo pela raia, os braços acompanhando o conhecido ritmo. Os marcadores mantinham-na concentrada, movendo-se rapidamente e com segurança. Seu destino estava claro, e seu plano, formado na cabeça.

O Dia da Orientação estava chegando. Aisha finalmente conheceria Alfea, a famosa escola onde aprenderia a usar e controlar seus poderes. Sabia que, se lhe ensinassem as estratégias, seria capaz de colocar em prática as lições, concentraria seus esforços com total disciplina no que aprendeu praticamente sua vida inteira. Algumas vezes, era obrigada a parar os treinos, mas sempre superava essas fases, e daquela vez não seria diferente. Venceria as dificuldades, exatamente como nos esportes; o que precisaria encontrar era um mentor, alguém como um técnico de magia que a guiaria.

Aisha sempre fora capaz de realizar tudo que tivesse vontade, preparara sua mente para isso. Não era uma questão de sorte, mas, sim, de um árduo trabalho que lhe possibilitou conquistar o respeito e a admiração de todos os times e de todos os líderes de equipe que já tivera. Primeiramente, precisaria aprender como calibrar sua magia.

Quando o Dia da Orientação chegasse, Aisha saberia que veria seu mundo se abrir para os planos que sempre sonhou alcançar. Encontraria um orientador em quem pudesse confiar e pessoas que seriam seus novos parceiros de equipe.

Por enquanto, o que precisava fazer era continuar nadando.

O erro mais amargo

Caro senhor,

Foi como suspeitei. Dowling encontrou uma mensagem que pode revelar uma parte importante do último esquema de Rosalind.

Não sei exatamente qual é o segredo de Rosalind. Dowling não me permitiu chegar muito perto para ver o que estava escrito, mas reconheci a grafia de Rosalind e aproveitei todas as oportunidades para ler as anotações de Dowling sobre a pesquisa da localização do objeto.

Tenho usado noite e dia o dispositivo de escuta que você convenientemente tornou invisível, mas por enquanto ela não confidenciou nada a ninguém. Dowling deixou a escola durante o horário de trabalho, sendo que não tinha nenhuma reunião hoje; ela nunca fez nada parecido ao longo de todos esses anos em que trabalhei ao lado dela. Obviamente, eu a segui e posso confirmar que ela atravessou uma porta enfeitiçada que levava a outro mundo. Consultando as pedras de rastreamento, descobri que seu destino foi o Primeiro Mundo.

Fadas não costumam vagar por esse mundo monótono cheio de lamentações, apesar de ser chamado de Primeiro Mundo. Pelo menos, não até agora, a não ser que haja algum inquestionável benefício para ir até lá.

Não deixarei escapar nenhum movimento ou sinal dela. Fique tranquilo, não importa o que Dowling encontrar, será nosso.

Com respeito,
Callum Hunter

Conto de fadas n.º 2

*Meu coração transbordaria de sonhos sobre o tempo
Quando nos curvamos sobre as brasas e falamos
do povo escuro que vive nas almas.*
— W. B. Yeats

Especialista

Stella desafiou Sky com uma missão, que foi prontamente aceita. E ele deveria cumpri-la de qualquer jeito.

Mas a missão já não estava caminhando como ele esperava.

— Então, você voltou tarde — Sky comentou enquanto Riven entrou no quarto deles, muito tempo depois de Sky retornar de seu encontro com Stella.

A pintura verde azulada do quarto era bonita, com uma mesa entre as camas, uma janela, um jogo de dardos e até um sofá baixo.

Foi Riven quem trouxe o jogo de dardos e ficou satisfeito quando Sky aprovou a ideia. Contudo, Riven rapidamente guardou o jogo quando seu parceiro de quarto disse que poderiam treinar para aperfeiçoar a mira. Sky ficou sem entender nada, uma vez que não considerava errado treinar a mira.

Sky se instalou na cama do canto, mais longe da janela; aquilo não o incomodava, e esperava que seu novo parceiro de quarto fosse gostar da outra cama.

Isso foi antes de saber que seu colega nunca estava satisfeito com nada.

Riven jogou a jaqueta de couro sobre a cadeira em vez de pendurá-la, porque tinha a ideia de que ganchos para casacos eram para conformistas. Para passar o tempo, pegou a faca de seu bolso e começou a agitá-la no ar, o que sempre o atraiu por considerar uma brincadeira legal, mas que lhe rendeu muitos problemas. Seus primeiros anos na escola foram marcados com pequenos cortes em toda a extensão das mãos. A preocupação de Sky era tamanha que temeu que ele perdesse os dedos.

– Você estava me esperando, querido?

– Aonde foi depois da aula? – Sky hesitou. – Por acaso tem uma namorada secreta?

O corpo de Riven ficou tenso. Sky nunca havia perguntado, de verdade, para onde ele fugia depois das aulas, principalmente porque Sky imaginava que seu parceiro adorava passar um tempo entre as árvores quando ficava de mau humor. Aquilo seria embaraçoso para Riven admitir e para Sky ouvir.

– Não. – O tom de voz de Riven era tenso. – Não tenho nenhuma namorada secreta.

Perfeito, uma preocupação a menos no caminho. A missão estava indo bem.

— E o que acha de ter um encontro com uma garota?

— Meu amigo, para todas as fadas deste reino você é o Especialista mais desamparado que existe, mas meninas solidárias e boazinhas não são a minha praia, portanto estou fora!

Sky o fuzilou com os olhos, empurrando-o de leve, quando se lembrou de que ele ainda segurava a faca. Rapidamente, olhou para as mãos dele. Felizmente, Riven manteve os dedos cerrados em volta do cabo da faca.

Sky desviou o assunto.

— Cara, não vejo graça nenhuma nessa história de manusear uma arma de modo tão tenebroso — disse Sky, provocativo e ao mesmo tempo muito sério. Um corte com aquela faca seria temerário.

— Pare com isso, você deve se preocupar com a sua namoradinha, isso sim. Ela é habilidosa com uma faca? — Riven arqueou a sobrancelha. — Apesar de a faca ser afiada, eu não sou nenhum risco para você, fique tranquilo. Mas eu sei que a princesa é aterrorizante, e, se ela gosta de manusear facas, aí, sim, deve se preocupar, porque corre um sério risco de ser degolado. — Ele riu com deboche.

— Não tenho receio algum, Stel é muito habilidosa. — O jovem quis manter a conversa em bom nível.

— Acho que é mentira, mas tudo bem — Riven comentou com desdém.

O colega de quarto de Sky parecia estar com um humor pior do que o normal; considerando que em seus melhores dias vivia sempre emburrado, a situação não estava fácil.

O namorado de Stella mordeu os lábios temendo que talvez não fosse o melhor momento para trocar algumas ideias com aquele poço de mau humor.

— Sua irritação tem algo a ver com o que aconteceu entre você e Mikey?

– Por que precisamos conversar sobre esse assunto constrangedor? E, como se não bastasse, todos assistiram ao meu vexame de camarote.

Sky encarou o rapaz.

– Não havia como não presenciar a cena, Riven, estávamos no meio da aula, e é assim que se aprende. E, convenhamos, poderia ter vencido Mikey se você...

– Se eu acreditasse em mim? – Riven interveio.

– Não, Riven, eu ia dizer que poderia revidar se tivesse usado um golpe mais eficiente – Sky tentou ser convincente. – Porém, você pode, sim, ter mais confiança em si mesmo, eu acho.

Sky somente disse isso porque havia observado a técnica de Riven, que era infinitamente superior à de Mikey.

Riven suspirou.

– Esta conversa vai servir para alguma coisa ou é apenas um daqueles diálogos enfadonhos entre colegas de quarto?

Aquela era outra razão por que a missão de Sky era uma boa ideia: ambos passavam muito tempo juntos, nas aulas e em intermináveis treinos diários dos quais Sky o obrigava a participar. Sempre era legal ter o mesmo parceiro de *sparring*. Ademais, seria como se dois melhores amigos se ajudassem a socializar além de treinar.

Sky já estava cansado de ficar meditando e refletindo entre as árvores; aliás, não tinha prazer algum em permanecer naquele lugar, o que era uma motivação para ambos não gastarem mais tempo por lá.

– O que você acha da Ricki?

Riven ficou surpreso com a pergunta inesperada.

– Ela parece ser divertida – respondeu.

– Sério? – Sky ficou aliviado por concordarem em alguma coisa, o que raramente acontecia. – Ela é ótima!

Ricki era a favorita de Sky entre as amigas de Stella. Se ele fosse questionado, o que Stella nunca fez, ele diria que as outras amigas se importavam apenas com o fato de sua namorada ser uma princesa e certamente não estariam ao seu lado se ela tivesse problemas, mas intuitivamente Ricki lhe parecia diferente; além disso, a moça sempre tinha tempo para conversar e querer conhecê-lo melhor, o que era muito simpático da parte dela.

– Está querendo me dizer que vai dispensar Stella para ficar com Ricki? – Riven perguntou. – Bom saber; aliás, agradeço por me avisar com antecedência, assim posso pegar minhas coisas e dar o fora antes que sua ex coloque fogo em tudo.

Sky o encarou, incrédulo.

– Eu nunca daria o fora em Stella! Por que eu a dispensaria?

Riven abriu a boca com o jeito de um homem que tem muito a dizer.

– Por acaso, não se lembra de quando você, Stella, Ricki e eu fomos para a festa dos Especialistas Seniores? – Sky se apressou em perguntar, com o jeito característico de Silva, meio bobo. Quando era mais novo, falava com o sotaque de Silva, o que deixava seu técnico chateado, pois achava que Sky estava se tornando um jovem grosseiro. Assim, o rapaz prometeu que nunca mais agiria daquele modo, mas eventualmente não resistia, pois ele e Riven achavam hilário o jeito do técnico.

Com o tempo, Sky considerou sua atitude desrespeitosa e preferiu não a repetir, a menos que fosse diante de pessoas em quem confiasse e que não fosse mal interpretado. Mas naquela noite haviam se divertido muito, como se fossem bons amigos.

– Aquela foi realmente uma festa e tanto – Riven admitiu.

– Não esquecendo que bebeu além da conta – Sky foi obrigado a fazer a observação. – Desculpe-me, mas pelo menos eu sei como me comportar em uma festa. Você vomitou cinco vezes, cara!

Sky praticamente foi obrigado a carregar o colega nas costas até o quarto, enquanto Riven chorava e implorava por uma xícara de chá de ervas.

– Viva intensamente, morra jovem; as garotas más sabem fazer isso muito bem! – Riven comentou, pensando na festa.

Sky forçou um sorriso irônico, lançando-lhe um olhar de puro julgamento, mas em seguida mudou de assunto.

– O que acha de um encontro triplo, do tipo Stella e eu, Matt e Ilaria e você e Ricki?

Riven o observava, admirado.

– Você quer que *eu* marque um encontro com *Ricki*?

– Ahã – Sky concordou. – Você mesmo disse que ela é divertida, e você raramente fala bem de garotas, então...

– Eu falo muitas coisas sobre muitas garotas! Só não falo de sua namorada estranha, mas ela é uma exceção e não conta!

– Você não sabe nada sobre ela – Sky disse. – Ela é uma garota muito bacana e um dia será uma grande rainha.

As sobrancelhas de Riven se arquearam.

– Você está se referindo a Stella? Não me provoque, ela se preocupa mais com o brilho das joias do que com trabalhos sociais.

E quem era ele para julgar sua namorada? Como se ele se preocupasse com ações sociais!

– Bem, você topa ou não sair para um encontro triplo?

– Sky, não percebe como essa situação que quer criar é hilária?

O rapaz percebia, mas também não queria admitir.

Riven era engraçado, e Sky se divertia com suas piadas. Eram brincadeiras que Sky nunca se permitiria fazer, porque eventualmente poderiam se tornar cruéis, e ele não queria se envolver naquela roubada.

Havia um estranho brilho nos olhos de Riven, o que fez Sky ter certeza de que estava diante de um daqueles momentos cruéis.

– Esqueça essa história de ser hilário – preferiu dizer em vez de admitir sua incerteza. Silva nunca faria isso. – Diga apenas sim ou não.

– Sim, claro, por que não? – Riven respondeu com uma pergunta e riu.

Havia momentos em que Sky não simpatizava muito com o colega, e aquele parecia um deles.

Para mostrar seu entusiasmo, Riven começou a jogar sua faca para cima e pegá-la ainda no ar. Ele quase a deixou cair uma vez e quase se cortou duas vezes.

Sky já estava satisfeito, confiscou a faca e foi sua vez de ficar à frente.

– Veja, é assim que deve segurá-la.

– Pare de me desprezar – Riven ironizou e foi se deitar.

Sky riu da corcova formada pelo corpo de Riven sob as cobertas, suspirou e considerou o encontro marcado.

Com habilidade, jogou a faca para cima, observando a lâmina girar e cortar a luz da lua no ar, e com mais destreza empunhou a arma.

Missão cumprida!

Luz

– Bem-vindos ao primeiro encontro do Comitê para Organização do Dia da Orientação – Stella anunciou. – CODO, para ser mais prática.

A jovem observou atentamente ao redor da mesa do pátio com olhar contemplativo.

– Oh, não, caí em uma armadilha – Riven murmurou.

Ele parecia muito mais astuto e sorrateiro à luz do sol. Sky era o tipo de pessoa gentil e generosa, o que deixou Stella intrigada. Por que o namorado não deu uma dica ao colega de quarto de que deveria ao menos fazer a barba? Aquela não havia sido uma boa ideia. Talvez Sky não soubesse. Por sorte, ele estava cuidadosamente barbeado, mas Stella se preocupava com a situação do diretor Silva: a qualquer momento aqueles pelos no rosto se transformariam em um cavanhaque. Silva era bonito, apesar de mais velho, e Sky acreditava que o diretor era incapaz de cometer qualquer tipo de erro; mas para Stella, um cavanhaque era imperdoável.

Como convinha a uma pessoa da realeza, Stella decidiu ser misericordiosa.

– Uma dica para você, Riven. Essa penugem no seu rosto não o faz parecer um cara legal; mas sim alguém que não sabe se barbear.

O rapaz olhou para ela embasbacado.

Stella tentou ajudá-lo, mas tudo levava a crer que não havia atingido seu objetivo. Tudo bem, nem todos apreciam a benevolência.

Sentaram-se no pátio em torno de uma mesa de pedra redonda, sob uma janela de batentes de madeira de onde pendiam fios de hera. Matt e Ilaria beijavam-se como se estivessem sozinhos, sentados em cadeiras que puxaram para ficarem bem juntos, como normalmente faziam. Riven, Sky, Stella e Ricki se sentaram em diferentes pontos ao redor da mesa, de modo que pudessem trocar olhares diretos. Riven não parava de contemplar o casal de apaixonados e pervertidos, claro.

Quando os organizadores do evento posicionaram as lâmpadas para iluminar o lugar, Stella pediu, sagazmente, que uma delas fosse instalada atrás de um vitral, de modo que, quando o feixe de luz fosse ligado, atravessaria o colorido do vidro, e um brilho azulado radiante repousaria suavemente sobre seu belo cabelo amarrado em uma trança e sobre seu elegante *blazer*.

Assim que Ricki se acomodou, acionou o interruptor, e então a mágica aconteceu.

– Mas que garota maravilhosa! – a amiga exclamou, lançando-lhe uma piscadela.

Stella havia montado uma estratégia. Ricki era uma menina linda e tinha muitas vantagens a seu favor; com certeza não iria simplesmente abrir mão de sua vida pessoal e concordar em namorar Riven de imediato. Mas tudo ficaria mais fácil depois que ela participasse de vários encontros em grupo, sob o disfarce astuto de um comitê, e constatasse como eram divertidos, e assim ela seria convencida. Ademais, todos sabiam que encontros de apenas duas pessoas sempre eram mais chatos.

E o mais importante: estaria seguindo o conselho de sua mãe, afinal ela sempre dizia que aparições públicas e trabalhos de caridade eram a parte mais importante de suas obrigações enquanto parte da realeza. O Dia da Orientação era, sem dúvida, seu hábitat.

– A senhorita Dowling não pôde comparecer; assim, consultei o diretor Silva – Stella informou a todos. – Disse-lhe que ficamos honrados em sermos voluntários para ajudar com os últimos preparativos para o evento. Vocês acreditam que o diretor afirmou que não há um projeto de iluminação para o dia?

– Sorte a deles, pois você será a responsável por isso! – Ricki sorriu.

– Um momento, acabei de descobrir que sou descendente de uma espécie rara de fada secreta com uma poderosa herança mágica – Riven declarou, irônico. – Sinto que minhas asas estão crescendo, como nos velhos contos. Oh, não, espere, estou percebendo que minhas orelhas estão se soltando da minha cabeça! – ele riu. – Gente, só para saberem: voluntariado significa todo mundo ajudando quem precisa, e não ajudar somente com o que se gosta de fazer. Princesas não têm privilégios em se tratando de voluntariado, não é mesmo, princesa Stella?

Um burburinho se ouviu em torno da mesa.

Stella ficou irritada com o semblante de Sky, pois seus lábios pareciam prestes a delinear um sorriso. Mesmo que não tivesse sorrido de fato, ainda assim era uma traição. Por que esse pessoal havia se divertido com aquelas palavras? "Esse menino é ridículo", Stella pensou. O que levou seu namorado a escolhê-lo como colega de quarto? Nem passou por sua cabeça que ele fosse ingênuo ou coisa parecia, afinal era o *seu* namorado, ou seja, a pessoa mais perfeita e esperta do mundo!

– Eu não impus nenhuma ordem – Stella informou a Riven com altivez, embora pudesse fazê-lo sem questionamentos. – Naturalmente, contei às minhas melhores amigas meus planos no comitê.

Ricki concordou animadamente, o que faria em qualquer situação, e Ilaria encolheu os ombros e disparou:

– Claro, e por que não faria isso?

– Ela falou com você? – Riven consultou seu colega de quarto, inclinando sua cabeça de cabelo castanho e desarrumado em direção a Sky, cujo cabelo loiro estava irritantemente alinhado.

Sky tinha um cabelo maravilhoso e vestia uma fantástica jaqueta de couro. Se Riven envenenasse seu namorado com seu estilo de puro mau gosto, Stella o mataria.

– Oh, não, ela não falou nada – Sky disse, sem muita convicção e sob o olhar perscrutador da namorada.

– Cortem a cabeça dele! – Riven exclamou, rindo, em direção aos demais.

Daquela vez, Sky não conseguiu evitar o sorriso.

– Sky! – Stella o repreendeu, chocada com tamanha traição, e ele logo fechou a cara.

– Ah, os romances de amor... – Riven murmurou. – Ou como os outros chamam, a servidão velada.

O colega lhe devolveu um olhar de reprovação.

– Pode parar, Riv.

– Sim, pare com isso – Ricki entrou na conversa, mandando um caloroso sorriso para o namorado da amiga, e depois sorriu para Riven, compreensivelmente menos amistosa. – Estamos aqui para nos divertir, não é mesmo? – Parecia que Riven também não era imune ao charme fácil de Ricki.

Stella e Sky trocaram um disfarçado e conivente olhar de vitória.

– Exatamente como na festa dos Especialistas Seniores, antes de você cair bêbado na cama – concluiu Ricki.

O sorriso dela era travesso. Depois de alguns instantes, Riven lhe retribuiu com o mesmo semblante.

– Não posso negar que foi realmente muito divertido.

A festa dos Especialistas Seniores era tradicionalmente uma das mais escandalosas ocasiões do ano. Stella escolheu a roupa perfeita e chegou à abandonada Ala Leste nos braços de Sky. Mas a festa nada tinha de glamourosa. Após sua entrada triunfal, pôde perceber que o ambiente ali era de pura decadência, completamente indigno de sua presença. Ela começou a perder o controle mais do que gostaria, e todos ao redor estavam ainda mais descontrolados.

Ricki parecia à vontade em seu elemento naquela festa, correndo e rindo, pedindo para Sky e Riven fazerem fadas de neve junto às folhas caídas. Pendurou um dos braços ao redor do pescoço de Sky e o outro no de Riven e os persuadiu a cantar com ela, jogando a cabeça para trás, totalmente inconsciente do que estava fazendo.

Stella não sabia como agir de outra forma que não fosse sempre cuidadosamente pensada. Como princesa, seu comportamento sempre fora exemplar, nunca pensou na possibilidade de ser pega de surpresa em alguma atitude censurável. Só de imaginar, sentiu o corpo arrepiar. Não, não queria nem ao menos saber o que poderia acontecer.

– Você está se sentindo bem, Stel? – Sky perguntou, parecendo preocupado. Por um momento irracional Stella pensou que o namorado tivesse lido sua mente, como se fossem almas gêmeas.

Em seguida, ele tirou a jaqueta de couro e ofereceu à namorada. Já era primavera, mas ainda havia um toque de frio no ar. Stella balançou a cabeça como se quisesse negar a gentileza dele, não queria estragar seu visual. Contudo, quando ele a envolveu com os braços másculos, a princesa largou o corpo com gratidão sob aquela proteção aquecida.

Sky lhe deu apoio, mantendo-a segura e ficando ao seu lado, como sempre fizera desde que eram crianças, e ela se sentiu confortável e acolhida.

– Nada como ter um lugarzinho sob braços protetores – Riven falou em tom jocoso.

– Deixe de ser ridículo, você está com inveja porque não tem ninguém para te proteger – Stella retrucou. – E nem pense que vou emprestar meu namorado. Duvido que conseguiria alguém para ficar do seu lado.

Riven a encarou, deixando-a envaidecida. "Acertei o alvo", ela pensou. Stella era uma pessoa extremamente habilidosa, uma mulher multitarefa de fato, e sabia tirar vantagem de tudo em qualquer situação, inclusive sobre ele, que caiu como um patinho em seu estratagema: sem esforço, Ricki ficou sabendo que ele estava sozinho. Como em todos os planos de Stella, seu objetivo estava sendo atingido.

– Me sinto literalmente no inferno – Riven murmurou –, e muito bem acompanhado!

– E eu, cada vez melhor –Stella exultou, com a confiança recarregada à medida que Sky mantinha seu braço ao seu redor. – Mas vamos mudar de assunto, porque este já me cansou. Querido, Ricki e Ilaria são ilustradoras de cartazes e propagandas e fizeram toda a comunicação visual referente ao Dia da Orientação.

— Sky poderia nos ajudar a pendurar os cartazes — Ricki comentou, um pouco tímida, participando da conversa —, já que é mais alto do que nós.

— Oh, com certeza! — Sky sempre era prestativo. — O que acha, Riv?

O colega, que nunca era simpático, grunhiu.

— Você não é de fato uma pessoa alta — Stella observou, olhando para o maluco do Riv —, muito menos bonito ou educado, mas com certeza pendurar cartazes não deve ser uma tarefa difícil para uma pessoa como você executar.

Matt e Ilaria chegaram do nada, ambos com os lábios borrados de batom e cabelos desgrenhados. Stella estava pessoalmente chocada. Ela e o namorado nunca se expuseram em público daquele jeito.

— Ainda vamos continuar falando sobre o comitê? — Ilaria perguntou, bocejando com os lábios escarlate. — Ninguém tem uma boa piada ou fofoca para contar?

Aquele não era de jeito nenhum o espírito de um comitê como o deles! Stella franziu a testa.

Riven se inclinou para a frente, repentinamente ansioso.

— Acho que a senhorita Dowling está tendo um caso escondido com seu assistente — ele disparou as palavras como uma metralhadora.

— O quê? — Stella se desvencilhou dos braços protetores do namorado. — Por que está dizendo isso? A senhorita Dowling não faria isso! Você está sendo muito maldoso e difamador.

Todos respeitavam a senhorita Dowling; as pessoas se espelhavam em suas atitudes. Ela era o estandarte de lisura em Alfea e nunca se aproveitaria de nenhum funcionário.

Contudo, Stella não poderia se esquecer de sua mãe. A jovem sabia muito melhor do que ninguém que as pessoas nunca são totalmente o que parecem.

Ilaria estava esfregando as mãos de satisfação.

– Explique melhor sua interessante teoria, Riven, pode começar.

Riven riu para ela.

– Não tenho muito a declarar, apenas que eu vi a senhorita Dowling se esgueirando pelos campos e depois atravessando uma porta encantada. E, minutos depois, vi Callum se rastejando pelo mesmo caminho, se dirigindo para o mesmo sentido em que ela foi. Por que ele a seguiria misteriosamente se não tivesse algum interesse nela?

Stella estava certa. Riven era um pervertido dos piores.

– Talvez quisesse informá-la sobre algum assunto que apenas ele, como assistente, tivesse conhecimento! – ela disparou.

– Callum se escondeu atrás de uma árvore quando me viu – Riven disse. – Por que faria isso se ele não tinha culpa no cartório?

– Bem, esse é um bom argumento – Matt admitiu.

Os olhos de Ilaria brilharam.

– E muito saboroso...

Riven transpirava arrogância, mas Stella não era obrigada a aceitar aquela provocação. Empertigou-se com sua altivez gélida e real e falou:

– É perfeitamente óbvio para qualquer um de nós que há uma explicação plausível para esse fato.

Matt foi o primeiro a se manifestar, e de modo muito espalhafatoso:

– Como o quê, por exemplo?

Stella começou a perceber por que Sky não simpatizava muito com Matt: ele era um tipo meio insolente, mas a maioria dos Especialistas era insolente.

– Não sei dizer o que aconteceu – ela admitiu. – Mas, se eu realmente quisesse saber, poderia facilmente descobrir.

– Quer apostar, princesa? – Riven a desafiou.

Ela já estava cheia daquele cara. Stella recostou-se na cadeira, cruzou os braços e ergueu o queixo, de modo que a magia da luz refletiu nos fios dourados de sua trança.

– Eu adoraria, peão. Como seguiremos com nosso trabalho no Comitê para Organização do Dia da Orientação, não tenho dúvidas de que teremos muitas oportunidades para observar Callum. Também a senhorita Dowling, e assim descobriremos para onde ela foi.

Apesar de a senhorita Dowling ter se ausentado apenas um dia, Stella sentiu-se desconfortável com seu sumiço. Normalmente, ela estava lá, comandando todo o castelo. Era estranhamente agradável ter um adulto em quem se podia confiar. Se Stella tinha problemas, sempre pensava em se aconselhar com a senhorita Dowling.

Não que ela estivesse sempre em apuros; muito pelo contrário, a vida de Stella era praticamente perfeita.

– Talvez ela tenha fugido para seu ninho de amor secreto com Callum – Ilaria brincou, quase tombando no chão para cutucar Riven.

Não era bem aquilo que Stella havia planejado entre Riven e Ilaria, já que ela já tinha um namorado, inclusive já formavam um casal poderoso! Era Ricki quem precisava de um namorado, embora quanto mais Stella convivia com Riven, menos certeza tinha de que sua ideia daria certo.

Sky mantinha Riven sob suas asas, e garantira a Stella que o treinaria; então, ela assumiu que o namorado estava ensinando ao colega de quarto pelo menos as regras básicas de convívio social. Contudo, suspeitava de que Sky estava se referindo apenas a treinos de luta, o que nada mais era do que aprender a bater em pessoas com bastões pesados e combates corporais, ou seja, aquilo era para formar brutamontes, e não para educar moços de cabeça oca.

Tal como acontecia na maioria dos casos, seria melhor se Stella assumisse o comando pessoalmente.

– Quando eu ganhar a aposta – disse Stella –, todos deverão parar de fazer essas brincadeiras de mau gosto. E você, Riven, deverá fazer o que eu mandar. Por uma semana.

Seria a oportunidade de colocar o menino na linha, e Ricki ficaria encantada com a nova versão daquele moleque. Riven certamente também ficaria agradecido, afinal seria uma mudança para melhor. Também seria legal para Sky, pois o comportamento atual de seu colega era uma vergonha.

Stella refletia luz por onde passava, metafórica ou literalmente falando. Ela cintilava de satisfação, o que causava inveja nas meninas e irritação nos rapazes.

– E quanto a mim? – Riven perguntou agressivamente. Ele era tão grosseiro.

Stella sentiu os lábios tensos.

– Como assim, quanto a você?

– Sim, o que vou ganhar se vencer a aposta? – ele quis saber. – *Você fará tudo o que eu quiser?*

– Não seja ridículo! – Stella desdenhou.

– Eu digo o que fará – ele falou duro. – Nada de luz mágica! Por uma semana.

Ugh, que peste. Seu olhar era fulminante, um gélido cinza esverdeado, encarando-a como se soubesse o que significava para ela viver sozinha nas sombras. Como se ela fosse uma qualquer para quem pudesse ordenar o que bem quisesse. Quanta ousadia! Ela era uma princesa! Como se ela se importasse com o que aquele perdedor do Riven pensava.

Sky e Ricki os observavam com atenção. O que Stella mais desejava naquele momento era sentir os braços dele envolvendo seus ombros, mas, para seu azar, foi ela quem se afastou dele e se sentiu envergonhada para se reaproximar. Manteve a cabeça erguida, como sua mãe sempre dizia que uma princesa deveria agir.

– Muito bem – ela respondeu sem muito tato –, aceito o desafio, mesmo sabendo que não corro riscos. Mas não perca tempo, pois deverá provar sua teoria rapidinho.

Riven encolheu os ombros e afirmou de antemão:

– Vou tirar de letra. Cuidado.

– Maravilhoso – Stella deu um sorriso brilhante. – Você tem até o Dia da Orientação ou prepare-se para ser meu empregado Especialista.

E assim ela deu por encerrada a reunião do comitê.

Stella ficou sozinha para fazer um esboço de seu projeto de iluminação para o Dia da Orientação.

Contra sua própria vontade, o pensamento dela voltou-se para a festa dos Especialistas Seniores. Ricki e Sky se deram tão bem naquela noite.

Em um vivo lampejo de memória, Stella se lembrou do braço de Ricki em volta do pescoço do namorado, suas vozes ecoando pelas paredes da Ala Leste, ambos entoando músicas sobre liberdade.

A luz mágica que instalou no vitral brilhou muito, suficiente para causar uma dor lancinante na cabeça da princesa antes de extingui-la.

Stella não gostava de ficar de fora dos acontecimentos que lhe diziam respeito. Ela não se divertiu na festa, mas estava assumindo o comando do comitê, e por isso tinha certeza de que iria adorar o Dia da Orientação.

Especialista

A ideia de encontro triplo havia sido a pior ideia que alguém poderia ter tido, e não apenas porque Riven fora atraído para uma aposta e concordara em decorar a escola inteira. Algo lhe dizia que deveria se preocupar com os próximos passos daquela empreitada sinistra.

Pelo menos, Sky vira um ponto positivo em toda aquela confusão: finalmente conhecera pessoas diferentes, algumas legais, outras nem tanto.

Nunca havia conversado com Ilaria. A moça fazia parte do grupo de Stella, e Riven tentava evitar as damas de companhia da princesa. Exceto Ricki, que o tirou do canto da sala para dançar na festa dos Especialistas Seniores. Ele gostou da garota.

No entanto, não pretendia namorar com ela, porque estava visivelmente interessada em Sky.

Riven não conseguia acreditar que Stella perderia a batalha; a princesa estava tão tensa que fazia cavalos puro-sangue agitados se comportarem como tartarugas sonolentas com sua magia. Era difícil definir o que seus olhos queriam dizer, pois deixavam transbordar seu iluminado humor mágico misturado à sua raiva insana interior. Mesmo assim, Riven estava fora do alcance de seus poderes.

Se Stella não sabia disso, também não iria gostar de saber.

– Deve ser muito divertido ser colega de quarto de Sky – Ricki comentou.

Ela estava acompanhando Riven, Ilaria e Matt em um passeio ao redor do castelo, mostrando-lhes os locais ideais, em sua opinião, para fixar os cartazes, mas aparentemente só ela estava interessada na instalação dos pôsteres.

– Todo dia há uma emoção nova – Riven comentou. – Para ele, obviamente.

A moça riu. O sorriso vinha fácil para ela. Riven não entendeu por que o parceiro de quarto escolheu alguém como Stella, iluminada e fria como uma geleira do Ártico, em vez de uma pessoa como Ricki.

Talvez Sky ainda não tivesse escolhido. A princesa ainda teria uma surpresa?

– Eu não me incomodaria em ver Sky sair do chuveiro diariamente – Ilaria disse saboreando um sorriso maroto.

– Sim, é muito bom – Riven afirmou. Após o silêncio desconfortável que se seguiu, ele completou: – Estou pensando até em vender fotos dele para o *Solaria Weekly*. "O Homem da Princesa... Descoberto!"

Ilaria caiu na gargalhada.

– As pessoas sempre param e pedem *selfies* com Stella. Acontece o mesmo com seu amigo? Todos são ávidos de curiosidade pela vida de nossas celebridades.

– Eles formam o casal perfeito, por isso todo mundo quer saber da vida deles – Ricki murmurou.

A menina parecia um pouco triste, sentimento incomum em se tratando de Ricki. Talvez estivesse um tanto pessimista em relação às suas chances com Sky, ou talvez estivesse apaixonada de fato por Stella, o que explicava em parte sua vontade de sempre estar entre os dois. Que ideia maluca!

Riven estava em dúvida. Tudo o que sabia era que Ricki não gostava *dele* daquele jeito. Surpreendente!

Com o canto do olho, Riven viu Matt fingindo vomitar. Ele riu e voltou alguns passos para trás, preferindo seguir ao lado de Matt e Ilaria. Quando Matt e Riven seguiram de volta para o *Hall* dos Especialistas, de pé-direito alto, paredes cinzentas como uma prisão e seus arabescos de ferro e pregos ao redor da cúpula de vidro, Ilaria os acompanhou.

Eles pareciam realmente apaixonados, viviam agarrados por aí.

Riven se ocupou brincando com a faca, trocando de uma mão para outra, um movimento que ele aprendeu e assumiu quando atualizou seu *look*... Ainda estava pegando o jeito de lançar a faca no ar e por isso se atrapalhou um pouco. Por sorte, o erro passou despercebido pelo casal; pura coincidência, porque estavam ocupados com outras coisas...

– Prazer em conhecê-lo, cara – disse Matt quando deram um tempo para Ilaria retocar o batom. – Você e Sky treinam juntos o tempo inteiro, por isso já não tem mais graça ficar assistindo – comentou sorrindo. – Você é muito bom, não? Vi quando estava treinando com Mikey.

– Sim, aquele treino foi um dos melhores, memorável – Riven pontuou. – Não há mais adversários para eu derrotar com meu talento especial. – A ironia estava embutida em cada uma das palavras.

– Não, cara, você é perfeito; quero dizer, até se encolher para se defender – Matt estava sendo sincero. – Para isso não acontecer, deve sempre se lembrar: batalhe sem piedade. Talvez não consiga derrubar Sky; quem consegue? Mas eu diria que tem boas chances contra qualquer outra pessoa do seu ano. Mesmo que seja uma fera como Mikey.

Sky teria dito algo assim, mas o insuportável era pensar que Sky tinha pena dele, diferentemente de Matt, que parecia sincero em suas palavras. Riven relembrou quando Sky sugeriu que ele o estrangulasse. Talvez Riven pudesse ter tentado ser mais combativo em vez de admitir internamente a derrota no início da luta. Ele se acostumou a recuar.

– Obrigado – Riven murmurou, esperando não parecer muito franco e sincero.

– Não se preocupe – Matt deu de ombros –, você é um cara muito melhor do que eu. Eu não conseguiria ficar treinando com Sky todo santo dia. Ele e Stella parecem bem legais, mas... são muito estressados.

Seu tom de voz era muito esclarecedor e verdadeiro.

– Verdade – Riven concordou tentando soar casual. Sua opinião era diferente, pois considerava ambos bem tranquilos, tipo, um casal legal saindo juntos.

– Odeio garotas que dão muito trabalho – Matt continuou falando em voz baixa para que Ilaria não escutasse.

– Eu imagino – o outro comentou.

Para manter o ar de cumplicidade que ele achava que tinha com Riven, Matt deu um sorriso maroto, e Riven apenas riu de volta.

Matt apenas queria dizer que não gostava de Stella. E, caramba, *concordavam* em alguma coisa. Enfim, um indivíduo com a mesma opinião, que não acha que o sol sempre brilha na bunda de Stella. Essa impressão errada ganhava força por causa do efeito da magia que Stella sempre fazia questão de brilhar aonde quer que fosse.

– Há outra razão para não nos encontrarmos com frequência, não é? – Matt perguntou com um sorriso e uma piscadela. – Vi você se esgueirando para a estufa várias vezes no dia. Para se encontrar com alguém, claro. A filha do professor Harvey, acertei? – Ele zombou. – Ela ainda é novinha, mas deve conhecer muitas coisas, se é que me entende...

Riven fechou a cara.

– Garotas mais velhas são muito ansiosas para agradar, né?

Riven demorou um tempo para responder, muito mais do que deveria, como se o tempo estivesse esmagado pela pressão das paredes de pedra. O rapaz teve que forçar para os dedos se abrirem, para não dar um soco naquele sujeito.

– Não é nada disso, cara – ele disse por fim.

– Ah, já sei – Matt encolheu os ombros, como se soubesse de tudo o tempo todo. – Você apenas quer sentir o ego inflado. Ter uma garota babando por cada palavra que você fala faz bem para a alma. Aposto como ela é caidinha por você.

Riven resmungou, demonstrando desprezo e desviando o olhar para uma janela estreita, para observar os paralelepípedos e os postes de luz enfileirados na rua. Matt o cutucou mais um pouco.

– Claro que é isso! Um cara bacana como você passando tempo com uma garota que ainda nem sequer pode ir para a escola tem tudo a ver com autoestima. Ela deve adorar, acho que nem consegue dormir direito, sonhando com você!

– Pode ser... – Riven murmurou. – Não estou preocupado com isso.

– Tudo bem – Matt comentou. – Espere aí – outra ideia veio à sua mente –, por acaso você está indo para a estufa para encontrar, tipo, plantas recreativas?

Poderia ser um absurdo, mas mudar de assunto era melhor do que ouvir Matt falar sobre Terra. Riven deu de ombros e se permitiu deixar escapar um sorriso malicioso de seus lábios, concordando sem concordar com ele.

Como se fossem íntimos, Matt bateu seu ombro no de Riven.

– Meu ídolo! – ele exclamou, jogando um braço em volta do ombro do outro rapaz.

Ilaria chegou naquele exato momento e se aconchegou sob o outro braço do namorado.

Quando chegaram diante do quarto de Matt, ele e Ilaria começaram a se beijar outra vez, praticamente arrombaram a porta e se jogaram na cama, grudados, parecendo uma pessoa só; provavelmente queriam e precisavam de mais privacidade.

Entre os cabelos que se misturavam no travesseiro de Matt e os corpos emaranhados um ao outro, Ilaria perguntou:

– Ei, quer ficar?

Riven hesitou.

Matt deu uma gargalhada.

– Uau, foi só uma brincadeira, cara!

– Claro – Riven concordou, sem graça. – Óbvio. Tchau.

Riven deixou a entrada do quarto apressadamente e seguiu seu caminho para fora do *Hall* dos Especialistas até o belo castelo onde moravam as fadas. Ele estava cansado de pessoas como Stella e Sky, que se encaixavam em Alfea como peças de um quebra-cabeça perfeito e muito confiantes sobre seu lugar no mundo e seu propósito de vida. Só para variar, ele queria conhecer um casal nem tão perfeito e que não estivesse tão certo de tudo.

Partiu para conferir os horários de Callum Hunter e da senhorita Dowling. Até o Dia da Orientação já teria desvendado o romance secreto.

Especialista

Bem, aquele encontro triplo havia sido terrível, e agora Riven e Stella tinham feito uma aposta muito esquisita, Sky pensou enquanto corria suas doze voltas em Alfea vendo o sol se pôr. Talvez Riven não fizesse o tipo de Ricki; na realidade, ele não sabia ao certo qual seria o tipo ideal de Ricki. Ela parecia se dar bem com todo mundo, afinal ela era uma garota legal e bem tranquila. Era muito fácil relaxar ao lado dela, o que sempre foi muito difícil para ele.

Aquele era um daqueles momentos em que não estava conseguindo ficar tranquilo, estava tentando bater seu próprio recorde de velocidade. Se atingisse seu objetivo, poderia contar com orgulho para Silva, portanto aumentou o ritmo.

O mundo era um quadro de esmeraldas, as folhas nas árvores e o espesso tapete de musgo no chão da floresta se misturavam como uma pintura. O verde profundo estava mesclado à imensidão negra das sombras.

– Oh, oi, Terra, é você? – ele perguntou ao se deparar com ela.

Certa vez, quando ele e Silva partiram em uma missão, que durou muito tempo, ao voltar achou que Terra havia crescido muito e parecia bem diferente. Ele piscou surpreso e perguntou: "Terra, é você?". Ao lado dela, Sam, riu da situação. Depois daquele dia, Sky perguntava sempre a mesma coisa, como uma brincadeira entre ambos.

Sky parou no meio do caminho tossindo; suas passadas pesadas faziam o pó levantar do chão.

– O que está fazendo se escondendo no meio da floresta?

Terra trajava um longo vestido de *jeans* desbotado e um cardigã florido e metade do corpo estava escondido atrás de uma árvore. O rapaz somente conseguiu vê-la entre a vegetação porque Silva o ensinou a ficar alerta o tempo todo.

– Oh! – Terra parecia bastante assustada, ainda mais ao ser abordada inesperadamente. Com gesto nervoso, colocou mechas do cabelo castanho atrás das orelhas. – Olá, Sky. Vim fazer um passeio no meio da natureza. Faz sentido, certo? Estou aqui apenas observando as novas folhas nas árvores e... e a primavera é uma estação muito bonita, então... Você sabe que adoro plantas. Todos sabem disso! Estou aqui porque... adoro plantas.

– Você adora plantas – Sky repetiu.

O rosto redondo e preocupado de Terra desapareceu atrás do movimento de seu cabelo de corte pajem quando concordou balançando a cabeça vigorosamente:

– Eu amo plantas!

Bem, Sky estava contente por terem se encontrado.

– Tudo bem... – ele não tinha muito mais a dizer sobre plantas, apenas ofereceu um sorriso a ela.

– Como está se saindo nos treinos, Sky? – Terra perguntou com súbita perspicácia. – Está deixando muita gente para trás?

O jovem ficou pensando se o tom áspero e irônico em sua voz seriam apenas uma impressão. Tendo morado em Alfea sua vida inteira, Terra sabia muito bem que Especialistas lutavam entre si constantemente;

talvez estivesse apenas demonstrando um pouco de interesse. E ela não era de fato muito boa no trato com pessoas, apesar de sempre se esforçar.

Sky poderia relevar e simplesmente não interpretar o tom da voz, pois sempre se esforçou para levar tudo de boa, em muitas coisas.

– Não querendo me gabar, mas, sim, eu deixo Riven para trás praticamente todos os dias – ele confirmou.

Estava prestes a perguntar à garota se estava ansiosa em relação ao Dia da Orientação e começar em Alfea no próximo ano. Mas ele decidiu não avançar na conversa ao perceber que o olhar de Terra, sempre doce e sonhador, estreitou-se de um jeito ansioso.

– Fantástico! – Terra declarou firmemente. – Não deveria de forma alguma se envergonhar disso.

– Mas eu não estou envergonhado... – Sky disse.

– Melhor ainda. Quis dizer que poderia ficar chateado porque ser sempre derrotado não deve ser fácil para seus adversários. – Terra não queria alongar mais a conversa e, em um gesto rápido, girou nos calcanhares e mergulhou nas sombras das árvores.

Aquela havia sido uma interação muito bizarra, mas todas as interações com Terra normalmente se tornavam estranhas. Ela era uma boa garota, mas tinha uma personalidade enigmática e intensa.

Sky encolheu os ombros e continuou a correr, atingindo um ritmo satisfatório. Árvores de um lado e do outro, o castelo cinzento delineado contra um céu escurecendo. Os lagos dos Especialistas, espelhos para o anoitecer do céu ao longe, eram o cenário perfeito para seu trajeto. Sky saltou sobre a videira que se estendia pela estrada, para em seguida pousar com perfeição e continuar sua corrida. Silva havia deixado armadilhas e obstáculos para ele ultrapassar ao longo do percurso; ocasionalmente, quando Sky ainda era um menino, o treinador fazia o mesmo às vezes no quarto, no corredor e até no banheiro, e, surpreendentemente, ele gostava da brincadeira. Sabia que Silva queria o melhor para ele. O diretor queria que estivesse preparado para qualquer coisa.

Fazendo seu circuito em volta de Alfea, Sky viu uma figura em trajes escuros de Especialista de pé perto dos lagos. Reconheceu Silva imediatamente por causa de sua postura, sempre atento. O rapaz se permitiu uma pequena mudança de planos e desviou seu trajeto, dirigindo-se para as águas cor de estanho que Silva examinava cuidadosamente.

– Ei, diretor, estou quase no fim do meu treino – ele gritou à medida que se aproximava.

– O quê? – Silva se assustou, erguendo o queixo bruscamente.

Sky sentiu-se mal, percebeu que havia interrompido seu momento, quando estava imerso em seus pensamentos.

O rapaz hesitou, odiando a ideia de piorar as coisas, mas fazer meia volta e correr não era a atitude de um soldado.

– Bem... decidi correr doze voltas ao redor de Alfea porque você disse que meu pai corria dez voltas em torno da escola, então eu...

– Você não precisa fazer algo simplesmente porque seu pai fez – a voz do técnico era fria como seus gélidos olhos azuis.

O que poderia fazer então? Ele gostaria de ser como seu pai e, se assim fosse, atleta e treinador seriam mais próximos. E... Silva amava seu pai. Repentinamente, Sky sentiu-se muito cansado, as pernas pesadas como chumbo por causa da corrida desenfreada ao redor da escola, perseguindo os passos do pai.

– Não, senhor. Peço desculpas, senhor.

Não era permitido que a exaustão afetasse o ânimo dos soldados. O rapaz assentiu com um gesto de cabeça e se virou, voltando à sua corrida.

– Espere, Sky.

E ele parou.

– Desculpe-me por ter sido muito duro com você – o treinador disse severamente. – Tenho algo em mente; claro que eu sei que você quer ser como seu pai, é claro também que sente muitas saudades dele. Eu... eu sinto muito.

"Quero que seja meu pai", Sky pensou. Esse papel cabia a ele, Silva, e não a outra pessoa, um estranho. E não era verdade, não sentia saudades de Andreas de Eraklyon. E como ele poderia? O rapaz não conhecera seu pai, não haviam lhe dado a chance de conhecê-lo.

Mas aquele pensamento também era uma traição. Seu pai não queria abandoná-lo, pelo contrário, estaria com ele se pudesse.

Sky sabia que Silva não queria ocupar o lugar de seu pai. A única razão pela qual o diretor se manteve ao seu lado foi para pagar a dívida que tinha com seu amado amigo.

Algumas vezes, Sky pensava que o treinador estava arrependido por cumprir aquele papel, talvez pela lembrança de Andreas que o jovem trazia à tona ou talvez porque Silva quisesse que Sky fosse mais parecido com o pai do que realmente era, ou seja, ele era a personificação da decepção.

Jamais poderia perguntar diretamente ao técnico, muito menos incomodá-lo naquele momento quando já estava preocupado.

– Tem algo em mente? – ele perguntou. – Posso ajudá-lo de alguma forma?

As feições de Silva ficaram mais suaves.

– Sem dúvida, soldado. Continue a corrida e bata sua última marca de velocidade.

Sky assentiu com um gesto de cabeça com renovada determinação.

– Com certeza, senhor! – E partiu, mas descontaria a última volta, começaria a correr e bateria seu recorde. Pelo canto do olho, observou Silva endireitar os ombros e marchar em direção ao castelo.

Sky sabia que ele e seu pai haviam servido sob o comando de uma mulher, mas não sabia o nome dela, muito menos poderia perguntar.

Era um assunto que machucava muito seu técnico, e podia afirmar até que o rosto de Silva se fechava sempre que perguntava sobre a guerra e sobre seu pai.

No entanto, o treinador contou ao rapaz o grande guerreiro que seu pai havia sido. Todos contavam ao rapaz histórias sobre Andreas, o matador de monstros, invencível em batalha até sua última luta. Sky sabia que seu pai havia sido um herói, logo seu comandante deveria ser um herói também.

Isso parecia perfeito, ter alguém brilhando para conduzir o caminho entre dúvidas, medo e destruição.

Quando Sky e Stella se conheceram, ambos eram crianças. Sky se sentia um menino inferior quando estava dentro do palácio, e por isso sempre seguia os passos de Silva, que reportava à rainha Luna em uma missão.

Desde que soube como a rainha tratava a filha, sempre tentando reduzir a importância de Stella, Sky quis ser seu defensor. Ele sabia que a moça um dia seria rainha, aliás, uma boa rainha, pois considerava Stella uma pessoa amável e empenhada, mas ao mesmo tempo uma pessoa desorientada. Se ele a ajudasse a encontrar seu caminho, imaginava que, em contrapartida, ela poderia ajudá-lo a achar seu próprio destino.

Porém, seus planos não saíram como planejado.

"Stella se preocupava mais com uma iluminação perfeita do que com bons serviços", Riven havia dito. Riven era um idiota, mas Sky foi obrigado a admitir que Stella não parava de falar de aparências e poder, em vez focar em tarefas mais nobres. A cada dia que passava, assemelhava-se mais com sua mãe. Ele nunca gostara da rainha. Sky tentava evitar tais pensamentos traiçoeiros, gostaria de ser fiel a Stella, pois a amava, sempre a amou. E a jovem precisava dele. Ter uma líder brilhante era como ter um melhor amigo, um camarada de armas em quem sempre se podia confiar. Mas tudo não passava de sonhos. Sky não podia continuar perseguindo sonhos.

Ele continuou a correr sob as folhas que refletiam a cor púrpura dos raios de sol como se estivessem em chamas.

Luz

A solidão era triste em um lugar sem luz. A escuridão se estendia por milhas, como um deserto de noite, e, apesar da ausência de luz, ela era capaz de ver o vazio daquele lugar. Stella sabia que ninguém viria para ajudá-la, que ficaria presa para sempre.

Em seu quarto da torre, Stella acordou gritando, estava tendo um pesadelo.

– Não, não, por favor! Mamãe, eu serei uma boa filha, prometo, prometo… – Stella percebeu que estava gritando e implorando em voz alta. As outras garotas poderiam ter escutado através das paredes. Oh, o que pensariam dela?

Seu quarto, decorado com tecidos transparentes e paredes cobertas por espelhos de molduras douradas, brilhava mais do que o dia. Stella cobriu o rosto com as mãos, curvando-se entre os lençóis que formavam um ninho sobre a cama e seu corpo estremeceu.

– Stella? – Ricki perguntou, em voz baixa, atrás da porta.

– Vá embora! – Stella gritou e se odiou quando ouviu a própria voz tremer.

A porta se abriu, e Ricki deu um suspiro agudo e doloroso, cobrindo rapidamente os olhos para protegê-los.

Stella não havia percebido que a magia da luz, irradiando das paredes e refletida pelos espelhos, era escaldante. Rapidamente se apressou em extingui-la completamente, porém, com as memórias em frangalhos por causa dos pesadelos ainda vivos na mente, conseguiu apenas reduzir a magia até que se tornasse um brilho nebuloso e sereno.

– Você está bem? – Stella perguntou à amiga rapidamente, com o pânico crescendo. Ela se acalmou assim que Ricki abaixou suas mãos e sorriu.

– É claro que estou bem – ela respondeu. – E com *você* está tudo bem? Ouvi você dizer que...

– Não sei o que pensou que ouviu – Stella retrucou.

– Não, nada, nada – Ricki a tranquilizou. – Nada que eu tivesse entendido, só isso, parecia apenas que você estava tendo pesadelos. Eu mesma costumava ter pesadelos quando comia muito queijo no refeitório.

Stella alisou os lençóis sob suas mãos. Estavam tão amassados como lenços de papel.

– Sim – Stella concordou com a voz fraca. – Talvez tenha sido o queijo. – Como se ela abusasse de laticínios.

– Você quer dar uma volta? – Ricki perguntou.

Quando Stella simplesmente a encarou com educada incompreensão, Ricki percebeu que ainda vestia seu pijama vermelho-cereja e deu tapinhas no colchão. Quando Stella se virou lentamente, Ricki subiu na cama, cobriu ambas com os lençóis amarrotados e passou o braço por cima do ombro da amiga.

– Odeio ficar sozinha depois de um pesadelo – disse despretensiosamente. – Então vamos fazer uma festa do pijama!

– Não é necessário – disse Stella sem convicção, temendo as próprias palavras, pois a amiga poderia acreditar nelas e ir embora. – Mas... obrigada, é muito gentil de sua parte.

– O que não é grande coisa, afinal. – A amiga fez um muxoxo.

Muito antes de Stella dormir, a respiração de Ricki ficou ritmada, e seu braço relaxou abraçando a amiga. A cama ficava sob a janela, de modo que Stella podia ver o céu: todas as estrelas pareciam pinceladas de magia de luz feitas por uma fada cruzando a escuridão da noite. Abaixo das estrelas, as colinas verdes ondulavam no entorno de Alfea, vastas florestas e cachoeiras prateadas, o lugar mais seguro no reino de Solaria, e que não era governado por sua mãe. Quem cuidava de tudo ali era a senhorita Dowling. Algumas vezes, a diretora irritava a mãe de Stella, e a rainha Luna nada podia fazer contra ela. Sua mãe dissera um dia que desejava expulsar a senhorita Dowling de Alfea, o que nunca aconteceu. Stella ficava maravilhada com qualquer pessoa que pudesse resistir à surpreendente vontade de sua mãe.

A senhorita Dowling jamais conversou com Stella fora da sala de aula, mas em classe uma vez ela colocou a mão firme no ombro da jovem e a orientou a controlar sua magia, diminuindo-a até ser um facho de luz.

A diretora não estava lá naquele momento. Se sua mãe viesse... Mas, mesmo se ela estivesse, também não poderia fazer nada. Ninguém poderia salvar Stella. Sua mãe era a rainha adorada e toda-poderosa.

As luzes do quarto de Stella piscaram.

Na manhã seguinte, Stella deveria correr até o círculo de pedras na floresta, ao lado da cachoeira ruidosa, onde poderia reabastecer seu poder e estar certa de sempre ter a luz na ponta dos dedos. Stella visitava com frequência o círculo de pedra, como uma donzela acorda no alvorecer de um dia de primavera e lava seu rosto com o orvalho da manhã para ficar linda, o que também significava continuar poderosa.

Assim, Stella estaria pronta para o Dia da Orientação, para executar seu esplêndido plano.

Ela deu um tapinha no braço de Ricki quando sentiu seu coração voltar a bater ritmado sob sua camisola de seda rendada. Sentiu-se mais confiante até que pudesse ser uma princesa com sono sereno e finalmente deixar seus olhos se fecharem.

Seu último pensamento foi desejar que a senhorita Dowling voltasse rapidamente para Alfea.

Mente

Musa segurava o panfleto para futuros alunos de Alfea e o trocava de mão várias e várias vez. Estava tentada a amassar o papel, mas não o fez. O Dia da Orientação estava muito próximo, e ela ainda não tinha se decidido.

— O que você acha, mãe? — perguntou soltando a voz alta no meio do ar parado da noite. — Devo ir para Alfea ou seria melhor fazer um aviãozinho com esse pedaço de papel?

Como uma Fada da Mente, Musa não acreditava que os mortos permaneciam no mundo dos vivos, ouvindo suas conversas. Com seu poder e experiência, poderia alcançar os pensamentos e sentimentos das pessoas, o que significava que também poderia alcançar o vazio onde a mente e o coração de uma pessoa costumavam estar. Sua mãe não estava presente. Sua mãe não estava olhando para ela em outro nível espiritual. Sua mãe havia *partido*.

Assim, para Musa não fazia o menor sentido visitar um túmulo, guardar as cinzas ou qualquer coisa parecida. Ela sabia melhor o que fazer. Porém, às vezes, ela usava seus fones de ouvido para ouvir as músicas de *rock* que ela e sua mãe costumavam escutar de janelas abertas e cantar enquanto dirigiam.

Sua mãe viveu com ela uma vez. Ela amou Musa uma vez. Musa conseguia sentir seu carinho. Quando ela tocou a música, pôde se lembrar do amor que sentiu.

Musa caminhou sozinha, como costumava fazer, ouvindo sua música e conversando com sua mãe morta. Ela não tinha mais ninguém com quem conversar sobre o convite para a escola em Solaria. Provavelmente ela não estudaria lá. Não via motivos para isso. As escolas estavam cheias de pessoas. Musa não se dava muito bem com pessoas.

Ela deu mais uma olhada no panfleto.

As fotografias faziam a escola parecer um castelo. Como uma fortaleza que poderia manter qualquer um em segurança lá dentro. Musa ansiava por segurança, mas as paredes não a ajudariam. E muito menos ajudariam as pessoas presas com ela dentro daquelas paredes. Musa podia imaginar vividamente o horror que poderia ser, de ter um monte de estudantes sendo hostis com ela, ouvindo-os pensar que eles não a queriam lendo seus pensamentos.

Ela não precisava melhorar seus poderes. Já eram muito fortes daquele jeito. É claro que, se houvesse alguém em Alfea que pudesse ajudá-la a tornar os pensamentos de outras pessoas menos violáveis, então tudo seria diferente.

Aquilo não parecia provável, e, mesmo se fosse verdade, qual seria o custo da ajuda? Musa não tinha esperanças. Esperança era para idiotas.

Seus poderes de nada serviram enquanto sua mãe sofria. Musa estava em sua companhia quando ela morreu. Sentiu a morte como se fosse sua. Musa tentou ajudar a mãe, mas não foi capaz de acabar com seu sofrimento. Ela fez tudo errado, falhou, e a lembrança de suas falhas, o eco dos pensamentos de sua mãe sendo torturada pela dor e padecimento nunca mais a deixariam em paz. Mesmo naquele momento, quando tentava imaginar qual o conselho que sua mãe daria, conseguia apenas ouvir seus gritos abafados.

Com as mãos trêmulas, Musa aumentou o volume da música. Em outros tempos, quando ouvia a música tão alto, tinha vontade de dançar, época em que sua mãe estava viva para vê-la se divertir, e Musa podia ver o brilho de seu orgulho, assim como a alegria dela. Com sua mãe, a esperança e a dança haviam morrido também.

O que Musa *poderia* fazer? A pergunta permanecia no ar. Com a mente vazia, o panfleto chegou às suas mãos como uma resposta quando ainda não tinha nenhuma resolução em seu pensamento.

Conhecer Alfea era bem diferente de se comprometer a ingressar na escola. Certamente, uma simples visita não lhe faria mal.

Caminhou sem rumo pelas ruas, chutando pedras à sua frente com as botas de combate, tentando parecer como se soubesse para onde estava indo.

Musa não tinha nada melhor a fazer. Poderia avaliar a escola sem compromisso.

O coração envelhece

Saul Silva encontrou os aposentos da diretora em total escuridão, e o silêncio ecoava no vazio das paredes.

Farah ainda não havia voltado para casa, ele não sabia onde ela estava. Ben disse que havia uma mensagem dela, informando que voltaria em tempo para o Dia da Orientação. Silva não entendeu por que Farah não deixou uma mensagem para *ele*.

Sua ausência o inquietou profundamente. Sempre queria ter certeza de onde Farah estava, desde quando formavam um time de jovens destemidos guerreiros contra os Queimados, desde que eram a força de ataque implacável. Rosalind dava as ordens, mas, antes que Saul pudesse se lançar na batalha, ele sempre tinha de confirmar com seu time.

Andreas está do meu lado? Ben está nos dando suporte? Farah está à nossa frente? Saul e Andreas sempre caminhavam juntos, Saul apenas um passo atrás. Farah estava sempre à vista e seguida por todos. Sempre fora assim; contudo, quando olhou para seu parceiro, Andreas não estava lá. Nunca mais estaria. Por causa de um erro de Saul.

Ele afastou o pensamento com brutal e marcial eficiência. Vistoriou em volta do aposento por mais um instante, contemplando as janelas circulares com vitrais verdes, azuis e amarelos iluminando fileiras e fileiras de antigos livros que Farah tanto amava. Havia uma escada caracol que conduzia para outro andar com mais livros. Rosalind foi a diretora ali, mas Farah foi quem tornou aquela sala seu lugar.

Ele era o diretor do *Hall* dos Especialistas, que era um anexo de Alfea, portanto nunca se considerou como um verdadeiro diretor.

Em última análise, Farah Dowling estava no comando, e era assim que ele gostava que fosse. No fundo, Saul Silva sempre seria um soldado, seguindo as ordens do seu general.

Ele não hesitava em dizer suas opiniões a Farah, mas confiava nela para orientar seu curso. No passado, tivera um general que havia dado as ordens erradas, mas aquilo fora há muito tempo. Rosalind fazia parte do passado, e ele não se permitia pensar nela. Farah jamais o levara para o caminho errado. Silva frequentemente saía em missões, e Farah permanecia em Alfea. Ela era o ponto de referência do mundo. Quando ela partiu, Silva ficou sem líder, teve de escolher seu próprio destino. Lembrou-se de suas dúvidas, trazendo à tona o dia em que fora obrigado a escolher entre as ordens de Rosalind e o que ele sabia que Farah iria pensar sobre aquelas ordens. Silva havia escolhido o lado de Farah.

Seu melhor amigo havia escolhido Rosalind. Seus pensamentos estavam vagando loucamente naquela noite.

Saul deixou abruptamente da sala, girando os calcanhares e descendo a ampla escadaria do corredor que dava para o pátio. Mas ele não se dirigiu ao *Hall* dos Especialistas. Em vez disso, foi direto para a estufa, onde havia uma luz brilhando.

Dentro da estufa havia plantas estranhas florescendo, algumas em segurança sob vidros e outras subindo pelas paredes de arenito. Ben

Harvey estava em uma das mesas do laboratório, curvado sobre um de seus experimentos. Ao vê-lo, a tensão nos ombros de Silva se desfez lentamente. Um de seus companheiros de equipe ainda estava lá. Ben era o homem mais inteligente que Silva conhecia. Podia apostar todas as suas fichas em Ben com absoluta fé. Ele confiava que aquele brilhante homem achava a solução para qualquer problema.

– E aí, *nerd*, o que está fazendo? – Silva perguntou.

Ben arqueou ligeiramente a sobrancelha, mas não tirou os olhos de seu experimento.

– Saul, eu lhe perguntaria o que o traz aqui, mas tenho certeza de que já sei do que se trata.

– Onde ela está?

– Não tenho ideia – Ben respondeu. – Mas o bilhete dizia que iria investigar um assunto e que eu não deveria ficar preocupado.

– Mas isso *é* preocupante.

Ben assentiu.

– Antes disso, ela me pediu uma poção que rastreasse qualquer tipo de magia, algo muito difícil de se fazer, na realidade muito fascinante.

– Nada é difícil para você – Silva disse com firmeza.

Ele admirava a genialidade de Ben e, apesar de não ser capaz de entender seu grandioso talento, sabia que o professor não perdia tempo com coisas inúteis. Sua filosofia era simples. Gênios forneciam soluções, líderes planejavam um meio de usar tais soluções, e Silva cumpria a missão.

– É verdade, grande Filisteu – Ben suspirou, cada centímetro fatigado. Cotoveleiras de couro protegiam o cardigã do homem, totalmente fora de forma. Triste.

– Normalmente, tal poção imprecisa não faria muita coisa, uma vez que estamos cercados de mágicos. Assim, isso indica que Farah não sabia ao certo o que estava procurando, além de estar fazendo suas buscas onde não há muita magia.

– O mundo dos humanos?

Silva franziu a testa. Farah não deveria ir para o Primeiro Mundo. Ele não simpatizava com aquele lugar. As crianças falavam com frequência sobre isso porque buscavam informações na internet. Silva achava que havia muitos usos melhores para a magia do que a internet. Aparentemente, o mundo humano também tinha internet, embora não funcionasse com magia.

– É um lugar muito interessante, Saul.

– Às vezes, Sky me mostra fotografias do mundo humano – Silva falou. – E eu não gosto disso. Não gosto de Instagram. Riven disse a Sky para ter uma conta. Aquele garoto é uma má influência.

– Eu tenho Instagram – Ben comentou alegremente. – Há muitas fotos de plantas surpreendentes. Terra me segue, e eu a sigo. Ela é ótima para lidar com filtros, faz as plantas parecerem mais bonitas em seu Instagram, sorte a dela.

– Não me alegra ouvir isso.

Ele nunca imaginaria que Terra perderia seu precioso tempo com essas bobagens inúteis. Terra era uma menina adorável. Ela e Silva nunca se falaram muito, o que lhe era conveniente. Ela era tímida, Ben comentou, e Silva entendia daquilo: ele também era tímido, embora nunca tivesse revelado o fato para quem quer que fosse, pois não interessava a ninguém a não ser a ele mesmo. Além disso, percebeu que a magia de Terra tinha muitas utilidades para batalhas. Ela poderia estrangular ou amarrar pessoas com trepadeiras, deslizar o chão sob elas ou enterrá-las profundamente; Silva suspeitou que ela o faria sem vacilar, se um dia precisasse. A magia de terra de Ben era menos feroz, e a de seu menino Sam fora usada principalmente para recuo, exploração e fins militares pacíficos, mas Terra Harvey estava prestes a se tornar uma assassina. Silva tinha grandes planos para ela. Seria excelente tê-la em campo com um time de Especialistas ao seu lado, desde que ela fosse bem treinada.

– Vi algumas postagens a seu respeito no Instagram – Ben comentou.
– Postagens terríveis. As crianças chamam isso de armadilhas da sede.

– O quê? – Silva perguntou, com terror absoluto.

– Hashtag fada de raposas prateadas.

– Eu não sou uma fada! – Silva vociferou. – E também não estou velho!

– Só um pouco – Ben o provocou. – Mudando de assunto, Farah pode se virar por conta própria, você sabe, não há motivos para se preocupar.

Não era típico de Farah desaparecer para qualquer lugar, principalmente para buscar magias misteriosas. Aquilo fez Silva pensar na única coisa que nunca deixou de perturbar Farah. *Rosalind*.

– Não estou preocupado – Silva afirmou. – Idiota! Ela deveria ter me mandado no lugar dela, só isso. – Farah deveria saber que Saul faria tudo o que ela pedisse.

Ben tentou amenizar a situação, observando Silva com preocupação, com medo de vê-lo surtar.

– Talvez ela não quisesse nos deixar aflitos ou que fôssemos atrás dela. Temos nossos filhos agora.

– Sky *não* é meu filho – Silva retrucou.

Aparentemente, a tentativa de apaziguar os ânimos havia falhado. Silva deixou a estufa batendo a porta atrás de si. Ele não deveria ter se incomodado em ir até lá. Ambos ainda formavam um time, obviamente, mas Ben já não era mais o mesmo; ele enterrou o soldado que havia dentro dele e agia como se nada tivesse acontecido. Ben vestia cardigãs como se nunca tivesse trajado uniformes antes e tinha jantares em família em sua casa. Eles não se entendiam mais, e Silva não achava nenhuma explicação.

Farah dominava as palavras, mais complicadas e terríveis do que espadas afiadas... Silva era incapaz de falar sobre o que tinha no coração, nem mesmo para Ben ou Sky. Sempre fora um alívio o fato de Farah ser uma Fada da Mente. Ela devia saber como ele se sentia, e nunca tiveram de conversar a respeito.

Se havia algo de que Silva tinha certeza, além de Farah, era que ele sabia perfeitamente bem que Sky não era seu filho.

Silva não merecia ser o pai dele.

Ele não era como Ben, não conseguiria vestir cardigãs ou fazer jantares em casa; nunca teve a intenção de ficar com Sky.

Mesmo antes da morte de Andreas, não fizera muitas visitas a Sky. Silva tinha o hábito de passar para ver o bebê, levar brinquedos e ouvir suas primeiras palavras incompreensíveis. Depois que Andreas se foi, Silva ainda passou na casa dele uma última vez. Foi quando chegou e Sky levantou o olhar para o rosto dele e deu seus primeiros passos em sua direção, apoiando-se onde fosse possível, mas determinado. Silva pegou o bebê no colo, com as mãos ásperas e grossas por causa das cicatrizes das diversas batalhas que nunca haviam segurado uma criança de apenas um ano de idade, cabelos loiros e olhar esperto.

Sky. Saul não foi capaz de sair para trabalhar deixando o menino para trás, então achou melhor levá-lo consigo. Esculpiu adagas de madeira para o menino e, depois, espadas. E, mesmo quando Sky ainda era um pequeno bebê, sua empunhadura era mais firme do que de outras crianças.

– Você sempre cuidará dele, não é? – Andreas perguntou em uma de suas raras aparições em casa, quando Sky era um bebê de berço, rolando de um lado a outro, rindo e tentando morder o próprio pezinho. – Do mesmo jeito que você está sempre ao meu lado.

– Eu prometo que cuidarei dele – Silva respondeu.

Menos de um ano depois, ele mesmo enterrou uma faca no peito do pai de Sky.

"Andreas", Saul pensava algumas vezes, "você teria muito orgulho dele. Ficaria quase tão orgulhoso como eu sou dele".

Mesmo Andreas não poderia ser tão orgulhoso como Silva. Ninguém sentia mais orgulho do menino do que ele.

Ao longo dos anos, Silva fora a diversas missões de Especialistas, sozinho ou com um time. E sempre levava Sky consigo. Sky se acostumaria à vida dos soldados desde pequeno.

Nunca havia questionamentos, não havia dúvidas de que Sky era um soldado nato. Silva guiara os passos incertos do garoto a um arsenal de armas e viu o bebê tentar levantar uma espada maior do que ele. Era tarefa de Silva garantir que Sky lutaria por causas justas e objetivos valiosos.

Quando estava na estrada ou no palácio da rainha Luna, ele mantinha Sky sempre ao seu lado.

Por vezes, pesadelos de guerras passadas vinham atormentar suas noites de sono. Uma noite sonhou com o Massacre de Blackwoods, depois com a batalha perto das cachoeiras e com corpos no rio. Em seus piores pesadelos, apareciam as batalhas mais cruéis, com sangue na grama e madeira queimada das casas; faziam-no se lembrar das imagens de Farah chorando e Andreas morrendo. Silva acordava daqueles pesadelos tremendo e gemendo como um homem eviscerado.

Então, ele se levantava, lavava o rosto com água gelada de um riacho ou de uma das pias de ouro martelado de Luna, pouca diferença fazia para ele, e se permitia admirar Sky. Não havia motivo explícito, mas observar a criança lhe trazia uma paz interior imensurável.

Sky dormia impassível em um saco de dormir ou em berço de esplendor palaciano, sem horror ou culpa a perturbá-lo.

"Meu bom e pequeno soldado, meu menino de olhos claros, de pontaria certeira e coração imaculado de guerreiro. O que pensará de mim se lhe contar quão desprezível foi o herói de guerra que você tanto admira? Vai me odiar? Vai virar as costas para mim?"

Sem dúvida, Sky faria isso.

Na mente de Sky, Silva e Andreas eram perfeitos heróis. Sky não sabia que o passado lhe parecia dourado, porque olhava para ele pelo reflexo de seu próprio coração dourado.

Um dia, Sky saberia de tudo. Silva sabia que devia a ele a verdade. Quando contasse para Sky, deixaria bem claro que Farah era totalmente isenta de culpa. Silva fora o único a fazer a escolha, foi ele quem desembainhou a espada. A responsabilidade fora completamente dele.

Silva não quis voltar aos seus aposentos, simples e imaculadamente limpo, mas também vazio e triste. Preferiu ir para os lagos dos Especialistas. Treinaria mais um pouco, o que não lhe faria mal algum. A cada ano que passava, a recuperação ficava cada vez mais lenta, e seus músculos e articulações doíam mais. A idade chegava mais implacável para quem tinha vivido sempre no limite da dor, e ele precisava estar inteiro para acompanhar os jovens que treinava. Se falhasse, outra pessoa poderia se machucar.

Pegou sua espada e foi para seus treinos, tentando forçar sua mente para não pensar em mais nada além dos exercícios sempre metódicos.

A paz raramente é companheira de um homem forjado para a guerra. A companhia de seu pupilo já não tomava boa parte de seu tempo agora que o jovem estava morando com outros estudantes no *hall*, e tinha colegas de quarto como Riven, cujos reflexos eram bons, mas os olhos eram vacilantes como a areia trêmula.

Alguns poderiam dizer que Riven pensava demais, característica intrínseca dos bons soldados. Soldados não eram estúpidos. Infelizmente, Riven pensava muito, porém do jeito errado. Seus desafios e perguntas não eram feitos no momento certo, muito pelo contrário, sempre na ocasião errada. Ele era o tipo de pessoa que fazia o cérebro ferver, gastando as energias muito antes dos comandos, ou construía um desafio muito grande em sua cabeça e desistia dele no pior momento possível.

Silva não queria que nada impedisse Sky de melhorar seu desempenho. Já tinha preocupação demais com aquela garota. Princesa Stella. Em princípio, ficara feliz ao vê-los juntos, claro, apenas uma princesa poderia ser boa o suficiente para seu pupilo, e a magia da luz dela era gigantesca. Mas sua obsessão em ser controladora era voraz, e o tempo não a ensinava a melhorar, mas, sim, piorava a cada dia. Em uma batalha, Stella podia ser considerada mais um fardo do que uma ajuda. Infelizmente, estava se tornando cada vez mais parecida com a mãe.

Sky era uma pessoa de alma boa, sempre pronto a ajudar quem quer que fosse, principalmente a princesa e sua dominadora mãe. Ele era sábio e generoso, um outro Andreas que Rosalind não conseguiu influenciar.

Sky jamais seguiria um falso líder, erro cometido por Silva por muito mais tempo do que desejara. Silva foi o único que descobriu os planos de Rosalind para destruir uma vila inteira com a magia negra. Rosalind prometeu a Farah e Ben que evacuaria e destruiria Aster Dell, onde só havia monstros deixados para trás, mas não foi o que fez. Deveriam ter detido aquela traidora a qualquer custo, mas não foram capazes.

"Saul, você está do meu lado?", ela havia perguntado a Silva. "Até a morte", foi a sua resposta.

Apenas eles sobreviveram. Silva era um soldado. Estava mais do que preparado para morrer, na verdade, ele frequentemente pensava que não estava preparado para viver.

Restava-lhe viver um dia de cada vez, cumprir suas obrigações. Quando chegou o momento de Silva contar todas as tramas e mentiras de Rosalind a Farah, Andreas estava em seu caminho. Seu melhor e mais querido amigo, companheiro de armas, por quem Silva daria a própria vida. Mas, infelizmente, estavam em lados opostos. Silva escolhera seguir Farah, enquanto Andreas escolhera seguir Rosalind.

Não teve outra opção a não ser sacar sua espada e matar Andreas. Antes daquele dia, contava as mortes de homens e monstros. Pela primeira vez em sua carreira, quis esquecer aquela morte, não fechou os olhos de Andreas, muito menos lhe prestou a última homenagem por uma luta valente e heroicamente travada. Não havia tempo. Havia muito sangue. Silva escorregou no sangue de seu melhor amigo, esparramado na grama enquanto corria para ajudar Farah e salvar Aster Dell.

Mas chegara atrasado. A vila já estava em ruínas, nada além de paredes enegrecidas na encosta de uma montanha. Havia estruturas de casas expostas como esqueletos e nenhuma alma viva. Avistou um sapato de bebê no meio das cinzas, seco e retorcido como uma folha queimada pela chama. Fora a única vez que vira lágrimas brotarem dos olhos de Farah.

Silva não conseguiu lidar com a dupla deslealdade: seguir Rosalind até o desastre e matar o amigo para tentar detê-lo.

Andreas. Silva viu seu rosto em tantos pesadelos. Seu melhor amigo. O pai de Sky.

Silva ainda se lembrava de Andreas em sua passagem pela escola. O herói de Eraklyon, o exército de um homem que matou mais monstros do que qualquer outro soldado. Todos, homens e mulheres, o admiravam. Ninguém nunca chegou aos seus pés, ninguém falava como ele, olhava como ele, lutava como ele. Andreas sempre era a escolha de todos. Silva entendia perfeitamente aquela predileção. Nunca houve nenhuma dúvida sobre quem era o melhor entre ele e Andreas.

Mas a guerra mudou a obviedade. Silva contou a Sky histórias sobre as proezas do pai nas batalhas, mas não queria contar ao rapaz como o derramamento de sangue mudou e transformou seu pai, como Andreas fora varrido pela fúria da batalha e como havia gostado da violência pela violência. Os comandados estavam assustados com Andreas. Silva fez o que pôde para ajudá-los, mas como alguém poderia ficar tranquilo com um líder deslumbrado com o próprio ego, tendo apenas Silva a quem recorrer? Sky era parecido com Andreas, antes da traição. Sky era gentil, generoso. Ninguém o ensinou a ser assim. Aquela era a sua personalidade. Todos os dias, Silva ansiava e dizia a si mesmo para que Sky nunca mudasse como seu pai mudou.

Antes das guerras, Silva também era diferente, naquela época o sorriso era fácil. Foi ele quem criou a tradicional festa dos Especialistas Seniores na abandonada Ala Leste; ele, Andreas, Farah e Ben riam, bebiam e dançavam entre as relíquias da guerra. Até que Silva também se tornou uma relíquia.

A guerra espalhava muito sangue e transformava para sempre as terras que se tornavam áridas. Um campo de batalha nunca poderia ser novamente um simples campo. Silva não ficaria surpreso se Rosalind tivesse usado alguma magia negra. Não ficaria surpreso se visse um dos Queimados correr até ele com toda a sua monstruosa fúria. A paz nunca durou. A guerra sempre voltava.

Coube a Silva se manter aparelhado com espada e escudo em mãos.

Um dia, a extensa sombra de seus pecados chegaria até eles.

Silva estava preparado e garantiu que Sky também estivesse preparado. Para lutar. Para defender Farah e Alfea. Silva não deixaria seu maior interesse ser arrastado para a lama manchada de sangue.

"Não permitirei que meu líder ou meu menino sejam atingidos." Não enquanto Silva tivesse fôlego de vida e uma espada nas mãos.

Quando Andreas era vivo, a diversão era mais fácil. Embora a alegria fosse mais difícil, ainda existia. A alegria era a cara de Sky, estava tendo a chance de amá-lo por pelo menos mais um pouco. A vida de um soldado era solitária, mas a honra era sua companhia. Se Silva fosse verdadeiramente honrado, ele seria muito mais solitário. Em vez disso, ele se apoiou mais do que deveria em Farah, quando ela já tinha tantos fardos. Ele fingiu, para si e para Sky, que era merecedor do afeto do rapaz.

Se ele morresse por Farah, Sky ou Alfea, sua infinita culpa acabaria, e seus pecados seriam perdoados. Silva não temia a morte. Inquietava-se apenas em não estar presente para defender seus companheiros quando estivessem em perigo.

Porém, tinha consciência de que essa era mais uma inverdade. Temia mesmo como Sky o encararia quando soubesse da realidade. Jamais fora capaz de contar ao jovem o que havia feito. Quando tentou fazê-lo, sentiu-se paralisado, frio e rígido, milhares de vezes.

"O sangue de seu pai está em minhas mãos, mas eu quis poupá-lo", pensava com recorrência. "Sou um assassino, tanto quanto ele, e eu o tirei de você e jamais poderei substituí-lo ou compensar tudo o que eu fiz."

Silva era o pior soldado que um exército poderia ter.

Era um covarde.

Exausto, sentou-se na extensa grama à beira dos lagos ao amanhecer, apoiou a espada nos joelhos e descansou a testa contra a gélida lâmina reluzente.

Onde estava Farah? Se pelo menos ela voltasse para casa e o orientasse novamente.

Conto de fadas n.º 3

O que poderia tê-la tornado impassível com uma mente
Que a nobreza tornou simples como uma chama...
— W. B. Yeats

O coração envelhece

O mundo humano era um lugar à parte, onde a magia não existia. A magia sequer havia cruzado aquele lugar, pelo menos desde que a prática de trocas havia sido abandonada. Farah saiu de um portal desenhado no ar e olhou em volta para seguir na direção indicada no bilhete de Rosalind.

Aquele lugar tinha um ar de deserto árido e filas prateadas de carros tão longas até onde a vista podia alcançar. Califórnia, era como os mortais o chamavam. A magia do reino das fadas tornou as máquinas desnecessárias para a vida cotidiana, e a magia da tecnologia lidava com o que era essencial. Farah estava acostumada a grandes extensões de matas, ao estrondo das cachoeiras e à presença crepitante da Barreira azul cintilante. O escudo mágico contra os Queimados era invisível até que alguém ou alguma coisa o tocasse e então flutuasse no ar com brilhos azuis e púrpura. A magia de Outro Mundo era muito diferente dos semáforos e luzes de *neon* daquele mundo.

Ben fez para Farah uma poção de raízes que rastrearia qualquer magia no ar da Califórnia, um frasco de filamentos cintilantes que lembravam limalha de ferro. Quando torceu a rolha, ela derramou a prata no vento.

Fraca e iluminada como o rastro de alguma lesma invisível, a poção traçou um caminho pelo céu. Farah seguiu sua pista por uma rua estreita repleta de pequenas lojas. Ela observou com atenção uma vitrine de estranhos perfumes; uma das embalagens dizia conter a fragrância de cereal açucarado já a outra, a fragrância de um camelo.

Se tais perfumes fossem um tipo de magia, Farah não queria nem chegar perto da loja. Andou mais alguns passos e parou hesitante diante de outro estabelecimento, uma pequena loja de antiguidades. A magia de caçar trilhas prateadas parecia cintilar como uma revoada de vagalumes ao redor do sino de latão pendurado na madeira verde descascada da porta.

Uma loja de antiguidades poderia ser o lugar ideal para esconder um artefato mágico. Desconfiada, sentindo-se nervosa como sempre ficava ao se aproximar de Rosalind, Farah abriu a porta.

Dentro, havia montes de lixo cobertos por uma camada encorpada de poeira como a neve espessa sobre elevadas montanhas. Qualquer objeto mágico perigoso e poderoso certamente estaria bem escondido naquele local.

No meio do ar empoeirado, a trilha mágica brilhou quase desaparecendo na escuridão, surgindo novamente como um forte clarão em um canto com detritos empilhados. Farah seguiu a trilha para descobrir a magia prateada ao redor da lâmpada quebrada de aparência deplorável, de uma luminária de vidro colorido encrustado de sujeira pendendo de um fio desencapado.

Aquele não podia ser o tesouro. Farah se aproximou, andou pé ante pé, imaginando se poderia obter do lojista alguma informação útil. Ela não tinha preconceito contra humanos, seu assistente, por exemplo, era humano, mas ninguém daquele mundo provavelmente saberia algo sobre Rosalind. Mesmo assim, ela não tinha um plano melhor.

O som de vozes elevadas e passos apressados do lado de fora detiveram-na por instantes.

A porta se abriu ao som de uma campainha e tilintar de sinos. Farah recuou sob as sombras, esperando que os clientes humanos concluíssem seus negócios.

– Venha, mamãe, vamos – pediu uma menina com longos cabelos ruivos ondulados, avançando. – Venha ver a bela lamparina.

A mulher que acompanhava a menina era loira e muito bem apessoada, porém tinha o ar atormentado de alguém cujo estilo de vida e calças de alfaiataria marfim não incluíam lojas cheias de tralhas empoeiradas.

– Bloom – ela chamou –, você ficou atrás de ferro-velho e lojas de antiguidades todo o fim de semana?

– Não, mamãe – a menina de cabeça vermelha respondeu –, fiquei em casa o domingo inteiro, consertando meu relógio novo.

Havia um toque de humor irônico na voz da mulher.

– Acreditaria que ficou o domingo inteirinho em casa se tivesse aberto a porta de seu quarto e se dignasse a falar comigo ou com seu pai...

– Mamãe!

– Você sabe que ter a sua companhia me agrada muito, mas passear e se divertir lhe faria muito bem, em vez de ficar em casa consertando bugigangas – a mulher explicou –; afinal, se relacionar com amigos sempre é bom.

– Que amigos? – perguntou a garota. – Todos na escola me acham esquisita.

– E você sabe por que eles pensam assim?

– Talvez porque eu seja um tipo estranho? – ela respondeu com uma pergunta.

Para Farah, a menina não apresentava nenhum problema. Seu nome era bonito, Bloom. Antiquado, talvez. Farah não entendia por que os pais de hoje davam nomes peculiares e modernos para seus filhos, como Chad ou Karen.

Ambas iniciaram uma discussão que parecia frequente entre elas, visto que as frases e respostas soavam desgastadas e de pouca importância.

– Se você desse a chance de as pessoas te conhecerem melhor...

– Eu sou feliz do meu jeito.

– Saia de seu quarto...

– Ei, você poderia pelo menos estar agradecida por eu não estar correndo atrás de carros roubados por meninos abusados.

– Poderia pelo menos conversar conosco, jantar conosco...

– *Mãe*!

O som alto e estridente da campainha soou quando uma porta interna se abriu e um homem com ar de autoridade apareceu conduzindo outra mulher para fora. Quando a mulher tropeçou, Farah percebeu que lágrimas escorriam dos olhos dela, quase a impedindo de seguir adiante.

– Pensei que valessem mais – a mulher comentou. – São pedaços do meu passado, odiaria ter de vendê-los, mas assim poderíamos usar o dinheiro...

– Esqueça, as peças praticamente não têm valor – o homem assegurou, interrompendo-a. – Estou lhe fazendo um favor ao ficar com elas só porque eu conhecia seu pai.

Sob seus braços havia duas legítimas estatuetas de porcelana chinesa. A mulher lançava um olhar ansioso e hesitante para os objetos, mas a postura ereta e firme do antiquário obviamente a intimidou.

– Espere – disse a menina Bloom. De súbito, sua voz soou potente.

– Bloom, silêncio. – A senhora pegou o braço da filha, puxando-a para trás.

– Você não entende, mamãe – Bloom sussurrou, virando-se para a senhora.

A outra mulher aproveitou a chance para se esquivar, passando pela porta, não sem antes murmurar um agradecimento.

– Essas são as estatuetas de Dresden! – a menina interveio, virando-se para a mãe. – Elas valem muito!

– Não se iluda, menina, pois são réplicas, muito malfeitas – disse o homem, piscando o olho. – Peço desculpas por desapontá-la.

A indignação estava estampada no rosto de Bloom como o fogo engolindo uma floresta.

– Eu não concordo com o senhor, não é verdade. O senhor a enganou.

Sua fúria parecia preencher todos os cantos do pequeno cômodo escuro e com muito lixo amontoado.

Quando Bloom deu um passo à frente, o lojista deu um passo para trás. Farah Dowling, que admirava uma menina de personalidade e firmeza, sorriu levemente.

Bloom avançou mais um passo, o ar praticamente estalando ao seu redor, mas sua mãe pegou em seu braço e a puxou de novo.

– Não faça um escândalo, Bloom. Espere-me no carro.

A garota a encarou, sentindo-se furiosamente traída.

– Você também não está sendo justa!

Girou nos calcanhares, batendo forte o salto de suas botas no chão, e saiu correndo pela porta, com o cabelo esvoaçando como um grande lenço e o sino vibrando atrás dela como um alarme.

A mãe suspirou.

– Desculpe-me pelo vexame.

– Ela tem uma personalidade forte – o homem foi irônico.

– Ela é fiel aos seus valores de justiça – a mãe o corrigiu, cerrando os olhos. – Eventualmente, ela pode ser precipitada, e peço desculpas por isso, apesar de não considerar um defeito. – Seu olhar perambulou pela lamparina encardida. – Quanto está pedindo pela luminária? Aparentemente, ela gostou muito da peça, disse que é um achado.

– Sim, certamente é, senhora Peters – ele concordou.

O lojista, todo envolvente ao perceber outro negócio à vista, vendeu-lhe a lamparina. Por fim, a senhora seguiu em direção ao carro.

De repente, o impulso da senhorita Dowling de procurar a ajuda do vendedor não existia mais, e, quando ela pegou o frasco de Ben, o rastro também havia desaparecido. Farah sabia que a lamparina não tinha propriedades mágicas, ela era poderosa o suficiente para ter certeza disso.

No entanto, as partículas prateadas agora flutuavam sem rumo como poeira brilhante soprada, como se algum tesouro mágico tivesse pairado no ar e voasse para um lugar desconhecido.

Havia um mistério a ser desvendado, mas ela não podia ficar no mundo humano por muito tempo. Seus amigos ficariam preocupados, e Alfea precisava dela. Ela tinha o Dia da Orientação para participar.

Especialista

– Vamos, Riven – Sky insistiu.

Stella era muito rigorosa em relação à pontualidade, e, se não deixassem o *hall* naquele momento, chegariam atrasados para ajudar na organização do Dia da Orientação.

Riven estava deitado na cama, usando sua jaqueta de couro, e a cabeça estava virada para o lado, a mandíbula em um ângulo superestranho, enquanto tirava uma foto com seu celular.

– Estou montando uma armadilha do desejo – ele afirmou.

Obviamente a foto era para sua página no Instagram. Riven atormentou o colega de quarto para que criasse uma conta no Instagram, o que Sky não entendeu muito bem, mas atendeu ao pedido mesmo assim. Stella selecionou algumas fotos do casal para o namorado publicar no Instagram e, às vezes, ele mesmo tirava fotos de lindas paisagens ou belas espadas e as publicava. Silva se contorcia sempre que ouvia a palavra *Instagram*.

Sky sentiu o sangue gelar em suas veias quando Riven disse algo como "armadilha do desejo" na frente de Silva. Aquilo não daria boa coisa.

Um pensamento feliz passou por sua mente.

– Uma armadilha do desejo para Ricki?

Riven gargalhou como uma fada do mal. Foi inquietante. Sky não viu o que o outro achou de tão engraçado na ideia de namorar Ricki. Ele achava que qualquer garoto seria sortudo se namorasse a menina.

– Está falando bobagem, meu irmão. Tenho milhares de admiradoras, aliás, milhares de perseguidoras, e elas pedem postagens, como direi, mais picantes. Você sabe como são essas coisas.

– Na verdade, não sei, não – Sky discordou. – Eu não acho que gostaria de ser seguido ou perseguido. Ontem, enquanto eu fazia meu treino, Terra Harvey quase me matou do coração quando estava se esgueirando pela floresta.

Finalmente, Riven estava pronto para sair. Percebeu também que estavam atrasados e praticamente pulou da cama e correu escada abaixo para sair do *Hall* dos Especialistas, saltando vários degraus de uma vez. Pela primeira vez, Sky teve de se apressar para alcançá-lo.

– Terra não estava te perseguindo – Riven retrucou assim que seu parceiro de quarto emparelhou com ele.

Se Riven fosse grosseiro com Sky, não seria um fato incomum, mas o tom de sua voz fez Sky parar.

– Por acaso, conhece Terra tão bem assim?

– Bem, acho que não, afinal – Riven murmurou.

– Ela é a irmã mais nova de Sam Harvey.

– Por acaso, Sam Harvey é aquele perdedor?

– Não sei nada disso. Sam e Terra são os filhos do professor Harvey, e eu sei que você tem simpatia por ele. Você gosta das palestras dele.

– Você está enganado – Riven retrucou, virando-se para a muda de hera nas paredes do pátio. – Sequer me lembro das palestras dele, aliás, nunca gostei das aulas dele.

Todos sabiam que o professor Harvey ficou impressionado com a desenvoltura de Riven no laboratório. Dissera uma vez que o rapaz tinha a melhor técnica de pipetagem entre todos os Especialistas que conhecia. Então Mikey e os demais começaram a provocar Riven, chamando-o de *nerd*, o que o deixou maluco de raiva, furioso, mas em silêncio. Sky não podia acreditar que Riven havia se esquecido de tudo isso.

Na verdade, Sky estava um pouco preocupado.

– Riven, você bateu a cabeça?

– Você está doido? Quem está ruim da cabeça é você, que acha que todos te adoram e idolatram. Isso é doentio, cara.

Sky deu um passo para trás, atônito com sua veemência.

– Eu não acho que todos me adoram – ele retrucou com calma. – Terra estava apenas passeando pela natureza quando eu a encontrei. Eu somente quis dizer que foi surpreendente...

Matt se juntou a eles, carregando um fardo de cartazes sob os braços.

– Terra Harvey? – ele perguntou. – É de você que ela gosta, Sky?

Sky se lembrou do olhar venenoso de Terra quando o encontrou no dia anterior.

– Claro que não!

– Absolutamente não! – Riven concordou.

Sky lançou um olhar suspeito em direção a Matt. Ele não gostou do jeito como Matt falava de muitas garotas e o viu observando a menina enquanto ela caminhava carregando plantas para seu pai. E se perguntou se não seria bom avisar Sam sobre aquele pervertido. Ele gostaria de saber de tudo o que acontecesse se fosse sua irmã.

– Acho que você já está muito ocupado com Stella – Matt comentou. – Falando em estar ocupado, pegue essa. Ela me deu estas coisas e muitas ordens, que eu simplesmente ignorei. Por acaso, alguém morreu para ela ser promovida a chefe de todos nós?

Riven deu uma gargalhada, porque Matt não percebeu, mas Stella estava bem atrás dele, dizendo:

– Apenas faça o que eu mando e ninguém precisará morrer. A não ser que você esteja se oferecendo para morrer, pode ser?

Sky sorriu. Stella empurrou Matt para o lado e surgiu, esguia, com o cabelo preso um rabo de cavalo. Lançou a Matt um sorriso ofuscante e perigoso e apontou para a parede.

– Ok, pendure os cartazes com eficiência – ela ordenou em um tom nada doce na voz. – Ou enfrentará as consequências.

Matt se afastou obedientemente e pegou uma escada. Stella correu de um lado a outro, controlando o comitê como um bravo cão pastor, organizando fitas e bandeirinhas para serem penduradas. Por ser uma Fada do Ar, Ilaria era capaz de fazer tudo flutuar antes que Sky saltasse para fixar os pôsteres nas paredes.

– Riven, está pensando em vandalizar nossos cartazes de "Boas-vindas a Alfea"? – Sky perguntou.

– Bem... – ele respondeu sem jeito.

O rapaz já estava rabiscando o cartaz onde se lia "Bem-vindo a Alfea". Sky riu e esfregou o cartaz com a manga de sua blusa, até que as palavras rabiscadas por Riven fossem apagadas.

– Riven, pare de vandalizar nossos cartazes!

– Que saco – ele resmungou, continuando a tarefa de pendurar os pôsteres, mesmo quando Stella foi embora para comandar Ricki e Ilaria. Enquanto isso, Matt descobriu um jeito de fugir do trabalho mais do que depressa.

Estranhamente, Riven era, às vezes, uma pessoa confiável. Sky lhe deu um sorriso de agradecimento. Um pouco surpreso, ele retribuiu o sorriso.

Quando a princesa retornou, com o som forte do salto alto de suas botas batendo no piso, a voz de Stella ressoou contra as pedras das paredes.

– Onde está Matt?

Riven nem se atreveu a dar algum palpite, preferiu se preservar. Sky encolheu os ombros se desculpando.

O tom de sua voz era ameaçador.

– Bem, ele vai pagar mais tarde por ter fugido de suas obrigações. Mas eu preciso de você agora.

Sky começou a descer os degraus da escada.

– Não estou me referindo a você, Sky – Stella disse. – Eu preciso de Riven. – Ela caminhou até onde o rapaz estava, acenando com um pincel coberto de cola como se quisesse afastá-la.

– Nem chegue perto de mim, nunca haverá amor entre nós – ele começou a falar –, porque eu não a amo.

– Seria trágico se eu tivesse uma quedinha por perdedores com complexo de inferioridade e que sempre se acham injustiçados – Stella rebateu, arrastando-o pela manga de sua jaqueta.

Novamente Sky deu de ombros e começou a perambular pelas salas do castelo carregando cartazes debaixo do braço. Fixou um pôster aqui, outro ali, em lugares com boa iluminação e que agradariam Stella. Contudo, Sky estava mesmo à procura de uma pessoa que frequentemente usava sua magia da terra para desaparecer entre as paredes. Sam era essa pessoa.

Sky nunca se sentiu tão confortável no castelo quanto no *Hall* dos Especialistas. Lá era lindo, mesmo antes de Stella adornar as paredes com seu brilho e vida de suas luzes. O vidro do parapeito da sacada, pintado com pétalas de flores, estava afixado às paredes de pedras onde espadas e escudos estavam inutilmente pendurados em vez de serem usados na guerra, além de tochas de chamas de cobre estilizadas brilhantes, porém, frias. Sky teria preferido fogo real.

Os delicados arcos de pedra e vidro pintado tornavam o lugar adorável, mas ao mesmo tempo impróprio para um soldado. Quando criança, a única preocupação de Sky era quebrar janelas ou danificar uma das flores da estufa. Ele se preocupava com coisas frágeis, porém na sua cabeça apenas o que fosse robusto tinha seu valor.

Por fim, viu um vestígio de cor verde ao longe e encontrou Sam Harvey carregando pelo corredor com vista para a varanda uma pilha de livros de fadas para uma garota. Sam estava contando baixinho uma piada para a menina, mas ela parecia distraída com outra coisa quando Sky se aproximou.

– Ei, Sam – o rapaz chamou –, podemos conversar?

Os olhos castanhos de Sam se arregalaram.

– Uau, Sam! – exclamou a menina. – Você é amigo de Sky?

Normalmente, os olhos de Sam só prestavam atenção em bichos de estimação famintos.

– Bem... sim... – Sam murmurou.

– Claro que somos amigos! – Sky se dirigiu à garota. – Aliás, bons amigos. Olá – ele sorriu –, você é namorada de Sam?

– Oh, não! – o moço respondeu de pronto.

Sam pareceu intimidado.

A garota jogou o cabelo negro para trás.

– Você não sabe como é sortudo, Sam. Quem sabe podemos ter um encontro duplo com você, Stella, Sky...

– Parece divertido – Sky comentou educadamente. – Mas agora precisamos de alguns minutos a sós. Sinto muito pelo incômodo.

– Sem problemas, Sky! – A garota pegou seus livros e saiu, aparentemente em estado de grande excitação.

Diferentemente de Sam, que parecia desanimado enquanto a observava partir.

– O que há de errado? – Sky perguntou.

Sentaram-se juntos em um banco baixo de madeira escura; Sam estava encolhido dentro de sua velha jaqueta verde. Sky costumava ver os dois irmãos jardinando do lado de fora quando eram crianças, Terra usando uma blusa branca e um cardigã, e Sam em sua jaqueta verde e um pequeno boné vermelho. Terra e Sam pareciam sempre um conjunto. Uma unidade familiar, perfeitamente em paz e feliz em sua união. Sky não conseguiria nunca acabar com aquela interação perfeita.

– Nada, na verdade – Sam parecia triste. – Mas obrigado por me apoiar. Eu meio que gosto dela e esperava impressioná-la um pouco. Mas ela já estava muito impressionada. Com você. Sem querer te ofender, Sky, mas gostaria que uma garota gostasse de mim pelo que sou, e não pelo que eu posso fazer por ela, por exemplo, ela te conhecer porque somos amigos. Entende o que quero dizer?

– Acho que sim – Sky concordou.

Sam era muito discreto e não gostava de aparecer, mas ele era realmente um garoto simpático e inteligente.

Sam encolheu os ombros.

– Mas tudo bem, haverá outras meninas bacanas. Enfim, como posso ajudá-lo? Nem imagino o que possa fazer por você, mas...

– Não, eu estou bem.

– Foi o que imaginei.

Sky se aproximou e disse:

– Quero falar sobre Terra. Há um rapaz Especialista, Matt, que é meio esquisito com as meninas, e ele mencionou o nome dela hoje. E eu não gostei. Só queria deixá-lo alerta em relação a ele.

Sam ficou em silêncio por um minuto, o rosto salpicado de sardas com a testa franzida e a mente imersa em pensamentos. Sky esperava não ter se comportado como um cara esquisito ao falar para Sam proteger as mulheres, inclusive sua irmã. Talvez devesse ter falado diretamente com Terra em vez de colocar o irmão no meio da história, mas fez isso porque pensou que seria mais fácil conversar com Sam, pois tinham a mesma idade. Falar sobre sentimentos estranhos era uma coisa muito esquisita de se conversar.

– Obrigado – disse Sam por fim. – Foi muito atencioso de sua parte me falar sobre isso, uma vez que não somos exatamente amigos. Você é um cara legal, quero dizer, todos sabem disso.

Aquilo era um elogio, não um insulto, mesmo que para Sky tivesse soado estranho. Tudo o que ele pôde fazer foi agradecer o elogio.

– Obrigado.

– Você acha que esse cara está molestando minha irmã? – Sam perguntou encafifado.

– Não posso afirmar com certeza. Sua irmã não comentou nada com você? Afinal, estão sempre juntos.

As rugas na testa de Sam se aprofundaram.

– Não conversamos muito ultimamente. Estou bastante ocupado com as atividades da escola, recebendo novos alunos; e Terra, bem, você a conhece...

Sky ficou em silêncio. Conforme um ditado que ouviu, se você não tem nada de interessante para falar, melhor ficar quieto.

– Ei – Sam o chamou –, eu não sou como você, ok?

"O que ele quis dizer com isso?", Sky pensou. Poderia esperar que Riven fizesse esse comentário, e não Sam, afinal ele era totalmente da paz e não arrumava encrenca com ninguém. Eles não eram amigos, mas nunca soube que Sam fosse uma pessoa inflexível ou impiedosa.

– Claro, não somos iguais – Sky vociferou. – Se eu tivesse uma irmã mais nova, eu gostaria que ela ficasse ao meu lado o máximo de tempo possível. Mas, diferentemente de você, eu não tenho uma família.

Ele se levantou do banco e deixou o lugar rapidamente. As luzes das janelas da sacada do castelo pareciam borrões luminosos à medida que ele descia o lance de vários degraus em direção ao saguão de entrada. As portas do castelo eram transparentes como as janelas de vidro, e as janelas em arco verde do saguão eram tão grandes como as portas, propagando os raios de sol que refletiam contra as luminárias pendentes de latão. A floresta surgiu por trás dos vidros como panorama para sua fuga.

– Espere! – Sam gritou atrás dele, descendo os degraus como um raio e seguindo os passos de Sky.

O rapaz se virou e esperou pelo irmão de Terra. Sam foi obrigado a se sentar no último degrau para recuperar o fôlego, contudo ainda conseguiu reclamar que os Especialistas corriam muito.

– Não quis ofendê-lo, Sky – o rapaz disse assim que conseguiu recuperar a respiração. – Eu quis dizer que você não precisa fazer esforço algum para ser legal e popular.

– Ok, tanto faz – Sky concluiu. – O assunto que me trouxe aqui é muito mais importante do que isso, não acha?

– Sim – Sam concordou. – Eu sei disso; peço desculpas se agi como um idiota.

Ficaram em silêncio por um momento. Quando o clima ficava desconfortável, Sky simplesmente não sabia o que dizer. Quando estavam situações constrangedoras, ele e Silva iam treinar com os bastões ou com as espadas. E Sam certamente não gostaria de fazer aquilo.

– Está tudo bem – Sky murmurou de volta.

O irmão de Terra concordou com um gesto de cabeça.

– Obrigado de novo pelo seu alerta, cara.

Sam, que acreditava que Sky levava uma vida sem sacrifícios, claramente não tinha mais nada a dizer.

O olhar de Sky se voltou para o cartaz de boas-vindas que Riven rabiscou e pendurou ao lado da hera que subia pelas paredes. Se fosse Riven, sempre teria uma última palavra.

– Sem problemas – Sky disse. – Até mais tarde.

Ele correu até o último degrau da escada, e, em vez de sair daquele lugar, Sky caminhou pelos saguões e afixou os pôsteres restantes para o Dia da Orientação. Ajudaria até onde fosse possível. Stella contava com ele, e Sky nunca gostou de deixar qualquer pessoa na mão.

Luz

Stella tinha de admitir que a delinquência tinha *algumas* vantagens. Riven lhe entregou a agenda detalhada da senhorita Dowling e de seu secretário, e naquele momento estavam analisando as informações. Enquanto supervisionava a decoração da escola, Stella passou em frente à mesa de Callum, que naquele momento não estava lá. Talvez aquilo não significasse nada, quem sabe ele não estivesse simplesmente aproveitando a ausência da senhorita Dowling para tirar um dia de folga. Riven informou que a diretora almoçou em trinta minutos, enquanto seu assistente se ausentou por apenas quinze minutos, tempo insuficiente para comer até um simples sanduíche.

O detalhe poderia ser uma pista.

Stella decidiu levar Riven para investigar os fatos, pois poderia ser pega enquanto averiguava aquele caso desagradável. E, se a princesa fosse surpreendida, não estaria sozinha. Com certeza arrastaria Riven e sua mente poluída junto com ela.

Enquanto subiam os degraus estreitos de pedra até a sala da senhorita Dowling, Stella decidiu que deveriam conversar antes de qualquer coisa; se fossem pegos se esgueirando pelos corredores, deveriam ter uma desculpa preparada.

Riven hesitou.

– A razão mais plausível para que um cara como eu e uma garota como você estejam se esgueirando por aí sozinhos seria a necessidade de encontrar um lugar escondido para namorarem – ele ofereceu uma desculpa, apesar de estar muito relutante para assumir aquela teoria.

Houve uma pausa tensa enquanto ambos absorviam as implicações daquela justificativa. Riven colocou o capuz de seu moletom na cabeça, gesto percebido por Stella, como se ele achasse que daquele jeito seria mais difícil de ser reconhecido. A garota teve vontade de zombar da cara dele, afinal ele merecia, mas Stella foi obrigada a admitir que seu rosto estava bem escondido, até irreconhecível, o que para ela não deixava de ser uma grande vantagem.

– Concordo com você – Stella disse por fim. – Apesar de preferir morrer a saber que alguém pode pensar isso de nós.

– O mesmo digo eu – o rapaz assentiu. – Podemos dizer que estávamos nos escondendo para um duelo.

– Boa ideia – a garota comemorou. – E, se alguém perguntar, vamos dizer que eu venci.

– E por que você venceria?

Stella lhe ofereceu um sorriso arrebatador.

– Só estou tentando deixar a história mais factível, Riven!

Ela seguiu na frente, liderando a dupla como uma princesa deveria fazer. Riven bufou e andou atrás dela.

Encontraram a mesa de Callum ainda abandonada. Eles espreitaram por trás do arquivo cinza e trocaram olhares. Stella se recusava a admitir, mas não sabia o que fazer.

– Talvez Callum esteja atrasado. Talvez esteja passando mal no banheiro – Riven sugeriu. – Pode ter comido algo estragado. Humanos são mais sensíveis. – Ele fez uma pausa. – Ou talvez ele esteja no escritório da senhorita Dowling beijando-a loucamente neste exato momento.

Stella o repreendeu de imediato.

– Você é muito vulgar, seu boca suja cretino! Ele não está lá, e provavelmente a senhorita Dowling ainda nem tenha voltado.

– Calma aí, garota! Foi só uma hipótese – Riven retrucou, encolhendo os ombros.

Apesar daquela suposição absurda, Stella percebeu que o rapaz não deu um passo em direção ao escritório da diretora. Mais uma vez, a realeza deveria estar à frente do caminho. As meninas faziam isso em causa própria, pois os homens eram basicamente inúteis.

Stella ergueu o queixo, deu um passo adiante e empurrou a pesada porta de madeira entalhada. Ao avançarem, encontraram Callum com a cabeça de cabelo cacheado sobre os objetos na mesa da senhorita Dowling enquanto examinava seus papéis e escrevia com a caneta rapidamente em outra folha de papel.

Quando Callum levantou a cabeça, havia uma expressão de absoluta culpa em seu rosto.

Ambos pararam mortificados na soleira da porta. Riven agarrou a jaqueta da assustada Stella. Irritada, ela tentou se desvencilhar daquelas mãos, afinal sua jaqueta era confeccionada com o legítimo *pristine Houndstooth*, e sorriu inocentemente para Callum.

– Oh, não, sinto muito – disse Stella com um tom de voz etéreo, como se estivesse dizendo "na real, não preciso me desculpar, sou uma princesa". – Acidentalmente tropeçamos na soleira do escritório em busca de um lugar para....

– Dar uns amassos – Riven se apressou a dizer, visivelmente em pânico.

– Nada disso, ele quis dizer duelo! – Stella interveio exclamando e encarando Riven com os olhos cuspindo fogo. – Duelo para a morte!

– Totalmente correto – ele concordou. – Espere, para o quê? – Riven ficou assustado.

Stella e Riven trocaram olhares que indicavam que estavam completamente desapontados como péssimos conspiradores. Então, a jovem atravessou a sala em direção à imponente mesa de mogno da senhorita Dowling. A janela circular acima da mesa era um mosaico de vidros multicoloridos, formando um redemoinho verde, azul e amarelo. Era muito bonito e criava uma luz enfraquecida com as cores do mar, impossibilitando a leitura de documentos a distância.

– Posso lhe perguntar o que faz na sala da senhorita Dowling? – Stella inquiriu. – A porta não estava trancada?

Rapidamente, Callum dobrou uma folha de papel.

– Obviamente, como secretário dela, eu tenho a chave. Não pode me acusar de nada. Sua mãe pode ser a soberana de Solaria, mas a senhorita Dowling é a autoridade de Alfea, e você aqui é uma estudante antes de ser uma princesa. Vocês dois invadiram a sala da senhorita Dowling.

Stella foi até a mesa, esperando dar uma espiada no que Callum estava escrevendo ou em qualquer outro papel sobre a superfície da escrivaninha, mas sua visão foi bloqueada por um globo que estava exatamente na direção de seus olhos.

Com uma firmeza surpreendente no rosto de alguém que sempre tem o queixo abaixado, Callum acompanhou Stella e Riven para fora do escritório da senhorita Dowling. Ambos caminharam mudos pela escada de pedras até poderem ter certeza de que não seriam ouvidos. Então se viraram.

– Você viu o rosto dele? – Riven murmurou. – Cara de culpado como o pecado!

– Callum sempre parece culpado, talvez porque se pareça com um *dachshund* de pelúcia – Stella disse, impaciente.

– Eu diria que ele parecia mais culpado do que o normal!

Talvez Riven tivesse razão em seu comentário.

– Concordo que o comportamento dele é muito suspeito – Stella reconheceu. – Mas isso não quer dizer nada. Talvez ele esteja fazendo algo errado, quem sabe até roubando algo dela.

Se fosse isso, Callum deveria apodrecer na clausura. Uma princesa poderia realizar a prisão de um cidadão?

– Ela lhe entregou a chave – Riven lembrou. – Ele estava escrevendo uma carta secreta de amor para deixar escondida na sua mesa. É obvio.

O que era óbvio era que Riven estava se mostrando um belo romântico sentimental enrustido. Stella torcia para que Ricki gostasse daquela característica. Caminharam lentamente pelo corredor, ambos perdidos em pensamentos.

No andar de baixo, sobre o parapeito da sacada, Stella podia ver os estudantes de Alfea perambulando sob suas fitas e faixas do Dia da Orientação.

– Precisamos resolver essa questão de uma vez por todas. Até que os flagremos juntos em um cenário que possa indicar um romance, tudo será especulação.

Riven estava carrancudo.

– Como a senhorita Dowling e Callum se encontrariam em alguma cena casual de romance?

– Deixe isso por minha conta – Stella afirmou com serenidade. – Até amanhã.

Ela era uma jovem bem resolvida e decidida. Poderia facilmente organizar um jantar de oito pratos e seria capaz de enumerá-los em dez idiomas com tranquilidade. E tudo em um piscar de olhos.

– Até amanhã, Princesa – Riven disse. – E esteja preparada para perder seu espetáculo de luzes.

Stella lançou um olhar dramático e balançou seu rabo de cavalo. Era muito mais do que Riven merecia.

Como desceu a ampla escadaria sozinha, usou sua magia para um teste com as lâmpadas mágicas que instalou inteligentemente ao redor do castelo. A luz brilhava com seus passos, seu cabelo balançava, e as pessoas que a seguiam com o olhar emitiam sons de admiração como se cada passo dela tivesse um eco de adoração.

A prata estava na árvore. O ouro estava nas janelas curvas, como se estrelas tivessem voado para pousar nas vidraças. A magia foi colocada sobre o chão do lado de fora como neve feita de luz congelada, e não de água congelada.

A luz que preenchia de esplendor as janelas arqueadas projetava sombras dos galhos ao redor pelo chão de pedras, de modo que o castelo parecia contornado por cercas vivas encantadas. No último degrau da escada, Stella ativou a magia que guardara sob cada um deles. O poder explodiu e transformou a escada em uma cascata de brilho, uma luz de espuma radiante da qual acabara de emergir. Stella manteve a cabeça erguida, delineada por uma luminosidade feroz.

As pessoas começaram a bater palmas, o som dos aplausos subindo até o teto abobadado. Alguns protegeram os olhos com as mãos, mas Stella disse a si mesma com firmeza que estavam saudando sua princesa.

Toda Alfea brilhava, e tudo se resumia a Stella. Luzes, câmera, ação. A cena estava montada para o Dia da Orientação.

O futuro seria glorioso.

Água

Tentar mudar seu estilo para o Dia da Orientação havia sido um erro. Parecia que Aisha havia assassinado uma sereia em seu banheiro.

Olhando para trás, ela concluiu que não tinha muita sorte com banheiros. Lembranças do incidente dos banheiros entupidos e transbordando em sua última escola tomaram conta de sua mente.

Apesar de tardia, Aisha admitiu que havia certo pânico envolvido em sua tomada de decisão. Disse a si mesma que finalmente iria para Alfea, onde aprenderia a ser uma especialista em sua magia. Era o momento perfeito para pintar suas tranças afro de azul-cobalto como sempre sonhou fazer, mas jamais teve coragem de realizar. As pessoas muitas vezes pareciam surpresas por Aisha gostar de vestidos esvoaçantes, joias e maquiagem assim como amava esportes, por isso se sentia constrangida de usar um novo penteado. Contudo, apesar de se preocupar com as expectativas alheias, ela acreditava que podia fazer o que quisesse.

Pegou a garrafa e foi trabalhar.

Uma hora depois, estava encarando horrorizada seu reflexo no espelho. Quando ficou evidente que as coisas estavam dando errado, tentou absorver com sua magia a umidade do pigmento. Uma vez que o corante estava praticamente seco e ela não estava muito confiante em seus poderes, "não ainda", pensou, seu cabelo ficou com um efeito horroroso de retalhos azul *neon*.

– Está pronta para o Dia da Orientação em Alfea? – perguntou mais cedo seu treinador.

– Você me conhece, treinador! – ela gargalhou. – Já nasci pronta! – Contudo, Aisha não tinha certeza se estava pronta para aquele dia.

Não. Aisha se inclinou para a frente e fez contato visual com a garota do espelho. Concentrou-se em seus olhos, e não no cabelo. Procurou ser sensata. "Você pode fazer isso, esportista."

Vencer era uma questão de atitude. Aisha desejava que tudo desse certo, portanto era fundamental que acreditasse em seu potencial. Os nervos perdiam tantas competições quanto a falta de habilidade. Não conseguia dar conta de seu psicológico ainda, mas também não precisaria estar pronta para o papel de liderança. Ninguém lhe faria grandes exigências no dia seguinte.

O Dia da Orientação era um dia introdutório para os futuros estudantes, destinado a lhes mostrar o estatuto e as regras da escola. Seria uma simples sessão de treinamento, preparando-a para a vida em Alfea.

Aisha apontou para seu reflexo com severidade.

– Concentre-se no jogo!

O que poderia dar errado?

Terra

No dia seguinte seria o Dia da Orientação! Terra estava mortalmente ansiosa. No dia seguinte conheceria sua melhor amiga! Ou, quem sabe, ela não era exigente. Se fosse grupo e todas gostassem uma da outra da mesma forma, seria bem divertido também. Elas poderiam fazer festas do pijama em grupo na sala de sua suíte, um forte de cobertores e fofocar sobre os garotos! Ou, se uma de suas amigas quisesse fofocar sobre meninas, Terra estaria lá para ela. Estava pronta para ser uma superamiga solidária.

Ela não deveria se antecipar. Aquela noite seria incrível também. Seu pai tinha lhe confiado algo muito importante. Mal podia esperar para mostrar a Riven.

No caminho para a estufa, cantarolava com o baú cheio de frascos recém-lavados nos braços. Fez o trajeto mais longo para visitar suas amigas plantas: passou pelo medronheiro rastejante de frutos vermelhos, sob a faia roxa, tília e lariço. Verificou os lagos dos Especialistas, mas os campos de treinamentos estavam desertos, a água calma era um espelho refletindo o céu noturno.

– Como vai, Ter? – Sam perguntou ao ficar ao seu lado.

A simples visão de seu irmão a deixou brava. Havia dias que ele não aparecia, que nem ao menos fazia as refeições com ela e seu pai.

– Oh, eu vou bem, obrigada – Terra garantiu com uma voz frágil. – Na realidade, estou muito ocupada. Creio que você também está, com todos os seus novos amigos.

A jovem não ia deixar para trás o descaso de Sam somente porque finalmente ele se lembrara de que tinha uma irmã. Ela marchou pelos cascalhos.

– Tem um cara Especialista... – Sam começou.

– Que cara? – perguntou de pronto a irmã.

Terra era uma menina que não tinha nenhuma habilidade para mentir. Sam lhe deu um olhar estranho. Terra fora obrigada a admitir, o comentário tinha fundamento.

– Ok – disse Sam –, quem sabe você percebeu um rapaz andando por aí...

– Eu não o conheço! – Terra insistiu.

– Ele é um cara corpulento do segundo ano chamado Matt – Sam continuou.

– Oh – a irmã suspirou –, na verdade, eu não o conheço. – Aquilo soou extremamente suspeito, mesmo para ela. – Eu não conheço ninguém – acrescentou com firmeza. – Como eu poderia conhecer alguém em Alfea? Você nem ao menos me apresenta aos seus amigos.

Sam se sentiu atingido com o comentário.

– Ei, não estou falando sobre isso.

– Então sobre o que está falando?

Sam a encarou, impotente.

– Eu já lhe disse – Terra explicou –, estou ocupada. Agora, se me der licença, tenho um encontro com uma pessoa que realmente *quer* a minha companhia.

Ela deixou o irmão parado no jardim e correu para o abrigo das azeitonas selvagens, respirando o perfume das plantas de jasmim para se acalmar. Examinou todas as flores como se estivesse acenando para conhecidos de longa data, embora naquele momento não pudesse parar para vê-las mais perto.

Eram verônicas, margaridas, rododendros e flor de sabugueiro em uma explosão de renda rosa, como um vestido de uma garota que vai a uma festa tão desejada. Ela estava furiosa com Sam. Seu irmão que salvava minhocas com ela quando chovia ou quando o sol brilhava ardente. Seu irmão que era tão gentil com todos não lhe dava a mínima atenção havia muito tempo. Sam era irritante, e ela o odiava.

Quando Terra abriu a porta da estufa, Riven já estava lá à sua espera, com os braços sobre a cabeça.

Rapidamente, Terra colocou o baú em cima da mesa do laboratório e correu até ele. Deu um tapinha em sua cabeça. Riven olhou para cima, piscando tristemente.

– Aconteceu alguma coisa? – Terra perguntou um pouco preocupada, mas com simpatia.

– Sim, aconteceu uma coisa horrível, gastei uma hora da minha vida com Stella.

– Uau! – A jovem ficou muito impressionada.

Riven a encarou com olhar acusador.

– O que quer dizer com isso? Por acaso acha que é uma coisa bacana?

– Meu Deus, eu acho Stella uma pessoa maravilhosa – Terra explicou. – Quero dizer, maravilhosa de um jeito assustador. Muito, muito assustador. Mas ela é tão linda e deslumbrante, não acha?

Riven fez uma careta.

– Eu acho que ela é a personificação da pior dor de cabeça, se quer saber.

– Céus! – Terra exclamou, assustada. – Eu pensei que qualquer garoto gostasse de Stella, uma vez que ela é tão linda quanto o sol.

Riven bufou.

– Claro! Fique olhando por muito tempo para o sol e ficará cego.

– Stella também está te intimidando?

– O que quer dizer com *também*? – Riven disparou. – Ninguém está me intimidando!

– Claro, claro – Terra o acalmou, sabendo que deveria tomar cuidado com seu orgulho melindroso. – Tenho certeza de que Stella é terrível.

Ela olhou ao redor da estufa em busca de inspiração para animar Riven, e seus olhos repousaram sobre as caixas de flores bocas de sino.

– Bem, você estava ontem, tipo... – Riven parecia escolher as palavras. – Andando por aí, atrás de Sky?

Terra mordeu o lábio.

– Oh, ele percebeu?

Riven parecia atordoado.

– Então é verdade que estava com ele?

– Oh, meu Deus – Terra disse, aflita –, estava? Sim, suponho que sim. – Ela não sabia mentir, nunca aprovou mentiras. Não se deve mentir para as pessoas, principalmente se você se importa com elas. Entre amigos nunca deve haver mentiras.

– Você tem... – Riven começou a falar entre dentes – uma queda por ele ou algo assim?

Foi a vez de Terra ficar atordoada.

– Pare com isso, Riven! – Ela começou a rir. – Isso é hilário.

Será que Riven nunca havia percebido que o cabelo de Sky parecia muito esquisito algumas vezes? Se Sky fosse uma planta, Terra se perguntaria o que estava errado na formação das pétalas. Além disso, sempre que Sky se encontrava com ela, só sabia perguntar uma coisa: "Terra, é você?". Eles se conheciam desde crianças, mas Sky sempre confundia o nome dela. Isso sempre soou estranho. Sky parecia ser um cara legal, mas ela tinha orgulho próprio.

– Sim, isso é hilário, não é mesmo? – Riven parecia mais calmo. – Uh... seria mesmo? Por que acha isso? Eu imagino que Sky é o tipo de cara por quem todas as garotas ficam apaixonadas.

– Do mesmo jeito que Stella é para os rapazes?

Riven pareceu mortificado, analisando a questão por aquele ponto de vista.

– Uau, não, Terra. Não me parece que Sky coma a cabeça dos adversários depois que são abatidos por ele.

– Isso é verdade – Terra admitiu. – Sky é menos assustador que Stella. Ele pode atingir alguém com sua espada, mas a princesa é capaz de atingir alguém com as palavras, o que eu acho muito pior. Além disso, ela pode te queimar com a luz mágica e talvez executá-lo. Por acaso, ela pode mandar executar as pessoas? Por ser uma princesa, eu acho que ela pode tudo. Um momento, já falei demais – Terra concluiu. – Eu sei que estou falando mais do que devo.

Algumas vezes, seu raciocínio a traía, quando ficava confusa e fora de controle durante uma conversa, principalmente se estava ansiosa ou animada. Terra sabia quando isso acontecia, mas sempre percebia *tarde demais*, depois que já tinha feito papel de boba.

Riven balançou a cabeça.

– Tudo bem.

Sua voz era mais gentil do que o normal. Riven realmente não parecia estar aborrecido com ela. Terra pensou que podia confiar nisso.

Riven gostava de deixar tudo esclarecido quando se incomodava com alguma coisa.

– Eu acho Sky um cara bem bonito – Terra continuou o assunto enquanto Riven fazia uma careta. – Mas ele não é muito atraente, eu pelo menos não acho.

– Você tem toda razão, Ter. – O olhar de Riven brilhou.

Ela não podia imaginar Sky precisando de ajuda. O rapaz era um tipo de herói de brilho próprio, inacessível como uma parede de mármore. Além disso, se alguém ao menos sonhasse em se aproximar dele, teria de lidar com Stella, e isso obviamente significaria a morte.

Terra não estava interessada em cortejar a morte, e sim um romance, mas sempre considerou que isso pudesse acontecer uma vez que estivesse em Alfea, quando teria novos amigos e quem sabe um namorado. Então, sim, poderia dizer que sua vida estaria apenas começando.

Resolveu pensar que ela era como uma planta, esperando o tempo certo para florescer. Plantas eram profundamente românticas, afinal pretendentes davam flores para suas amadas.

Muitas plantas têm nomes de amor, como miosótis e amor-perfeito. E, claro, flores eram úteis para fazer poções do amor. Pessoas falavam sobre plantar beijos, o que obviamente não era o mesmo que seu pai dar um beijo gentil em sua testa quando Terra estava curvada sobre um microscópio na estufa ou em sua cama na hora de dormir. As pessoas queriam dizer algo como *cultivar um beijo*. Tudo que fosse plantado deveria ser regado e nutrido. Terra tinha grandes planos para seu primeiro beijo.

Algum dia o amor floresceria nela. Encontraria um garoto superbacana e então saberia que era a pessoa certa, no momento certo.

Até lá, sentia-se um pouco desconfortável para pensar no assunto. Seu pai um dia lhe dissera que ela demoraria mais a se desenvolver, mas não sentia isso fisicamente. Tinha treze anos quando ouviu alguns meninos Especialistas comentarem sobre seu corpo. Um deles tinha aprovado, e o outro não concordou, e Terra não conseguia decidir qual dos dois lhe era mais repulsivo. Sabia como os garotos falavam sobre meninas como ela.

Terra queria que seu namorado fosse muito doce e gentil e que nunca fizesse comentários maldosos sobre outras pessoas; nunca pensasse qualquer coisa maldosa sobre ela; queria que a enxergasse como uma garota legal e, se possível, que a considerasse bonita.

Riven parecia intrigado.

– Então, por que estava seguindo Sky por aí?

Terra estava feliz por esclarecer a confusão.

– Eu o estava seguindo para fazê-lo tropeçar nas trepadeiras! Porque eu sei que ele te incomoda nas aulas. Mas não deu certo, ele pulou por cima das plantas, mas já estou pensando em outro plano.

Riven ficou pálido.

– O que está pensando em fazer agora?

– Um esquema de vingança, eu diria.

– Oh, um esquema de vingança – Riven repetiu em voz baixa.

– Não estou do lado de Sky – Terra garantiu a ele. – Estou do *seu* lado.

Riven manteve um ar estranhamente assustado, mas seus lábios sempre mal-humorados se arquearam em um leve sorriso.

– Então, você sabe... – Riven começou –, escutei alguém dizer uma coisa engraçada. Talvez você pense que foi engraçado também. Você tem um enorme...

Terra o encarou em completa confusão. Ela não fazia a menor ideia de aonde Riven queria chegar.

O silêncio reinou entre as plantas da estufa.

– Não importa – Riven disse. – Não é importante. Ei, algumas destas plantas poderiam ser usadas para... propósitos divertidos, certo?

– Você está se referindo às suas formas engraçadas?

Obviamente, Terra havia ido a vários mercados com seu pai para comprar frutas de duendes.

Sempre havia uma barraca de vegetais, e nela se poderia encontrar um vegetal sobre o qual alguém fizesse alguma piada desagradável. Terra ouvira que humanos escreviam poemas sobre frutas de fadas, mas nunca ouvira falar de alguém que escrevesse poemas sobre vegetais engraçados de fadas. Riven tossiu.

– Não, quero dizer para... recreação, tipo, fins alucinógenos.

– Riven!

Terra ficou escandalizada. Pensou que aquilo não seria um jeito nada legal de controlar ansiedades. Riven era um ano mais velho do que ela e até tinha ido à festa dos Especialistas Seniores, embora tenha passado o resto do fim de semana enrolado na estufa sob o cobertor tricotado da sua avó enquanto ela fazia chás de ervas. A festa dos Especialistas Seniores parecia um lugar de bárbaros descontrolados.

– Quero dizer... oh, você – disse Terra tocando no braço dele, tentando ser casual –, quero dizer... *há* plantas como essas na estufa. E, se você realmente quiser, eu poderia... – Antes de afirmar qualquer coisa, tentou fazê-lo refletir. – Mas não deveria pensar duas vezes antes de, por exemplo, ficar chapado e destruir seu futuro? Não seria um desperdício idiota de seu potencial que poderia estraçalhar o coração das pessoas que se preocupam com você? Haha. Estou apenas considerando algumas possibilidades. Eu sou legal, tranquila, estou relaxada, na real. Haha.

Riven deu a Terra um olhar que a fez temer por não ter sido relaxada o bastante.

Depois de um momento, ele perguntou com a voz cautelosa:

– Você acha que eu tenho potencial?

– Você tem muito potencial, sem dúvida! – Terra se entusiasmou. – Claro que eu faço o que posso para assistir aos jogos de vocês.

– Oh, não! – Os olhos de Riven se arregalaram.

– Você tem reflexos muito rápidos! – Terra lhe garantiu. – Você aprende muito rápido tudo o que Sky ensina! Muito mais rápido do que qualquer outro Especialista, eu acho. E, se você desacelerar seus reflexos e comprometer seu futuro por causa da pressão de seus colegas e de um desejo de diversão passageira, então...

– Ok, ok – Riven começou a rir –, apenas direi não às plantas recreativas. Eu entendo. Não planeje vingança contra mim, por favor. Você é um terror.

"Ser um terror" não era uma coisa gentil para se dizer a alguém, mas ela até achou simpático o jeito como ele falou. Parecia até que Riven estava impressionado por ela ser um terror. Terra não era, claro, mas foi divertido fazer o tipo.

– Estou realmente ansiosa com o Dia da Orientação – a jovem confidenciou.

Desejou pedir a Riven para ficar ao seu lado para fazê-la parecer legal diante das fadas que desejava ter como melhores amigas, contudo sabia que não seria possível.

– Stella vai transformar o evento em uma festa esquisita – Riven antecipou. – Ela é uma pessoa desequilibrada.

Terra deu um tapinha nele de novo. Às vezes temia que o garoto tivesse uma visão sombria do mundo. Ela acenou para as samambaias que estavam perto e, para surpresa do rapaz, as plantas estenderam as folhas como se quisessem acariciá-lo. E esse carinho continuou até que o moral dele melhorasse.

Terra tentou lhe mostrar um ponto de vista alternativo.

– Eu acho que o Dia da Orientação vai ser um sucesso. E quer saber mais? As flores boca de sino vão florescer esta noite, e meu pai confia em mim para recolher o pólen! E você pode me ajudar – ela completou, feliz por dar a Riven um presente, já que ele parecia estar tendo um dia difícil.

Confiou-lhe um frasco e foi até o caixote, removendo a tampa que ela abriu uma última vez e colocando flores ao redor dos dois em um círculo prateado enquanto esperavam a hora certa, que foi exatamente quando a última estrela se apagou no céu de Alfea.

Naquele momento, as flores boca de sino floresceram, pétalas transparentes se desdobrando de seus pequenos vasos de pedra como belas mulheres envoltas em véus emergindo de diversas nascentes.

O pólen se revelou do coração das flores como fontes cintilantes, espalhando no ar pequenas sementes dançantes de flores boca de sino. As flores tinham a coloração prateada escura, mas as sementes eram uma mistura de cobalto, ocre e jade, brilhantes como os raios do sol, pintando o ar em tons de joias raras. As flores soavam como minúsculos sinos badalando para aclamar a verdade. Terra sorriu em deleite e ergueu dois frascos no alto, girando em alegria vertiginosa com o rosto erguido e tons arrebatadores do arco-íris sendo jogados contra as pálpebras fechadas. As plantas haviam crescido no local que outras pessoas consideravam como sujeira e escuridão, mas agora a verdade era bonita, e a beleza era a verdade.

Terra se virou para encarar Riven, radiante.

– Diga-me, não é a coisa mais legal e bonita que você já viu?

O jovem observava sorrindo seus movimentos circulares, um sorriso difícil de capturar, mas que daquela vez permaneceu em seus lábios, como uma flor que poderia ser comprimida entre folhas de um livro para se guardar.

– Sim – Riven concordou. – Eu diria que não é a pior. – Concordou, mas do jeito dele.

Mente

Agora que estava a caminho, Musa se sentia triste e convencida de que o Dia da Orientação em Alfea seria um fracasso. Encolheu-se dentro da jaqueta roxa e se perguntou por que se deu ao trabalho de ir.

O ônibus que levava os futuros estudantes para Alfea era cor de abóbora. Não tinha o formato de abóbora, claro, era como um ônibus escolar tradicional, mas Musa se perguntou se não era assim que começavam as histórias sobre como se viaja para um castelo mágico.

Seu olhar desviou para outros passageiros do ônibus cor de abóbora. Fazia muito tempo que Musa não ficava tão perto de tantas pessoas, forçosamente, e aquela proximidade era perturbadora. Havia uma garota de tranças pretas com pinceladas azuis, o que parecia legal, mas que sob o azul e preto esquisitos Musa podia sentir um propósito determinado e um medo inquieto. Rapidamente, seu olhar se deslocou para uma garota de cabelos ruivos e olhos escuros, pensando em segredos. Virou a cabeça mais ligeiro ainda, afinal não queria saber de segredos. Um menino de cabelos despenteados estava olhando para fora da janela, pensando em medo, pânico e... mais segredos?

Não acreditou que outros potenciais estudantes eram Fadas da Mente como ela. Musa ergueu as sobrancelhas diante de seu reflexo na janela; que ela soubesse, era a única Fada da Mente a ingressar em Alfea. No ônibus escolar não havia ninguém que não tivesse algum segredo sombrio?

Provavelmente, não. As pessoas eram assim, culpadas. Musa sabia que ela também era culpada, do jeito dela.

Musa preferia viajar sozinha, mas ali não havia como, estava aglomerada com todos no longo percurso passando pelas encostas dos penhascos e pela floresta.

Se a multidão fosse uma floresta, Musa seria uma árvore cercada, protegida por arame. As outras árvores até poderiam tentar se aproximar dela, cutucando com seus galhos e atravessando o arame, irritando-a com o farfalhar incessante de suas folhas, mas ela não precisava fazer parte da floresta. Escolheu não ser parte dela.

Sua intenção era frequentar Alfea para aprender a se proteger melhor, mas não tinha o menor interesse em conhecer pessoas, preferia manter todos a distância, a uma segura distância. Para todos, inclusive para ela.

Musa e a mãe costumavam viajar juntas, cantando *rock* clássico, mas Musa não queria nunca mais pensar em sua mãe.

Colocou os fones no ouvido e deixou a música abafar todos os pensamentos, inclusive os seus. A música era seu único conforto; às vezes, era mágica, muito mais do que as habilidades de leitura de mente de Musa. Tal habilidade mais parecia uma maldição, ela achava.

A batida forte da música a acalmou, e ela se perdeu no ritmo enquanto batia os dedos contra o vidro da janela.

Foi quando o ônibus fez a curva na estrada sinuosa ao redor das altas montanhas de granito cravejadas de árvores. E Musa viu Alfea escancarada diante de seus olhos.

A jovem leu os panfletos, sabia o que esperar; aliás, era uma menina que não se impressionava facilmente.

Sob o céu frio e estrelado viam-se bosques cerrados, com a mágica Barreira escondida entre os pinheiros, carvalhos e abetos que emolduravam a lua à medida que seu brilho se dissipava no céu iluminado, além do castelo que mais parecia uma extensa fortaleza. Alfea parecia mágica, mas, além de mágica, parecia muito distante, afastada das ruas agitadas, das mentes saturadas e da dor.

Alfea poderia oferecer uma esperança de paz. Havia muito tempo que Musa não se sentia em paz.

O coração envelhece

O dia estava morrendo no mundo humano. A linha vermelha no horizonte, como sangue borbulhando na borda de um cálice, não era causada apenas pelo pôr do sol. Palmeiras e torres brancas eram tocadas pela luz refletida de uma chama real.

Farah lera que queimadas na Califórnia eram frequentes, assim prestou um pouco mais de atenção no horizonte. Mesmo que tivesse observado por mais tempo, não havia como ela dizer que o incêndio havia começado em um pequeno antiquário onde uma mulher havia sido enganada naquele dia.

Cansada após sua busca infrutífera, a diretora de Alfea deu as costas para o fogo e partiu para o reino das fadas.

O erro mais amargo

Senhor,

Receio ter de relatar que alguns estudantes de Alfea suspeitam de mim. Consegui me aproveitar da ausência da senhorita Dowling para vasculhar os papéis secretos dela e estava copiando para o senhor quando a princesa Stella e um garoto Especialista, que eu acredito ser o colega de quarto de Sky, entraram abruptamente no escritório e me interromperam. Deram desculpas esfarrapadas sobre o motivo da presença deles lá. De pronto percebi claramente que estavam tentando me enganar.

Não fui informado de que a princesa está ciente de nossos negócios com o palácio, portanto creio que esteja agindo em nome de outra pessoa.

É muito lamentável, e sei que tudo será corrigido brevemente, mas por enquanto Sky é fanaticamente leal ao diretor Especialista Silva, e este é o homem de confiança de Dowling. É imperativo que eu saiba o que esses dois espiões mirins pensam que sabem.

Felizmente, uma poção da verdade foi colhida e feita com flores boca de sino frescas pelo professor Harvey bem tarde da noite. Não será difícil de obter a poção e medicar os bisbilhoteiros.

~~E o senhor diz que eu nunca tomo iniciativa.~~

Sinceramente,
Callum Hunter

Conto de fadas n.º 4

*Você pegará tudo o que for oferecido e
sonhará que o mundo tem amigos.
Sofra como sua mãe sofreu, seja
como um derrotado no final.*
– W. B. Yeats

Especialista

Sky completou o circuito de treino em volta de Alfea no alvorecer da manhã do Dia da Orientação, como fazia todos os dias. Preferia aquele horário tranquilo do crepúsculo, quando os raios do sol atingiam os penhascos, mas não a floresta escura e densa, e o caminho à frente estava visível e perceptível.

Quando voltou, o professor Harvey estava esperando por ele do lado de fora do *Hall* dos Especialistas, com uma bandeja de papelão com café em copos descartáveis. O refeitório oferecia café, mas apenas em certos horários, e ainda era muito cedo. Sky ficou feliz quando ergueu uma tampa e viu creme e canela para acompanhar o café.

– Notícias da senhorita Dowling – o professor Harvey informou. – Avisou que está retornando e gostaria de enviar esta pequena manifestação de agradecimento para vocês, do comitê, uma vez que fizeram um ótimo trabalho na montagem e organização do Dia da Orientação, já que ela foi obrigada a se ausentar.

Sky sorriu.

– Que legal. Obrigado, professor Harvey.

O senhor ofereceu o café e bagunçou o cabelo de Sky. Comprido e rebelde, seu cabelo se recusava a ficar no lugar e sempre caía nos olhos; diferentemente dele, que era obediente e disciplinado.

O professor Harvey era superbacana, um tipo de pai tranquilo e sossegado que vestia camisas puídas de flanela xadrez, e estava tudo bem. Sky imaginou como Terra e Sam eram sortudos por serem filhos dele.

Sky correu pelas escadas do *hall* e entrou em seu quarto cantarolando. Colocou o café sobre a mesa ampla sob a janela, entre as camas dele e de Riven.

– Wstfgl – grunhiu Riven, emergindo de um ninho embolado de cobertores. – É para mim?

– O café?

– Para mim, por favor – Riven insistiu, bocejando.

Sky ficou com pena dele e colocou um dos copos em sua mão. Ele tomou um gole exagerado da bebida. Sky trocou de roupa, penteou o cabelo para evitar que caísse nos olhos e pegou o seu copo de café. Pensou se talvez o professor Harvey e a senhorita Dowling contassem a Silva que acharam que Sky fizera um ótimo trabalho no comitê do Dia da Orientação, Silva ficaria satisfeito com o retorno da senhorita Dowling e também ficaria feliz com Sky.

– Por que raios você se incomoda em pentear o cabelo? – Riven perguntou. – Ele fica muito melhor deixado do jeito quando sai da cama e muito melhor do que o meu depois de horas tentando deixar ao estilo acabei-de-sair-da-cama.

– Uh – Sky murmurou sem muita animação.

Riven também não queria trocar muitas palavras.

Aparentemente, nenhum dos dois estava querendo muita conversa. Sky simplesmente assentiu com um gesto de cabeça e deu um sorriso discreto para ele. Sabia muito bem o tempo que Riven gastava com sua aparência. Para seu azar, ele sempre estava por perto quando Riven postava *selfies* de camisa aberta.

– Vamos, temos de sair – Sky implorou. – Stella vai querer que deixemos tudo perfeito. Ela sempre quer a perfeição. E eu sempre acho que não conseguirei atender às suas elevadas expectativas, pelo menos é assim que sempre me sinto.

– Uau, já estou quase pronto, não vou me atrasar! Não precisa pegar tão pesado comigo!

Sky não pretendia imputar nenhuma culpa a Riven. De fato, não deveria ter dito nada daquilo. Ele franziu a testa.

Riven vestiu sua jaqueta de couro por cima do moletom, lançando para Sky um olhar mais do que animado.

Encontraram-se com Stella no pátio. Stella e Riven mal se olharam, entre eles havia um sentimento de desgosto mútuo, trocavam apenas farpas, palavras ácidas e brincadeiras que sutilmente demonstravam seu menosprezo.

Sky entregou-lhe seu café e lhe deu um beijo.

– Você é tão linda – ele a elogiou. – Sempre achei que, se pudesse salvar a princesa, isso me tornaria um herói. Mas estou começando a acreditar que você não quer que eu a salve.

Os olhos azuis cristalinos de Stella se dirigiram questionadores para Riven, que deu de ombros.

– Não tenho ideia de por que ele está falando desse jeito. Suponho que a cabeça dele tenha estourado sob a pressão de namorar você. Não pode culpar o homem. E, sim, ele não está errado, você é gostosa e tudo o mais, mas as lantejoulas de sua roupa irritam meus olhos. Além disso, sua excentricidade é assustadora.

A mãe de Stella vestia um monte de coisas brilhantes. Ele achou que a rainha Luna poderia ser apenas a referência do estilo da filha e não seu modelo a copiar, mas Sky ainda ficava preocupado. Ele mesmo já se viu tentado a falar aquilo, mas era difícil manter a boca de Riven fechada.

– Não tenho culpa se não entende nada de alta moda, Riven – a garota disparou. – De qualquer forma, esta não é minha roupa oficial para o Dia da Orientação. Eu troco de roupa no mínimo duas vezes, para que as fotos não pareçam repetidas. E, quanto a você, parece que tem só um par de calças *jeans* surradas. Definitivamente, somos diferentes.

Estendeu a mão livre e deslizou nas costas de Sky, como se fosse sua posse.

– Você não pode se envolver em uma espiral de dúvidas quanto a não merecer minha companhia no Dia da Orientação, Sky. Não tenho tempo para lidar com isso. Você é o cara mais charmoso de Alfea, ou seja, a concorrência é pequena. Parabéns, você está com a princesa!

Ela contornou um dos bancos baixos e indicou imperiosamente uma faixa que se soltou de um pilar.

– Essa é boa! Sky, sinto lhe dizer, mas sou obrigado a te desejar meus pêsames, você está com a princesa – Riven gargalhou e saiu para prender a faixa, sempre sob a supervisão da garota.

Sky encostou a mão na parede.

– Alguém está sentindo um clima estranho no ar?

– Não, para mim está tudo ok – Riven rebateu.

– Engraçado, agora que você está falando... – Stella concordou com o namorado.

– Você nunca está satisfeita... – Riven disse.

– Não me amole, estou totalmente focada no Dia da Orientação! – Stella alfinetou. – Com licença, mas preciso experimentar meu traje oficial e fazer meu penteado. Espero poder confiar em você para dar os toques finais e fazer valer nossos esforços. Sky, sabe que coloco minha mão no fogo por você e tenho certeza do que é capaz de fazer. Se não fosse assim, não sei o que faria da minha vida. E, Riven, espero que algum dia você caia de alguma de suas plataformas de *sparrings* e se afogue nos lagos, assim Sky poderá ter um amigo mais bacana.

Riven cumprimentou a jovem com seu copo de café, irônico. Stella acenou para o namorado e saiu subindo a escada.

– Deixe-me ajudá-lo com essa faixa – Sky se ofereceu, juntando-se a Riven e se valendo de sua estatura para prender a faixa no lugar.

O rapaz bufou e deixou Sky tomar a dianteira.

– Você não tem jeito, Sky, sempre querendo se exibir.

– Você está louco? – ele retrucou, ofendido. – Só estou tentando fazer o meu melhor, Riv.

Sky pulou do banco e parou perto do colega de quarto, que deu um passo para trás.

– Sim, é claro, como se quisesse se exibir para todos – ele falou com cinismo nas palavras. – Ei, sempre fiquei curioso para saber por que me chama de Riv. Nem todos os nomes são monossilábicos como o seu, *Sky*, e olha que o meu tem só duas sílabas. Não me diga que tem preguiça, porque isso seria totalmente inédito em se tratando do soldadinho perfeito.

Riven sempre tentava atingi-lo de alguma forma, portanto não eram suas palavras que o estavam incomodando. Sky franziu a testa, tentando pensar no que fazer depois que a confusão acabasse e ignorar a agressão gratuita vinda do colega de quarto. Preferia pensar que tudo não passava de uma forma de se proteger. Sky sempre fora a favor de falar a verdade, mas dificilmente poderia ser sincero com Riven sem que recebesse uma reação grosseira.

Piscando, ele disse:

— Pode não acreditar, mas te chamo de Riv porque considero você meu amigo.

— Somos amigos? — Riven perguntou repetindo a resposta. O tom era de genuína descrença cínica. — Você está de brincadeira, só pode ser! Não perde a oportunidade de bater em mim para aparecer para as pessoas.

Sobre o que ele estava falando? Enxergava Riven como um jovem vulnerável e solitário, por isso sua vontade era acolher e tê-lo sob seus cuidados. Mais uma vez tentou fazer a coisa certa e mais uma vez, aparentemente, havia falhado.

— Eu... — Sky titubeou —, não, você está enganado, estou tentando te *ajudar*...

— Não me faça rir, você quer é se fazer de bonzinho. Nem consigo imaginar você como um amigo.

Seus lábios se fecharam, e o olhar era frio.

Sky sabia que Riven às vezes falava bobagens sem intenção. Mas, daquela vez, tinha a forte impressão de que ele sabia o que estava falando.

Sua vontade era proteger o rapaz, porém seu esforço estava sendo em vão.

— Vou embora — Sky murmurou, dando os primeiros passos em direção aos lagos dos Especialistas; quem sabe lá sofreria menos agressões ao lado de seu treinador.

Encontrou o diretor onde costumeiramente ficava, sentindo-se muito mais confortável no campo de treinamento do que em seu quarto, vazio e triste. Silva piscava diante dos tênues pontos mágicos dispostos em intervalos estratégicos em volta dos lagos, tornando a água brilhante como se fosse um espelho de estrelas mesmo durante o dia.

— Aparentemente, sua querida Stella é a responsável por este espetáculo — o treinador observou enquanto Sky se aproximava.

— Supõe-se que o propósito das fadas de tornar o mundo um lugar melhor para se viver esteja sendo atingido — Sky justificou. — E o nosso objetivo também, afinal batalhamos para protegê-las para o ciclo ser concluído.

Os olhos azuis do treinador se estreitaram como evidente sinal de desaprovação, ele cerrou os dentes e a mandíbula endureceu, queria fingir que não havia escutado tanta bobagem.

— Ok, Sky, vamos nos concentrar em coisas mais úteis agora que chegou — anunciou secamente. — Seria muito proveitoso se tivesse uma sessão de treinamento antes de nos dedicarmos àquelas coisas desnecessárias do Dia da Orientação.

— Por que desnecessárias? — o rapaz perguntou. — Stella trabalhou duro para que tudo ficasse perfeito. Eu fiz o meu melhor para ajudá-la. Por que não mostrar para os novos estudantes que eles são bem-vindos em Alfea?

Em vez de responder prontamente, Silva pegou um cajado e fez uma careta para o atleta. Todas as conversas entre eles eram uma batalha, de um jeito ou de outro.

— Meu jeito de mostrar que são bem-vindos é ensiná-los a lutar, isso é o que sei fazer — o técnico respondeu curto e grosso. — Seu pai...

Sky não se conteve, intervindo.

— Ah, meu pai! Meu pai foi o melhor lutador, morreu lutando. Isso é tudo o que sempre me fala, que ele lutou. Por que não me fala o que sabe sobre ele?

Os lábios do diretor se contraíram bruscamente; tal sinal de desagrado normalmente faria o rapaz dar um passo atrás, como se suas perguntas não precisassem ser respondidas, mas por algum motivo ele não conseguia agir do mesmo jeito naquele momento.

– Por que nunca diz o que realmente é importante? – Sky quis deixar mais explícita sua indignação.

– E o que pode ser mais relevante do que guerra e morte? – Silva reagiu.

Ficaram frente a frente como se estivessem na iminência de brigar. Uma briga séria, que não acabaria antes que um deles sucumbisse sangrando.

– Você se importava com ele? – Sky o desafiou. – Você por acaso se preocupa comigo?

O jovem foi obrigado a se conter, pois sua vontade era dizer que queria mais do que atenção, gostaria de ser amado pela pessoa que o vira crescer. Mas jamais poderia deixar seu espírito falar diante daquele homem, seria preferível cortar a própria língua antes de se expor dessa forma.

– Sky! – o técnico exclamou, parecendo em choque.

Tinha de parar de confrontá-lo. Silva ficaria tão desapontado com ele por causa disso. Mas seu coração estava explodindo dentro do peito.

– Eu me preocupo com você – Sky esbravejou desesperadamente. – Foi por isso que lhe perguntei se eu poderia chamá-lo de pai quando eu era criança, mas você não permitiu. Nem sei se ainda me quer ao seu lado. – De súbito, Silva ficou pálido como uma folha de papel. – Você não está passando bem. Deixe-me ajudá-lo, vamos até o professor Harvey.

Não. Ele não poderia ficar com Silva, ou diria coisas piores. Sky ainda não estava arrependido, mas sabia que havia um risco iminente de o medo tomar conta dele, e então, sim, ficaria arrependido.

O que seria se nunca mais pudesse encarar o técnico? E se Silva lhe dissesse que preferia abandoná-lo, em Eraklyon?

Silva o educou para ser um bravo guerreiro, mas, naquela manhã, Sky deu as costas e correu. Nunca havia sido tão rápido, nem mesmo quando tentou quebrar seus recordes de velocidade diante do técnico, descendo a avenida arborizada e passando pelo elegante ônibus cor de laranja que levava os futuros estudantes para o Dia da Orientação.

Água

O menino de pele clara que passava pela janela de Aisha, de cabelo loiro ao sabor do vento, corria mais rápido que o ônibus. Devia ser um Especialista.

– Uau, eu não consigo correr daquele jeito – resmungou o cara do outro lado do corredor dela.

Aisha arqueou a sobrancelha e perguntou educadamente:

– Você é um Especialista?

Ele deu um meio-sorriso com os dentes brancos brilhantes.

– Talvez – ele mudou o discurso –, não tenho certeza.

Aisha assentiu com simpatia.

– Ouvi dizer que os treinos são puxados.

O leve sorriso desapareceu.

– Disso eu tenho certeza, minha dúvida é outra – ele comentou distante.

– Meu nome é Aisha, a propósito.

– Dane – ele resmungou, sem dar chance para a garota responder, porque virou a cabeça, cabelo preto rente à nuca, e se voltou para a janela, a visão paralisada.

Aisha não poderia julgá-lo, pois à sua frente seus olhos também se surpreenderam com a visão dos portões de Alfea, abrindo-se para recebê-los.

Os grandes pórticos eram de ferro preto, ornados com folhas douradas emaranhadas em uma trama de espetos cor de ébano. Encabeçando os portões, uma grande letra A e espadas cruzadas tecidas com esmero formavam o emblema da escola.

O ônibus chegou ao fim da longa e arborizada avenida passando pelos portões pretos e dourados.

Havia um caminho de cascalho sinuoso, que conduzia a um amplo edifício cinza com torres e pináculos. As janelas de vários formatos eram um detalhe à parte, de batentes retos, curvados e com sacada. Fendas de espada e merlões completavam a estrutura, que permitia a entrada dos raios de sol. O ônibus contornou o círculo de grama na entrada cascalhada e parou antes das portas de Alfea.

Todos desceram do veículo e seguiram para um pátio com postes de iluminação de ferro preto e hera verdejante avançando pelas paredes cinza. Na sacada acima das amplas portas, havia uma bandeira dourada desfraldada. Aisha não conseguiu ver seus símbolos, pois afixada nela havia uma placa onde se lia a caligrafia brilhante: BEM-VINDO A ALFEA!

Alguém certamente havia se esforçado muito para recebê-los.

Aisha e os demais ficaram diante das portas, admirando a escola. Alfea era extensa, como um país encravado entre pedras. As montanhas seriam as torres e chaminés, os lagos pareciam amplas janelas para um mundo subterrâneo. Aisha se sentiu muito pequena diante do castelo.

Dois homens permaneciam em frente à porta de entrada aberta, sob luminárias em forma de lanterna. Um deles era careca, vestindo um paletó de *tweed* com cotoveleiras de couro por cima de uma camisa de flanela, e observava a todos com olhar meigo e gentil por trás dos óculos redondos. O outro homem, de olhos bem azuis e cabelo preto muito liso bem aparado, vestia um traje totalmente preto, dando a impressão de que estava prestes a correr, apesar de sua posição austera de sentinela.

– Olá, olá – cumprimentou o homem de óculos –, sou o professor Harvey, e este é Silva, diretor Especialista.

O homem de preto acenou rapidamente com a cabeça, parecendo distante, pois considerava aquela introdução uma interação pessoal desconfortável.

O professor Harvey continuou a falar, mas os olhos de todos se dirigiram para a visão por cima de seus ombros, inclusive os de Aisha.

Além das portas devassadas havia um grande *hall* e um lance de escada iluminada como o alvorecer de uma galáxia. Dos degraus estrelados desceu uma garota trajando um terninho de seda em tons de bronze e pêssego, as cores das nuvens ao amanhecer. Sua trança francesa loira estava entrelaçada com uma fita dourada. Ao chegar ao pé da escada, ornada em ambos os lados por dragões alados de pedra, ela abriu os braços como se quisesse apresentar a escola, ou a si mesma.

No dedo, um enorme anel de ouro desenhado por um famoso ourives brilhava com magia.

Aisha suspeitou que ela fosse a mentora por trás da placa cintilante de boas-vindas.

Luz

Stella chegou diante de todos envolta pela magia da luz e pela luz do sol e encontrou vários jovens visitantes do Dia da Orientação reunidos boquiabertos na porta de entrada. Compreendeu perfeitamente o que estava acontecendo. Deviam estar muito impressionados.

– Bem-vindos a Alfea – Stella os saudou em seu mais gracioso tom de voz, encarando uma menina que estava com a expressão mais desnorteada e tímida de todas. – Vejo que você precisa de orientação. Deixe-me lhe mostrar a escola.

Houve uma pausa intrigante e desconfortável.

– Conheço muito bem os caminhos em Alfea – disse a menina. – Eu moro aqui, Stella.

Stella franziu a testa.

– Você mora aqui?

– Meu nome é Terra Harvey – a menina falou.

– A filha do professor Harvey?

– Morei aqui minha vida inteira, inclusive já conversamos antes.

– Não me lembro – Stella murmurou. – E certamente você não espera que eu me lembre de uma pessoa de gosto duvidoso para roupas, não é?

Os olhos de Terra se arregalaram, percebendo o peso daquelas palavras, porém não queria dar a impressão de estar machucada como um cervo abatido. Se Stella não fosse sincera e assertiva em suas observações, Terra não seria capaz de crescer e alcançar seus objetivos. Mesmo assim, achou que Stella havia sido muito dura em sua colocação. Se ela quisesse que todos participassem do Dia da Orientação, deveria assumir uma postura menos agressiva.

– Faço minhas próprias roupas – Terra informou sussurrando; não tinha vergonha do que fazia, mas Stella conseguiu deixá-la constrangida.

– Talvez essas peças não combinem com você – Stella agora estava tentando ser gentil. – Quem sabe deva haver outras estampas que não sejam florais em seu armário?

Os lábios de Terra se comprimiram.

– Eu amo flores, quero dizer, existe alguém que não ame flores? Elas são lindas e úteis. Recentemente recebemos um carregamento de flores boca de sino que floresceram ontem à noite, e eu tive a permissão de recolher o pólen. Os frascos devem ser cuidadosamente fechados para que esse pólen não escape. Na realidade, o ciclo da flor boca de sino é muito interessante...

Stella se viu forçada a interrompê-la.

– Não, não, não é nada interessante, Terra – a princesa a interrompeu. – Receio que esteja muito enganada. Isso é profundamente desagradável, mas serei obrigada a pedir que fique quieta agora, para que aproveite melhor a orientação!

A jovem acenou com firmeza para Terra, em seguida procurou alguém ao redor que fosse mais prestativo e falasse menos. Ela tinha uma Fada da Terra em mente para seu plano, contudo considerou que Terra e Luz não eram uma boa combinação. Uma Fada da Água talvez fosse mais adequada. Ou quem sabe uma Fada do Ar. Havia muitas possibilidades.

Stella varreu a multidão com os olhos e encontrou as três possibilidades mais prováveis entre as novas fadas.

Havia uma garota trajando um esvoaçante vestido midi roxo e azul, as cores do pavão combinando com sua pele escura, e uma jaqueta *jeans* muito informal para o gosto de Stella. Seu cabelo era azul de vários tons. A princesa simplesmente não entendeu aquele estilo de cabelo alternativo, mas tinha a certeza do significado da cor azul. Fada da Água.

– Qual o seu nome? – perguntou.

– Aisha – respondeu a Fada da Água.

Stella considerou a segunda possibilidade. Aquela garota tinha a pele pálida, um queixo marcante e olhos brilhantes e ardilosos. Girava os dedos como se torcendo o ar distraidamente entre eles, vestindo uma saia xadrez e uma requintada expressão de *nerd*. Parecia saber como se comportar diante das dificuldades.

– Qual é o seu nome? – perguntou à Fada do Ar.

A menina saudou, zombeteira:

– Meu nome é Beatrix, madame! Apresentando-se para o serviço, madame!

Não, Stella decidiu descartar a segunda possibilidade. A atitude daquela garota Beatrix a fez se lembrar daquele desagradável Riven. A princesa examinou a terceira possibilidade, uma menina de baixa estatura, pele morena e ansiosa dentro de uma jaqueta modelo *bomber* fofinha e roxa, parecida com um pequeno ouriço nervoso. Seu cabelo era estranho, mas combinava com ela. Stella não conseguia adivinhar que tipo de fada ela era, mas o mistério era intrigante.

– Qual é o seu nome? – Stella repetiu a pergunta, com um sorriso gracioso.

– Musa – respondeu a menina, a fada misteriosa, lançando um olhar penetrante e perturbador para Stella, que involuntariamente deu um passo para trás. Não se sentiu confortável naquela situação. – E, o que quer que deseje de mim, minha resposta é não. Não, obrigada. Não estou interessada em nada. Negativo.

Pronto, escolha feita! Stella se afastou de Beatrix e Musa, dirigindo-se a Aisha, a Fada da Água, como um estável navio dourado, confiante no mar que a levaria à vitória.

– Olá, eu sou Stella.

Os olhos castanhos da garota se arregalaram.

– Tipo... a princesa Stella?

– A única – a princesa confirmou. – A futura rainha, não querendo me gabar! Mas não quero intimidá-la. Bem, não me incomodo se ficar intimidada, mas eu não deveria dizer isso.

A garota estava perturbada com aquela jovem que parecia um furacão em forma de gente. Teria Stella ido longe demais? Certamente, não, Stella decidiu, dando uma risada leve e luminosa para deixar o ambiente mais leve. Ela havia sido franca e encantadora, em sua opinião.

– Muito bem, acho que estou preparada – disse a menina. – Certamente, ficará sabendo se eu te achar uma pessoa intimidadora demais para o meu gosto.

– Aisha! – Stella exclamou. – Que belo nome. Posso afirmar que você é uma Fada da Água?

A atitude de Aisha foi um pouco vacilante.

– Sim, você está certa.

– Esplêndido – Stella exultou, segurando seu braço. – Venha por aqui.

Porém Aisha se desvencilhou da mão de Stella e lançou um olhar perturbador e transparente. Por que não poderia fazer um favor a Stella se deslumbrando com a realeza?

– Por que devo segui-la?

– Bem... – Stella começou a falar, pensando rápido em uma resposta –, na realidade eu sou uma mentora!

Quase se engasgou ao pronunciar aquelas palavras, o que era muito estranho. Talvez estivesse se sentindo um pouco culpada por mentir para a menina, mas não era exatamente uma mentira. De certo modo, Stella era uma mentora para a escola inteira. Estava ensinando os estudantes a serem fabulosos, sendo ela um exemplo para todos.

Para evitar que outra mentira saísse de sua boca, a princesa deu prosseguimento à exposição de seu plano.

– Vou lhe mostrar a escola e pedir para dar uma pequena demonstração de suas habilidades.

À menção de suas habilidades, Aisha baixou os olhos para o chão. Ah, então alguém estava constrangida em relação a seus poderes. Stella se sentiu vitoriosa, afinal.

– Você não quer decepcionar sua mentora, não é?

– Não! – Aisha esbravejou. – É claro que não!

– Excelente! – Stella comemorou.

A princesa se manteve ao lado de Aisha ao longo do passeio pelo castelo, observando os olhares maravilhados do grupo vendo a magia das luzes piscando ao longo dos arcos e envolvendo como heras radiantes os pilares do salão e do pátio. Stella se sentiu envaidecida. Sua mãe sempre dissera que o que importava era o que as pessoas viam, e graças a Stella esses calouros estariam vendo o melhor de Alfea.

– Que caminho é esse? – Aisha perguntou.

Gentilmente, Stella compartilhou seu conhecimento.

– Este é o caminho para a Ala Leste, mas não chegaremos muito perto, porque está abandonado.

– É um lugar inseguro? – perguntou Aisha, torcendo o nariz. – Não deveria ser demolido para que não ocorressem acidentes?

– Ouvi dizer que pessoas fazem festas nesse lugar – Beatrix revelou atrás delas.

Ricki estava andando ao lado de Beatrix, conscientemente fazendo sua parte no Dia da Orientação e tomando conta das fadas mais jovens. Ao ouvir a declaração de Beatrix, Ricki assobiou e desviou o olhar culpado na direção das velhas portas vermelhas do celeiro.

O professor Harvey se virou, o olhar meigo inquisitivo por trás dos óculos. Não fazia ideia de que eventos aconteciam naquele lugar, pois nunca havia sido convidado para festas, mesmo na sua juventude.

Stella abriu sua boca para dizer "pessoal, nunca ouvi falar sobre essas coisas", mas se pegou afirmando:

– Fui a uma festa naquele lugar, mas particularmente não aconselharia a ninguém fazer a mesma coisa.

Ou o professor Harvey não ouviu o comentário da princesa ou preferiu não dar atenção a ele. Stella se calou para evitar que outros impulsos de honestidade a colocassem em apuros.

Quando o momento certo chegou, Stella agarrou o braço de Aisha de novo e a arrastou pelos fundos do castelo, até os lagos dos Especialistas circundados pela grama lisa e macia como seda. Sob a supervisão cuidadosa de Stella, os campos foram estrategicamente iluminados, como foi feito em toda a escola. Uma luz refletiu uma estátua alada segurando um cetro cintilante e as plataformas dos Especialistas.

O momento era de Stella. O restante do grupo estava acompanhando o treino dos Especialistas ou sendo reunido e atendido por Sky. Sua namorada podia confiar nele para manter os jovens ocupados. Não havia lhe pedido para entreter ninguém, mas ela sabia que o jovem tentaria de forma segura agrupar os jovens e dar orientação a eles.

Se pelo menos a senhorita Dowling chegasse. Sky repassou a informação do professor Harvey dizendo que ela retornaria naquele dia, então onde ela estava?

Depois que Callum os despachou da sala da diretora, Stella e Riven retornaram no meio da noite com o objetivo de dar sequência ao plano deles para saber quem ganharia a aposta. A princesa deixou um bilhete para a diretora sobre sua mesa, assinado por Callum, e outro bilhete para Callum, na mesa dele, assinado pela senhorita Dowling. Os bilhetes não eram explicitamente românticos, mas cada mensagem pedia para se encontrarem no labirinto. Se Riven estivesse certo, aquela seria a hora do encontro. Mas, se Stella estivesse correta... a situação certamente seria inusitada para Callum.

– E seu eu disser que não vou ajudá-la? – Aisha questionou.

– O que exatamente quer dizer com isso? – Stella respondeu com outra pergunta. – Você quer mostrar a todos o que sabe fazer, certo? E provar que pertence a este lugar.

A menina a encarou como se Stella tivesse iluminado sua alma, descrevendo como a própria Stella se sentiu quando estava em Alfea e como imaginou que qualquer outra pessoa pudesse se sentir naquele lugar.

Stella lançou um sorriso presunçoso para a outra garota.

– Isso me parece um sim.

Callum Hunter havia se esgueirado pelo gramado havia dez minutos, dirigindo-se para o labirinto com um leve ar de pânico. Não parecia um homem se deslocando para um iminente encontro romântico.

– Estou confusa, porque não consigo entender por que você quer que eu faça isso – Aisha continuou.

– Aisha, Aisha, Aisha – Stella repetiu –, se não estamos no controle dos pequenos percalços de nossas vidas, o que temos, então?

– Bem, além dos problemas, temos também nossa saúde emocional, que deve ser preservada e controlada – Aisha sugeriu.

– Nunca ouvi falar disso – a princesa disse, franzindo a testa levemente, atitude muito longe de seu jeito sempre chique.

E finalmente lá estava a senhorita Dowling, andando a passos largos pelo gramado, usando um vestido verde-oliva de bolsos fundos. A senhorita era muito estilosa, embora discreta. Stella não era uma pessoa necessariamente discreta, mas reconhecia o valor da diretora, o comedimento lhe caía bem.

"Não se preocupe, senhorita Dowling", Stella pensou, "provarei que as grosseiras acusações de Riven são falsas. Então, vou obrigá-lo a fazer tudo o que eu mandar!".

A cada momento de reflexão, sentia-se menos confiante de que Riven era um bom partido para Ricki.

Aisha estava analisando a princesa com desconfiança.

– O que está acontecendo?

Stella acompanhou os passos da diretora.

– Não está acontecendo nada – desviou o olhar da diretora para Aisha –, somente fico observando as pessoas e imaginando o que é necessário para que elas não precisem se preocupar se estão chamando a atenção de todos ao redor. Deve ser muita confiança, não é? Minha mãe sempre diz que se as pessoas não estão olhando para você, nada do que você faz tem valor. E minhas atitudes têm que fazer a diferença. Não quero ser uma pessoa sem personalidade e sem brilho próprio.

Aisha arregalou os olhos.

– Como assim?

A menina tinha razão por estar confusa, porque o que Stella estava dizendo era uma afronta; por mais que fizesse parte da realeza, não tinha o direito de menosprezar quem quer que fosse! Aquela não era uma conduta nobre.

Stella olhou para trás por um momento, além das águas cintilantes, mais exatamente para Sky, a fim de pedir sua ajuda.

Terra, a trágica garota floral, havia falado sobre flores boca de sino, e a princesa se lembrou de suas palavras com uma pontada de desconforto. E se por algum acidente ela tivesse pegado alguma flor?

Não, Stella não poderia se preocupar com absurdos naquela hora. Olhou para a frente e levou Aisha até o labirinto, seguindo os passos da senhorita Dowling. Chegara a hora de ver seu plano realizado.

Mente

Musa tentou ficar na parte de trás do grupo e manteve na cabeça seus fones de ouvido para sua proteção. Ela não estava lá para se relacionar, mas, sim, para ver se poderia ficar enredada em ninhos de pensamentos de outras pessoas para que aprendesse como calibrar seus poderes mentais.

Algumas pessoas perguntaram seu nome, inclusive a princesa, e se arrependeu amargamente por revelá-lo. E se tivesse mentido? Musa não estava lá para compartilhar informações pessoais, inclusive ainda estava em dúvida se lá era o seu lugar.

Musa arregalou os olhos para todas as outras pessoas que perguntaram, sorriram gentilmente ou gesticularam apontando para seus fones de ouvido.

– Não consigo escutá-los – dizia simplesmente, para poder se desvencilhar das pessoas.

Eles entenderam a dica e a deixaram sozinha, preferindo admirar a escola. Musa se achava um tipo pós-moderno, enquanto Alfea era ok para quem gostasse de uma grande pilha de granito antigo. As portas do outro lado do *hall* eram de vidro, com galhos de ferro forjado e trepadeiras fixados contra o vidro em um intrincado emaranhado que fazia o castelo parecer cercado por urzes de ferro.

Musa se aproximou um pouco do grupo, longe das urzes, e a mente dela roçou a mente da garota de listras azuis, Aisha, e percebeu que ela estava preocupada, mas não perturbada, estava completamente focada em seus poderes. Normalmente, a ansiedade da maioria das pessoas era mais inconstante do que a da garota. Aisha parecia agir sempre com premeditação.

Honestamente, Musa tinha muita inveja de pessoas que precisavam se concentrar para ativar sua magia; ao contrário dela, sua magia era tão fluida como a respiração. Quando inspirava para dentro, vinha uma onda de pensamentos intrusivos. Expirava e empurrava-os para fora.

Expulsá-los era um esforço inútil, uma vez que novos pensamentos sempre entrariam para tomar todos os espaços de sua mente. Tudo o que Musa podia fazer era tentar segurar a respiração e conter o fluxo de entrada e saída de pensamentos alheios.

O forte desejo de Aisha para vir a Alfea inspirou Musa a olhar em volta e apreciar um pouco mais o ambiente, afinal já estava lá mesmo.

Sob a gentil supervisão do professor Harvey, todos contemplaram as paredes adornadas com dezenas de fotografias em preto e branco e painéis de bambu por trás de grandes porta-retratos verde-escuros cheios de brilho, folhas naturais e flores cor-de-rosa.

Ao final daquela parte do passeio, todos o acompanharam até o refeitório. A comida foi servida em uma longa mesa com toalhas brancas. Musa imaginou serem várias mesas pequenas posicionadas uma ao lado da outra para dar uma aparência de banquete. Havia uma grande variedade de frutas brilhantes como um arco-íris de cores; laranjas, peras e maçãs e, claro, também outras frutas exóticas e diferentes.

– Oh, peras – murmurou uma das visitantes em um tom excessivamente entusiasmado.

Musa odiava peras.

– Dizem para tomarmos cuidado com o que se come aqui – uma garota de olhos escuros sussurrou para Musa. Vestia saia xadrez e meia-calça de renda preta. – Nunca se sabe qual magia está por trás das frutas de fadas, portanto, olho vivo – a menina piscou. – Eu sou Beatrix.

Após algumas avaliações, Beatrix escolheu uma linda e perfumada maçã vermelha.

Musa apontou para seus fones de ouvido, desculpando-se.

– Não consigo ouvi-la.

– Hum... – Beatrix murmurou, afundando seus dentes brancos na superfície vermelha. – Eu simplesmente amo maçãs.

Musa observou as frutas das fadas, depois observou a multidão: a princesa loira que estava tentando firmemente continuar o espetáculo, a entusiasmada por peras usando estampa floral, a garota de cabelo azul inquieta ao lado da loira, e os dois professores mostrando em atitudes seus conceitos, muito diferentes, de ensino. Ela pegou uma fruta e a guardou no bolso. Ainda não havia decidido se comeria ou não.

Subiram para o próximo andar e seguiram por uma longa passagem com uma sacada de vidro adornada com desenhos de asas brancas. Chegaram aos dormitórios com janelas em formato de losangos e salas repletas de estantes de vidro e lareiras que exibiam flores de ferro sobre suas cornijas. Então eles voltaram para o corredor para que pudessem sair para os jardins.

Acima do grande *hall* um teto de vidro abobadado permitia que a luz fluísse sobre as pedras do piso e das paredes.

Beatrix, a garota de saia xadrez e mente traiçoeira, piscou para Musa.

– Uma rajada de magia, e eu estarei no topo do mundo com piso de vidro.

Musa não entendeu nada do que a menina quis dizer com aquelas palavras, mesmo assim sorriu levemente, recuou mais um passo e seguiu o grupo que estava ao redor da estufa de piso de mármore, desenhos semelhantes a joias ao redor do telhado curvilíneo e plantas floridas caindo do telhado como véus.

– Este é o jasmim – a garota que gostava de peras e deveria ser uma Fada da Terra comentou, dirigindo-se a Beatrix com um ar esperançoso.

– Eu não te perguntei nada – Beatrix disse com rude sinceridade, e a Fada da Terra se encolheu como uma flor murcha.

O grupo saiu para os jardins submersos e arbustos esculpidos. Admiravam surpresos todos os detalhes de Alfea: o pátio de granito, os canteiros de flores, a torre de relógio movido a água mágica, as estátuas de fadas famosas, águias, fênix e dragões alados iguais aos que estavam junto ao pé da grande escadaria interna.

Seres alados imortalizados na pedra. Alados como as fadas costumavam ser, diziam as histórias antigas, mas aquilo havia sido muitos anos antes.

Musa refletiu que certamente havia nascido séculos depois da era do voo.

Beatrix lhe lançou um olhar especulativo, mas Musa não estava lá para fazer amigos, além disso teve um pressentimento estranho sobre Beatrix. Passar pela mente de Beatrix era como se aproximar do labirinto nos terrenos de Alfea e se perder dentro dele. Tantos caminhos sem saída. Era muito mais seguro ouvir música e admirar as flores, grandes manchas amarelas, brilhos multicoloridos e pequenas manchas brancas como pérolas na grama.

– Aqueles são rododendros – comentou a garota que era provavelmente a Fada da Terra ao seu lado. – E *Azalea luteum*, *Libertia grandiflora* e estrelas cadentes.

Musa decidiu evitar o olhar suplicante da Fada da Terra, que não viera no ônibus e que estava tentando fazer amizade com todos à sua volta. Aquela garota não era um labirinto, mas, sim, o marco zero para a explosão da ansiedade e de outros sentimentos complexos.

A Fada da Terra, que usava uma flor em seu cabelo e uma blusa de estampa floral, desistiu de chamar a atenção de Musa falando sobre flores e disse:

– Eu sou Terra.

– Não consigo ouvi-la – Musa murmurou.

Esperou que fosse o suficiente para afastá-la, como havia sido para outras pessoas, mas ficou levemente alarmada quando Terra respirou fundo e gritou do fundo de seus pulmões:

– EU SOU TERRA!

– Já entendi, você é Terra e não consegue entender uma indireta – Musa reclamou baixinho, assim Terra não a escutaria. Não queria ser má, simplesmente não queria se envolver com ninguém. Deu a Terra um sorriso persistentemente incompreensível e se afastou.

Um garoto Especialista de cabelo loiro que parecia suado e atormentado se aproximou de Beatrix e Dane para levá-los em direção aos arredores do lago. Suas feições assustadas indicavam que temiam terem sido feitos reféns por um sequestrador arfante e muito educado.

– Por favor, deixe-me mostrar para vocês – o rapaz loiro pediu a todos. – Alguém quer saber o caminho para os banheiros? Meu nome é Sky, estou aqui para ser prestativo e ajudá-los no que for necessário.

"Oh, não, jovem Especialista, o que está fazendo?", Musa pensou. "Por favor, guarde suas palavras em sua mente! Você não está aqui para ser útil, você é um bravo Especialista que está sendo usado por aquela loira metida."

O constrangimento que estava sentindo por ele fez seu olhar vagar pelo gramado, não tinha coragem de olhar para ninguém. A princesa loira e alta, de beleza marcante e nariz empinado, aquela que se vestia como uma governante cintilante, tinha seus dedos, que pareciam ganchos, firmemente fincados em Aisha e não pretendia deixá-la escapar de jeito nenhum.

– Não tenho certeza de que... – Aisha murmurava.

A loira disse, com um tom de voz mais do que intenso:

– Se as pessoas não cumprirem minhas determinações, talvez o castelo inteiro caia em ruínas! Por favor, me acompanhe sem perguntas.

Se Musa ganhasse uma moeda de ouro para cada loira deslumbrante sem absolutamente nenhum filtro que encontrasse em Alfea, teria agora duas moedas de ouro. O que não seria grande coisa, mas foi estranho o fato ter acontecido duas vezes.

Sua atenção foi desviada de Aisha e da garota dourada para a visão do que o professor Harvey disse serem os lagos dos Especialistas. Havia plataformas pretas dispostas ao lado dos lagos paralelos e se estendendo sobre as águas reluzentes. Cada uma das plataformas estava gravada com um desenho de asas vermelhas e a letra A, de Alfea, em azul. Ao lado havia flechas, arcos e espadas dispostos em caixas entalhadas, estruturas para fazer flexões, sacos de pancada, luvas de boxe e bastões alinhados para quem quisesse usar.

Em uma das plataformas havia uma garota magra com farto cabelo preto preso na nuca lutando contra um menino enorme e corpulento. A garota estava ganhando, saltitando de um lado para o outro e batendo no rosto do menino desajeitado. A cena fez Musa pensar em dançar e no quanto ela gostava de fazer isso, e por quê. Apenas seu corpo, não o espírito.

Ela era uma Fada da Mente, não estava lá para se tornar uma das Especialistas vagando em seus uniformes escuros, sem mangas ou com camisetas de mangas longas, sem enfeites ou com detalhes em couro e malha de corrente para armadura.

Sua opção mais colorida e alegre era uma blusa de cor cáqui. Talvez não ser uma Especialista fosse melhor: Musa preferia sua jaqueta *bomber* roxa ao uniforme escuro. Independentemente do que ela queria, seu poder não lhe permitia ser uma lutadora. Mesmo assim, havia sido divertido assistir à luta. Ficou tentada a se esconder em um dos bancos toscos junto às plataformas, sob os plátanos, e ver a menina de cabelo escuro declarar sua vitória.

Musa não se deu conta de que estava sorrindo enquanto outro menino Especialista se aproximou dela. Seu sorriso desapareceu.

Ele estava bonitinho em uma jaqueta de couro desalinhada e de sorriso falso. Musa pensou em um lapso de interesse. Em seguida, sua mente voltou um passo atrás de seu corpo e pensou: "Espere aí, garota. Sua cabeça está confusa".

– Assistindo aos Especialistas? – ele perguntou. – Kat usando Mikey para limpar o chão é uma bela visão, sem dúvida. – O corpo de Musa também deu um passo para trás. O que quer que estivesse acontecendo sob aquela cabeça de cabelo castanho brigando para ser cacheado, ela não queria fazer parte daquilo.

– Ei, você – o menino se dirigiu a ela com gestos lentos –, não pense mal de mim. Não estou tentando incomodar a carne fresca.

– Se pensa que não está causando má impressão ou pelo menos tentando não causar, está redondamente enganado. Referir-se a novas garotas como "carne fresca" é o cúmulo da grosseria – disse Musa.

– Como pude fazer uma comparação tão displicente! – exclamou o rapaz, afiado em um instante para no seguinte esconder a perspicácia sob um ar afetado e casual. – Meu nome é Riven.

– Sinto por você, mas não quero saber seu nome, muito menos o que está fazendo aqui sentado do meu lado – Musa murmurou.

– Gostaria que me ajudasse...

Musa não quis escutar o que ele tinha a dizer e interveio:

– Quando os caras se aproximam de mim, a primeira coisa que percebo é *a sua audácia* – Musa disparou. – Não estou interessada em ajudá-lo em nada.

Algumas pessoas se voltaram na direção do som de sua voz elevada. Musa se ressentiu com ele por fazê-la causar uma cena, quando seu único desejo era desaparecer sob a terra. Aquele cara era um problema, e ela não queria fazer parte dele.

– Ei, não estou tentando me aproveitar de você, queria apenas sua opinião sobre um assunto – Riven argumentou. – Poderia analisar um casal e me dizer se há um clima de romance entre eles?

Musa permaneceu imóvel. Oh, não, como ele soube que ela era uma Fada da Mente? Como ele poderia saber? Aquele não era o tipo de assunto que gostava de espalhar por aí. Assim que as pessoas soubessem, iam querer que lesse os sentimentos de qualquer pessoa, menos os próprios. Uma vez que percebessem que ela conseguiria ler o pensamento de quem quer que fosse, todos se afastariam dela com rapidez. Ninguém era confiante o suficiente para aceitar ter seus corações e mentes revelados.

Sua mãe costumava dizer que um dia Musa encontraria pessoas que confiariam nela o suficiente para não se importar em mostrar sua vulnerabilidade diante dela. Em troca, Musa seria um livro aberto para eles.

Sim, sua mãe costumava dizer muitas coisas, até morrer em agonia tentando sufocar sua dor para que Musa não fosse capaz de sentir o sofrimento também. Musa empenhou-se para compartilhar a dor entre ambas, mas o sentimento era esmagador. Quando a angústia se tornou insuportável, sua mãe mal conseguia esconder dela. No final, Musa se afastou da mãe, aterrorizada e magoada, incapaz de suportar até mesmo o eco da agonia da morte.

Mas esse é o preço que se paga quando nos aproximamos das pessoas. Compartilhamos da vida das pessoas e da sua morte também. Musa não queria ler um livro aberto quando a história era só de dor.

Desde então ela não fora capaz de encontrar seu caminho para o mundo.

– E então? – Riven a instigou.

– Tudo bem! – concordou. – Vou ajudá-lo. Em troca, não quero que isso viralize por aí, eu o proíbo.

Como de costume, Riven estampou no rosto seu jeito debochado.

– Ok, faremos como você quer.

Ainda incerta de sua decisão, Musa seguiu o rapaz para o labirinto. Passaram diante da estátua de uma criança fada, sem asas e com expressão de desamparada, agarrada a um livro como se estivesse desesperada por conhecimento.

O coração envelhece

Vanessa Peters sabia que a filha possuía poderes mágicos. Apenas não compreendia por que outras pessoas não conseguiam ver o que para ela era óbvio. Era surpresa para ela também que a garota, Bloom, parecesse não saber de seus poderes.

Antes de Bloom, a vida de Vanessa tinha seus encantos. Nascera em um dia de verão na Califórnia, onde quase todos os dias pareciam brilhar desde então. Sempre fora uma aluna exemplar, suas notas eram as melhores, além de ter sido líder de torcida. Na faculdade, fora a rainha do baile de formatura, sempre acompanhada por uma multidão de melhores amigas. Sua maior realização foi ser a escolhida do rapaz mais charmoso e inteligente da faculdade: Michael Peters era apaixonado por ela, fora amor à primeira vista. "Quando sua vida segue o curso normal, as coisas sempre dão certo", esta era sua filosofia.

Foi então que o amor se concretizou em uma gravidez muito desejada. Fazer malabarismo com sua carreira em ascensão e um bebê? Mal podia esperar. Pergunte a qualquer pessoa de sua torcida: Vanessa era uma pessoa extremamente complacente e determinada. Cair do topo da pirâmide era coisa que acontecia com outras pessoas, não com ela.

Foi quando os médicos disseram ao casal que sua filha tinha um defeito cardíaco, não sobreviveria um dia sequer após o parto. Michael segurou a mão dela e chorou.

Vanessa se recusou a derramar uma lágrima que fosse. Não aceitaria que o que lhe foi dito era um fato inevitável, uma sentença de morte. Eventualmente, você vacila e perde o equilíbrio no topo da pirâmide, mas pode recuperar o prumo.

Manteve sua rotina de exames pré-natal, as vitaminas e as aulas de pré-parto. Pintou sozinha o quarto do bebê e aprendeu a fazer botinhas de tricô, rangendo os dentes a cada ponto feito; não eram perfeitas, mas amou a experiência.

Ser determinada e conduzida por objetivos sempre a levaram à realização de seus sonhos.

Quando a bebê nasceu, Vanessa viu nas atitudes dos médicos que sua determinação não produziu o milagre esperado. Os médicos se esforçavam ao máximo, assim como ela. Todos estavam tentando o seu melhor, o coração de sua bebê estava tentando bater, embora tudo parecesse inútil.

Até que não. Até que o tempo pareceu parar, e o milagre aconteceu.

– Nunca vi algo semelhante em toda a minha vida – declarou o médico, que continuou a exultar a experiência sem precedentes que estava vivenciando. O coração do bebê era perfeito, palavras nas quais o marido se agarrou desesperadamente.

Vanessa mal conseguia ouvir o que o médico falava. Estava ocupada admirando deslumbrada o rosto da bebê, delicada e suave como uma pérola recém-colhida. Era como se sua filha nunca houvesse conhecido um momento de dor. Como se fosse um bebê diferente do que havia estado momentos antes em sua barriga. A recém-nascida sorria para Vanessa plena e perfeita, vinda diretamente de seu sonho. Contemplou-a extasiada, mas seu coração entrou em um buraco sem fim e sucumbiu. Pela primeira vez em sua vida, Vanessa caiu, desamparada.

Ela pensou que tudo seria perfeito a partir do nascimento. Mas o amor incondicional não tornou as coisas mais fáceis, muito pelo contrário, o sentimento em excesso dificultou tudo, e os problemas aumentaram, assim como o amor.

Era uma manhã californiana dourada, como qualquer outra manhã ensolarada na Califórnia, quando Vanessa leu no jornal que a loja de antiguidades que ela visitara havia sido incendiada. Correu para o quarto de Bloom; teve de bater à porta e esperar antes que Bloom atendesse.

— Pode entrar, mamãe — a menina respondeu depois de um longo período de farfalhar e tinir. Vanessa entrou e lhe contou a notícia.

— Filha, não foi em seu laboratório de ciências que houve um terrível incêndio dias atrás? — Vanessa perguntou dando um abraço na menina. — Por favor, tome muito cuidado. Diz a profecia que males se completam com três eventos, e eu acredito em profecias.

— Então nada de fazer malabarismos com fósforos acesos? Que droga, lá se foram meus planos do fim de semana! — a menina exclamou, zombando da mãe.

Vanessa riu, desejando que a filha realmente tivesse programas de final de semana. Bloom era muito solitária, o que preocupava sua mãe.

Na mente de Bloom, o desejo da mãe era que se tornasse uma líder de torcida popular, assim como Vanessa havia sido, o que estava longe de ser verdade. Seu desejo era que a filha fosse cercada de amigos, segura e rodeada por amor, protegida de qualquer mal.

Quando bebê, Bloom era muito boazinha e comportada. Ao aprender a andar, tudo mudou. Estava sempre se metendo em problemas. Quando criança, dormia profundamente todas as noites. Acordada, raramente chorava e vislumbrava o mundo com olhos brilhantes e maravilhados, como se estivesse muito feliz por pertencer àquele lugar.

Infelizmente, de nada adiantava que a filha dormisse a noite inteira, pois o mesmo não acontecia com Vanessa. A cada hora ela acordava e andava na ponta dos pés até o berço para verificar se o bebê continuava respirando, sendo que ela mesma tinha a respiração instável.

Quando Vanessa era criança, a avó irlandesa de uma amiga costumava contar histórias sobre fadas e crianças fadas.

As histórias eram assim: as fadas viriam levar seu filho e deixariam uma fada pálida e doente em seu lugar, e devagar e com segurança a criança trocada perderia a vida. A história de Vanessa parecia o reverso daqueles contos de fadas trocadas: de repente fora abençoada, tinha um bebê afortunado, com brilho rosado de saúde em suas bochechas no colo em vez de um ser moribundo.

Vanessa deu o nome de Bloom a seu bebê, embora ela e o marido não fossem do tipo criativo, e sua mãe dissera que as pessoas pensariam que eram *hippies* por causa do nome estranho. Mas "Bloom" combinou tão bem com o bebê que nenhum outro nome lhe caberia.

"Não duvide do milagre", Vanessa continuou a dizer a si mesma. Michael havia aceitado o milagre sem questionamentos, amava sua filha incondicionalmente, criou um relacionamento com Bloom muito mais fácil de lidar do que o vínculo que Vanessa tinha com a filha.

– O que acha de fazermos aula de ioga juntas? – Vanessa perguntou. – Minha amiga, Stacey, disse que a aula é muito divertida, e eu creio que você se daria muito bem com a filha dela, Camilla. Stacey não se cansa de falar que a aula parece uma brincadeira.

– Mamãe, farei dezesseis anos em dezembro e acho que já não tenho mais idade para brincadeiras.

Um tom mais firme surgiu na voz da menina. Vanessa esmagou a vontade de responder, o que resultaria em mais uma briga igual a tantas que estavam se tornando cada vez mais frequentes entre elas, não queria mais confrontar a filha.

– Faça como quiser – disse, evitando mais um choque, e se virou em direção à porta.

– Gostaria que fosse feliz ao meu lado do jeito que eu sou feliz ao seu lado, mãe – Bloom murmurou.

Vanessa se voltou para a filha.

– Sou feliz com você. Desejava apenas...

– Que eu fosse um pouco diferente? – Bloom interveio. – Que eu me ajustasse um pouco mais às suas expectativas?

Vanessa não conseguiu responder, porque, honestamente, a resposta seria "sim". Ela seria mais feliz se Bloom aprendesse a se adaptar melhor ao mundo real. A mãe sempre se lembrava de como se sentia quando iam juntas ao parque. Bloom ficava tão bonita em seu lindo vestido, com o cabelo ruivo brilhante esvoaçante, apenas preso por uma fivela, mas as outras crianças simplesmente não brincavam com ela. O coração de mãe simplesmente ficava partido ao ver Bloom vagando sozinha como uma nuvem perdida no céu, correndo até os balanços e trepa-trepa totalmente solitária.

Quando Bloom sorria, o som era estranho e muito mais agudo do que o riso das demais crianças, e os galhos das árvores farfalhavam e se curvavam como se dissessem "venha, menina, vamos embora...". Bloom subia no topo de uma árvore, e Vanessa tinha de esperar sob os galhos com seu coração na boca, sentindo como se Bloom pudesse se lançar lá do alto e voar para o céu.

A mulher deixou o quarto de Bloom sem responder, fechando a porta atrás de si.

Vanessa se recostou triste contra a porta do quarto de sua adorada filha, na linda casa que possuía com o marido que ainda amava muito, no agradável e seguro bairro do subúrbio.

Sentiu-se exausta.

Havia lido vários livros sobre maternidade. Sempre fora uma estudante brilhante e metódica, capaz de compreender tudo e colocar o aprendizado facilmente em prática. Será que todos os pais retratados na literatura fantasiavam seus relacionamentos com os filhos? Pois nada se assemelhava à sua vida ao lado de Bloom. Como era possível que outras mães não sentissem o mesmo medo desesperado por seus filhos e a mesma desconexão do que era tão precioso e deveria ser tão próximo? Talvez elas sentissem. Deveriam sentir. Ela não poderia ser a única a viver aquela experiência angustiante.

Vanessa balançou a cabeça, como tentativa de se recompor e fazer o mesmo com suas ideias.

As coisas ficariam boas. Precisaria continuar se esforçando, isso era tudo.

Quem sabe ela não seria uma mãe superprotetora? Às vezes tinha de reprimir o impulso de arrancar a porta do quarto da filha para que pudesse observá-la vinte e quatro horas por dia.

Era simples paranoia porque Bloom quase morrera no parto, Vanessa lhe contou. Mas isso havia sido há muito tempo. Não havia mais perigo. Bloom estava bem.

Quando a menina ficava afastada das demais crianças, balançando ao vento entre as árvores ou descendo de outro terrível brinquedo, Vanessa corria até ela para tirá-la do balanço e fincar seus pés em superfície segura. Nesses momentos, ela era dominada pelo sentimento de admiração e agradecimento pelo milagre alcançado. Tomava a criança nos braços e girava em círculos sentindo o coração de Bloom bater contra o seu no mesmo ritmo. "Meu bebê, minha menininha!"

Não, não importava se Bloom fosse diferente de todas as outras crianças do mundo. Vanessa tinha muitos álbuns de fotografias que registravam a infância da menina. Cada segundo parecia tão precioso que deveria ser imortalizado. Recentemente ficara horas diante das fotos, suspirando de emoção. Vanessa desejava poder achar o caminho para retornar àqueles dias, quando mãe e filha ainda eram muito próximas. Não importava se a rota indicasse um país distante, ela percorreria qualquer caminho desconhecido e misterioso para reencontrar sua pequena Bloom.

Vanessa ainda acordava todas as noites, mas não saía mais de sua cama. Deitada, respirava fundo, fechava os olhos e tentava restabelecer o ritmo normal do coração, sempre acelerado. Sua filha não estava em perigo.

Vanessa planejava presentear a filha com a luminária que comprara na loja de antiguidades, contudo entregar-lhe aquele presente poderia significar reviver os momentos de tensão daquele dia. Talvez não fosse a melhor ocasião; contudo, gostaria que Bloom ficasse com o objeto, afinal, quando o viu na loja, ficou terrivelmente ansiosa para comprá-lo; com muito entusiasmo, queria transformar o velho abajur em algo moderno, mas com ar *vintage*.

No dia seguinte, o abajur que estava antes guardado na prateleira de seu armário já estava nas mãos de Vanessa. Seguiu pelo corredor escuro até o quarto de Bloom; escuro também era o objeto, mas Vanessa conhecia muito bem sua filha, e a peça ficaria maravilhosa nas mãos dela.

Abaixou-se e deixou um cartão e o abajur na porta do quarto como um presente secreto. "Eu te amo muito. Peço desculpas se nunca parecemos nos entender. Eu lhe daria o mundo, Bloom, ou qualquer outro mundo se ele existisse."

Conto de fadas n.º 5

Sei que deveria encontrar meu destino
Em algum lugar entre as nuvens no céu;
Aqueles contra quem luto eu não odeio
Aqueles que protejo eu não amo...
— W. B. Yeats

Água

No centro do labirinto, cercado por altas sebes de faias, havia uma fonte de águas plácidas e lírios brancos boiando sobre sua superfície. Apenas alguns brilhos aqui e acolá podiam ser vistos entre a grama verde e macia.

Aisha teve um mau pressentimento em relação àquilo.

– Espere – Stella murmurou.

Aisha não sabia exatamente quais eram os planos da princesa. Stella garantiu que havia uma estratégia e que a menina não deveria fazer nada além de participar dela.

Havia um homem com uma jaqueta de veludo aguardando do outro lado dos lírios, esfregando as mãos com nervosismo exacerbado, e uma mulher que o encarava do outro lado da fonte.

Algo naquela mulher indicava a Aisha que se tratava de uma pessoa importante. Talvez fosse a professora que mediria o poder dela. Claro, fazia sentido que deveria haver testes para medir as habilidades no Dia da Orientação. Aquela era a sistemática da escola. Alfea procurava por potencial mágico ao admitir fadas, vasculhando a terra por fadas que pudessem servir o reino com excelência. E foi Aisha quem quis ir a Alfea, quem se aplicou para ser admitida, e não o contrário. Aquela era sua chance de mostrar suas habilidades mágicas, esforçando-se ao máximo para adquirir.

– Posso saber por que me chamou para vir aqui, Callum? – a senhora perguntou ao homem, contornando a fonte ao seu lado. – Acabei de retornar de uma reunião externa e preciso comparecer ao Dia da Orientação.

Os olhos do homem transmitiam perplexidade.

– *Eu* a chamei até aqui?

– Agora! – a princesa Stella ordenou.

Como se estivesse avançando em uma maratona, Aisha lançou seu poder nas águas calmas sob os lírios. A fonte de súbito ganhou vida, uma onda brilhante que se transformou em uma borrifada divertida espalhada pelo ar.

Stella soltou o braço de Aisha e ergueu as mãos. O borrifo subiu contra um pano de fundo de luz pura e brilhante. Quando a magia da luz atingiu a água, tudo ficou brilhante e tão radiante que Aisha se engasgou e virou a cabeça, fechando os olhos para não ficar cega. A menina sentiu seu poder escapar de seu controle novamente. O lampejo de poder de Stella coloriu o mundo todo de branco.

Quando Aisha conseguiu olhar de novo, viu a borrifada se transformar em um pequeno tornado de água, girando com um brilho prateado e contrastando com o céu e a luz, para em seguida cair como um maremoto sobre as enormes árvores que pendiam sobre o labirinto, além de atingir o homem e a senhora.

Callum soltou um grito de horror e se jogou para trás, passando por cima da sebe de faias, abandonando a mulher à sua sorte. Ela permaneceu imóvel como estátua, encharcada, mas mantendo sua dignidade.

– Imaginei que tudo seria diferente – Stella sussurrou sob a respiração arfante. – Imaginei uma iluminação suave envolvendo uma fonte divertida de água e gotas cintilando no cabelo dela enquanto o homem a observava com admiração!

Aisha observava a princesa. Sem admiração.

Ouviu-se o som de passos em corrida enquanto a multidão chegava apressada ao labirinto, atraída pelo barulho da água, o farol de luz acima da cerca viva e pelos gritos.

As primeiras pessoas a surgir foram o menino Especialista e a garota vestida com a jaqueta *bomber* roxa de fones de ouvido. Ambos contemplavam a cena embasbacados. Quem poderia culpá-los? Qualquer um teria a mesma reação.

Os próximos a chegar foram as autoridades de Alfea.

O diretor Especialista Silva testemunhou o espetáculo perplexo, deu dois passos para trás, tirou a jaqueta militar preta e a jogou para a mulher. Ligeira e sem pestanejar, ela pegou a jaqueta no ar e a colocou sobre os ombros. Seu ar de comando rapidamente deixou bem claro quem ela deveria ser.

Oh, não. O coração de Aisha afundou como uma pedra atirada no lago. Havia cometido um grande erro.

– Callum, recomponha-se e trate de se limpar. Stella – chamou a diretora Dowling –, quero falar com você em particular. Depois de eu fazer meu discurso de encerramento do Dia da Orientação e das despedidas, quero vê-la em minha sala.

Stella abaixou a cabeça e, com ela, seu orgulho.

Aisha estava há menos de uma hora em Alfea e já havia perdido o controle de seus poderes ensopando a mais importante personalidade de toda a escola. Contudo, não era pessoa de se esquivar de suas responsabilidades. Seria uma traição e o comportamento de um péssimo companheiro de equipe.

Aisha limpou a garganta e encarou a senhorita Dowling.

– Como vai? Meu nome é Aisha. Quero dizer que sinto muito. Eu sou... Fui eu que deixei minha magia da água fugir do controle.

O olhar da senhorita Dowling esquadrinhou o rosto de Aisha.

– Não creio que usar seus poderes tenha sido uma ideia inteiramente sua.

– Oh, não, não foi – Aisha asseverou, sacrificando Stella sem escrúpulos. – Foi ideia de Stella. Ela me disse que era uma mentora, e eu queria provar para mim mesma a minha capacidade de controle. Mas eu não estava... Minha natureza é a água, mas o poder nunca veio tão naturalmente para mim, e eu sei que a senhorita viu a magia escapar pelos meus dedos. Porém, creio que o fato não me desqualifica para permanecer em Alfea – acrescentou desesperadamente. – Posso controlar a magia da água se a senhorita me der uma chance. Prometo.

Os olhos dela eram castanhos como a casca das árvores atrás deles. Sua feição era severa, mas, ao olhar suplicantemente para ela, Aisha logo percebeu que aqueles olhos eram também gentis.

– Você não foi convidada a Alfea para o Dia da Orientação para ser testada – a senhorita Dowling informou. – Você foi chamada para que recebesse as boas-vindas. A magia da água é sempre um poder instável. Em Alfea você será instruída a conduzi-lo apropriadamente. Como diretora, peço desculpas se o comportamento de algum de meus estudantes a fez sentir como se não pertencesse a este lugar. Deixe-me assegurar que sim, este é o seu lugar.

Se Aisha esperava alguma coisa depois de provocar aquela espetacular confusão, com certeza não eram aquelas simpáticas palavras. O alívio era tão reconfortante que parecia um triunfo por si só.

– Oh – Aisha sussurrou –, muito obrigada!

– Certamente você não é um problema para Alfea – a senhorita Dowling garantiu. – Permita que o professor Harvey a acompanhe para mostrar o restante da escola. Encontro-a no discurso de encerramento e, espero, em Alfea no próximo ano.

O professor Harvey se apressou para tomar a dianteira ao comando da senhorita Dowling, e Aisha recuou para o lado dele, agradecida.

Antes de deixar o labirinto, a senhorita Dowling disse:

– Aisha, mais uma coisa.

A menina olhou para trás para vê-la pela última vez sob a copa verde das árvores. Aquela senhora era severa, mas Aisha poderia ficar sob sua tutela sem receio.

– Você realmente deve se concentrar em moldar meticulosamente seu poder e fazer a água se curvar à sua vontade – alertou a senhorita Dowling. – Disciplina é a chave do sucesso.

Sua primeira lição em Alfea. Ela não conseguiu conter o sorriso, mas foi sucinta na resposta:

– Sim, mestre.

Mente

Musa estava acostumada ao caos da mente das pessoas que costumeiramente orbitavam ao seu redor. Mas não estava acostumada a testemunhar uma catástrofe real em um labirinto, magia da água e da luz colidindo com cintilante força. Não fazia a menor ideia do tamanho da confusão em que fora metida.

Uma coisa estava bem clara. Ficou ao lado daquele idiota do Riven e percorreu os olhos sobre o cara encolhido na cerca e a senhora que tinha metade da água de uma fonte despejada sobre ela. Sequer precisava de seus poderes para reconhecer a verdade, mas preferiu deixar o brilho roxo de sua magia refletir por um instante sobre eles apenas para ter total certeza.

– Aquele homem e aquela mulher não estão nem de leve romanticamente interessados um no outro – Musa afirmou.

– Você é uma Fada da Mente? – Riven perguntou, surpreso.

Musa estava surpresa também.

– Você *não* sabia que eu era uma Fada da Mente?

– Bem... não – Riven respondeu.

– Então por que me pediu para acompanhá-lo até o labirinto e avaliar se as duas pessoas estavam envolvidas? Explique-se.

Riven desviou o olhar para as botas.

– Pensei... na intuição feminina, talvez? Ou quem sabe também pensei que seria legal conversar com você porque é uma menina gostosa?

– Sou gostosa – Musa repetiu. – O que espera que eu diga sobre isso?

Riven ergueu o olhar e piscou.

– Você pode dizer que eu também sou atraente.

Musa o encarou com o olhar incrédulo que ele merecia.

Talvez os Especialistas lhe emprestassem um bastão; assim ela poderia bater nele.

– Riven – chamou o diretor Silva, exatamente atrás deles, a voz rouca ficando sinistra. – Devo entender que você tem alguma relação com o que aconteceu aqui?

Homens eram muito mais problemáticos do que deveriam ser. Musa se virou para as folhas da cerca viva e tentou disfarçar como se não tivesse nenhuma associação com aquela situação... nem com Riven.

– Oh, sim, sou cem por cento responsável pelo ocorrido. Além de Stella – Riven relatou rapidamente.

A princesa loira lançou um olhar assassino por cima do ombro.

– O que ele está dizendo é absolutamente verdade.

Ambos estavam chocados com a própria honestidade, Musa pôde perceber.

A senhorita Dowling cruzou os braços, e Musa leu em seu pensamento um clamor por paciência.

– Bem, estou satisfeito que a crise de consciência de ambos foi suficiente para sua confissão.

– Não tive nenhuma crise de consciência! – Riven protestou. – Eu mal tenho consciência.

Ninguém pareceu impressionado com a sua sinceridade.

– Diga-me por que vocês fizeram isso – Silva exigiu.

Riven esfregou a testa.

– Ok, Stella estava tentando me aproximar de sua amiga Ricki...

– O quê? – reclamou a bela garota que Musa presumiu ser a própria, espiando por cima do ombro do professor Harvey, boquiaberta de olhos arregalados. Musa sentiu que poderia compartilhar o desânimo chocado de Ricki.

– Cale a boca, Riven! – Stella rosnou. – Sinto muito, Ricki, agora vejo que foi um terrível engano!

– Sem dúvida isso nunca daria certo, porque é obvio de quem Ricki realmente gosta – Riven continuou.

– Cale a boca, Riven! – A voz de Ricki subiu de tom, em pânico.

Musa enviou uma gavinha inquisitiva de poder apenas por curiosidade, mas, quando sua mente encostou na de Ricki, sentiu um gosto de terror genuíno que deu um fim ao seu interesse. Não era da conta dela de quem Ricki gostava.

– Por que sempre dizem "cale a boca, Riven", e não "continue a falar, Riven, você está indo muito bem"? – o rapaz queria saber.

– Muito bem, Riven, continue falando, mas devo alertá-lo de que poderá ser expulso ou morto – o diretor Silva o encorajou. – Ainda não decidi.

Riven pareceu bastante perturbado com aquela declaração.

– Ok, temos uma teoria a respeito da vida amorosa da diretora Dowling...

O sentimento indignado de proteção do diretor Silva em relação à senhorita Dowling era óbvio para Musa, desde o momento em que ele jogou sua jaqueta para que a senhorita Dowling pudesse se proteger.

– Cale-se – Silva ordenou. – Agora!

– Isso está ficando muito chato. Uma hora, devo me calar, outra hora devo esclarecer o que aconteceu. Por favor, decidam-se... – Riven começou a falar.

Silva se virou para Riven como se houvesse uma arma em sua mão ou provavelmente deveria haver.

– Vejo que escolheu morrer.

Riven emudeceu. "De boca fechada ele fica muito bem", Musa pensou. Deveria permanecer assim pelo resto da vida dele.

O jovem Especialista mais alto, loiro e de boas intenções se aproximou e perguntou em voz baixa para Musa:

– Ele estava te incomodando?

– Se estou incomodando a moça? – Riven zombou, ouvindo a pergunta de Sky. – Fique tranquilo, porque não era eu que ficava me jogando para cima de, literalmente, todo rostinho novo que encontrava, Sky.

– Estou apenas tentando ajudar – ele tentou explicar, mordendo os lábios. Ambos irradiavam sofrimento para todas as direções de modo que qualquer Fada da Mente inocente poderia ser atingida.

Musa estava com dor de cabeça por causa daquela confusão. Ao contrário das expectativas, Alfea carecia de paz entre seus residentes. Talvez aquela escola não fosse ideal para ela.

– Ele *está* me incomodando – Musa respondeu.

– Vou levá-lo embora – Sky se ofereceu.

– Posso ir embora sozinho! – Riven retrucou, e assim o fez, invadindo o labirinto.

O rapaz estava tomando a direção errada e inevitavelmente ficaria preso lá. Musa e Sky trocaram olhares, confirmando que sabiam daquilo, e observaram-no seguir em frente.

Inesperadamente, Stella foi a única a seguir atrás dele.

Musa viu Stella alcançar o jovem pouco antes de ele virar a esquina para as passagens do labirinto. Riven pareceu extremamente assustado ao vê-la.

– Você perdeu a aposta, Riven. – A princesa lhe deu um sorriso terrivelmente iluminado, que fez Musa imaginar se ela usara a magia da luz em seus dentes. – E agora não há a menor chance de Ricki namorar você.

– Nunca houve a menor chance – ele a corrigiu.

– O que significa que você não tem mais utilidade para mim – Stella declarou. – Exceto pelo fato de meu humor estar péssimo e a sua humilhação poder me animar. Agora escute...

A garota pegou em seu cotovelo e o arrastou para cumprir sua sentença. Ambos desapareceram no labirinto.

– Sinto muito por Riven – o rapaz chamado Sky falou para Musa.

– Sim, se ele fosse meu amigo eu também lamentaria muito – a garota concordou.

Sky piscou outra vez, demonstrando angústia. "Pare com isso", Musa desejou. Por que os rapazes têm tantos sentimentos confusos?

– Espero que o que Riven fez não tenha mudado sua opinião sobre Alfea. Sei que ele não consegue causar a melhor primeira impressão para quem não conhece Alfea, mas esta é uma ótima escola, quero dizer.

A multidão estava se afastando do labirinto naquele momento, a cena dramática chegara ao fim. Musa caminhava lentamente ao lado de Sky. Ele a observava, com o desejo de compensar as burradas do amigo queimando em sua mente. Contudo, Musa não precisava de conselhos ou desculpas.

– O comportamento de seu amigo não será um fator determinante em minha decisão final. Eu já não tinha certeza se ficaria em Alfea antes de conhecê-lo. Não tinha certeza nem antes de chegar aqui – Musa explicou pausadamente. – E você, por que veio para Alfea?

O rapaz Especialista de nome Sky demorou mais do que devia para responder, como se nunca tivesse feito a mesma pergunta para si mesmo. Então seus olhos azul-escuros clarearam, a cor do mar após a tempestade havia desaparecido.

Suas palavras eram firmes:

– Em Alfea você aprende a ser um herói.

– Eu não acredito em heróis – ela comentou firmemente.

– Se você conhecesse o diretor Silva, certamente mudaria de ideia – Sky disse, seguro de si.

Musa acenou levemente com um gesto de cabeça e lhe deu um sorriso quando deixaram a área do labirinto e se separaram. Musa seguiu sozinha, exatamente como ela gostava de fazer.

Ela sentiu pena dele. Seu amigo Riven parecia uma bomba-relógio prestes a explodir, pois suas atitudes sempre eram uma surpresa, uma péssima surpresa. E ainda tinha o diretor Silva, que Sky tanto admirava; do pouco que pôde ver na mente dele, havia muito mais culpa e raiva em sua alma do que heroísmo propriamente dito. Pobre Sky!

Musa não sabia se já havia testemunhado alguém com sentimentos heroicos. Talvez não existissem heróis.

Sky perceberia a verdade um dia.

Todos se desiludem, cedo ou tarde.

Terra

Terra estava se sentindo extremamente desiludida com o Dia da Orientação. Nenhuma das outras garotas queria ser sua amiga. Era como sempre acontecia, talvez pior, porque daquela vez Terra queria pertencer àquele lugar ao lado de muitas amigas. Naquele momento, o problema não era que Terra era muito nova. O problema era que Terra era *Terra*.

Aquela menina de jaqueta roxa e fones de ouvido parecia legal, mas preferia ficar distante. Terra imaginou que ela pudesse ser tímida e gostaria de Terra se fizesse um pouco de esforço. O que não foi o caso.

Então havia Stella, encenando um estranho espetáculo de luzes por alguma razão que ela desconhecia, e aparentemente Riven queria namorar Ricki.

Aquele jogo de xadrez fazia sentido, Terra supôs. Ele namoraria Ricki e nunca mais voltaria para a estufa, porque teria coisas mais interessantes para fazer. Ricki fazia parte da turma da princesa, uma das meninas mais bonitas e populares, era o tipo de menina que todos os caras gostariam de namorar e que todas as garotas queriam ter como amiga.

Terra estava se esforçando tanto para fazer amizades! Não entendia o que havia de errado. Ficava triste com sua solidão.

Terra se sentia muito abalada para se juntar aos outros jovens e participar da etapa final do passeio por uma escola onde viveu toda a sua vida. Deveria voltar em tempo para o discurso de encerramento da senhorita Dowling; contudo, preferia ficar sozinha por um instante que fosse a ficar sozinha no meio da multidão.

Terra ficou sob a copa das árvores verdes e rendadas na estação primaveril vendo a dança das folhas refletida no espelho do céu. Na água sem movimento reconheceu tons de preto e cinza flutuar de um lado a outro, as cores do uniforme dos Especialistas. Talvez Riven tivesse percebido que estava totalmente só e se aproximara para lhe fazer companhia.

Aquele foi um dia cheio de decepções, completamente diferente de tudo o que já vivera em sua vida.

O rapaz chegou e ficou ao seu lado; mas nunca havia reparado que Riven era tão corpulento.

– Vi que você demorou muito para voltar – ele comentou. – Na realidade, não poderia deixá-la aqui, mesmo sabendo que não se deixaria abater, aqui, sozinha, pequena fada.

A garota não estava reconhecendo aquela voz e muito menos o rapaz ao seu lado, pois as sombras impediam que visse seu rosto.

Ele piscou como se quisesse dizer que não tivera a intenção de falar aquilo, era apenas uma brincadeira. Mas um brilho em seus olhos denunciava que era, sim, sua intenção. Piadas maldosas sempre perturbavam a menina. Abriu a boca pensando em algo para falar que fosse divertido, mas a única coisa que conseguiu fazer foi abrir e fechar a boca como um peixe esperando comida no aquário.

– Por que está aqui, sozinha? Está esperando alguém em especial? Talvez uma pessoa de uniforme... – o jovem piscou de novo para ela.

– Como? – Terra perguntou. – Não entendi o que disse.

– Está a fim de se divertir? – perguntou o cara corpulento que Terra nem conhecia, estendendo a mão como se fosse agarrar seu braço.

– Por Deus, não! – Ela se assustou, completamente consternada.

Aquele deveria ser o repugnante Matt, sobre quem seu irmão a alertara.

Ela fez um gesto brusco, chamando a magia da terra para si, e os galhos das castanheiras à beira do lago se estenderam como verdadeiros braços e açoitaram diversas vezes o rosto de Matt. Em seguida, a grama engoliu seus pés, fazendo-o perder o equilíbrio e cair no lago. Uma vez que ela estava fora do alcance daquele repulsivo rapaz, Terra silenciosamente pediu às ervas daninhas do lago que o mergulhassem vigorosamente algumas vezes.

– Você não deveria agarrar estranhos. Isto é muito rude – Terra o advertiu, austera.

O Especialista tossiu, engasgou e cuspiu água quando subiu pela terceira vez à superfície, o que ela entendeu como um sinal de arrependimento pelo que havia feito. Pediu às ervas daninhas para o libertarem e seguiu o caminho em direção à estufa, longe dos respingos e do linguajar impróprio.

Possivelmente sua reação tivesse sido desproporcional para o momento, pensou, sentindo-se levemente culpada enquanto se afastava do lugar.

Não, ela tinha feito a coisa certa. E se ele tivesse atormentado uma das garotas de Alfea no Dia da Orientação? Isso causaria uma péssima impressão de sua maravilhosa escola! "A disciplina austera foi devidamente aplicada", pensou.

"Naquele momento, deveria somente se juntar ao grupo", refletiu. Antes, Terra daria uma espiada na estufa, quem sabe para admirar o jasmim e inspirar profundamente um pouco de sua fragrância. Depois poderia voltar para a multidão de pessoas que não queriam nada com ela.

Quando abriu a porta e entrou na estufa, encontrou Riven de pé na linha diagonal de um ladrilho de mármore, pisando em um facho de luz verde que entrava pela vidraça.

O rosto dele se iluminou quando a viu.

— Sabia que você vinha para cá. Hoje foi um dia terrível, Ter. Você não pode acreditar o que Stella quer me obrigar a fazer.

Normalmente, Terra teria perguntado com ansiosa simpatia qual seria o plano maquiavélico de Stella contra o pobre Riven.

Normalmente, ambos não se veriam se não fosse na estufa. Mas já haviam se visto naquele dia. Ou pelo menos ela o tinha visto, e o rapaz tinha evitado seu olhar.

Terra simplesmente disse:

— Meu Deus!

Riven caminhou em sua direção.

— Odeio esta escola, Ter.

Se fosse um dia comum, Terra o confortaria e diria que a escola não era tão ruim, pois por muito tempo alimentara o iluminado sonho de um dia ingressar em Alfea. Naquele momento, não queria consolá-lo. Na realidade, ela queria e precisava ser acalentada.

Mas era óbvio que nunca poderia esperar essa atitude de Riven. Pensava neles apenas como amigos, sabendo que a relação jamais passaria disso, porém Terra não sabia o que era ter uma amizade.

Ele não escondia o fato de conhecer Terra somente porque ela era mais nova, uma *nerd* e definitivamente muito chata. Terra não era bonita, muito menos tinha um comportamento adequado para uma menina. Talvez por tudo isso Riven tivesse vergonha de conhecê-la. Além disso, o que diriam dele se soubessem que ele gostava de plantas e aprendia muitas coisas sobre o assunto, e que eventualmente se escondia na estufa e compartilhava e se divertia com a companhia dela? Terra era uma vergonha simplesmente por existir.

– Você odeia tudo, Riven – ela disse, mais ríspida do que já havia sido antes. – O que há de tão ruim em Alfea?

Terra percebeu como o tom mais austero de voz atingiu seu orgulho masculino. Ok, se ele precisasse, falaria com mais jeitinho.

– Tudo é ruim aqui, principalmente porque esta escola mais parece uma fábrica planejada para nos transformar em robôs – Riven respondeu de pronto, a voz ficando mais forte. – Fada da Terra, Fada do Ar, Fada do Fogo, Fada da Água, Especialistas. Nada mais nem menos do que isso. Veja o que estão fazendo com Sky, aquele pobre rapaz, estão massacrando a pouca individualidade que ele possui. Sem falar na personalidade dele, que se confunde com a do diretor Silva.

"O que ele estava dizendo?", Terra se questionou. Pelo menos Sky era bom com as pessoas, ajudara os futuros estudantes. Tudo bem, estava obedecendo às instruções reais para orientar os mais novos, mas pelo menos ele se empenhava em fazer tudo certinho. Riven era um ingrato ou invejoso? A menina percebeu, então, como havia se enganado sobre o relacionamento entre os dois rapazes.

Ela enxergava Riven com outros olhos, mais compreensíveis, e viu que sua expressão facial deixava transparecer toda a angústia guardada no coração.

– Isso é muito ruim, Riven – Terra murmurou, angustiada.

– Eu sou uma pessoa ruim! – ele se exaltou. – Como não conseguiu perceber isso ainda? Que tipo de idiota é você?

A menina cambaleou para trás, para longe dele; pensou que o arrependimento poderia, em algum momento, ter tocado a alma de Riven, mas não, foi afastado pela raiva muito mais forte do qualquer outro sentimento.

– Sinto muito, eu estava enganada – Terra falou com a voz embargada.

– Terra... – ele começou.

Terra não se permitiu chorar.

– Acho melhor não falar nada. Aliás, você somente me dirige a palavra quando precisa de mim, porque tem vergonha de nossa amizade, se é que temos amizade.

– Você tem razão, tenho vergonha mesmo!

Riven ficou pálido, e sua expressão estava tensa, mas a resposta foi curta e rápida. Terra respirou profundamente magoada, como se sua mão tivesse sido perfurada por um enorme espinho, obrigando-a a assentir com sofrimento. Poderia lidar com a dor. Havia sido a primeira a machucar as mãos quando encostou em espinheiros.

– Você acha que sou uma trágica e solitária *nerd* que não sabe fazer nada melhor do que ser simpática com você.

A resposta veio entre dentes cerrados, mas tão rápida como a anterior.

– Está certa, penso isso mesmo.

– Sou muito estúpida. Acreditei que você fosse uma pessoa boa – Terra continuou entorpecida. – Simplesmente porque pensei que fôssemos amigos.

– Eu não *quero* ser seu amigo – Riven rosnou, para em seguida morder o lábio com força.

Riven falara demais, ansioso para dizer algo mais inteligente, mas era impossível para ele parar de falar. Mesmo que fossem só bobagens. De qualquer forma, suas palavras eram óbvias para alguém que não fosse tão tolo como ela. Nunca foram amigos. A estufa era apenas um lugar conveniente para uma *nerd* solitária.

– Está bem – Terra concluiu em um tom de voz cortante. – Entendo perfeitamente o que quis dizer. Acho melhor sair daqui. Não deveria estar com o pessoal popular? Aliás, vá embora e faça o que Stella o desafiou a fazer, se é que sabe fazer alguma coisa. Seja um Sky de segunda categoria. – Terra nunca havia sido tão rude com uma pessoa.

– Pelo menos, eu não tento mascarar a realidade me enganando – Riven disparou. – Acha que tudo mudará no próximo ano, Terra? Espere e verá. E, então, vai odiar Alfea também.

Ele girou nos calcanhares e saiu, batendo a porta atrás de si tão forte que as vidraças estremeceram como esmeraldas e diamantes pendurados em um colar.

Terra se apoiou na mesa do laboratório e se esforçou para não chorar ou lançar no ar tudo o que estivesse à sua frente. Mas superaria as feridas de seus sentimentos. Da mesma forma como ela jamais tinha tratado uma pessoa tão mal, Riven também nunca se dirigira a ela com aquelas palavras rudes. Havia algo estranho no ar, um problema que precisava ser resolvido, uma confusão que deveria ser esclarecida, e apenas Terra poderia fazê-lo. O modo como Riven falou não parecia refletir o seu caráter. Jogava com as palavras, afirmando meias-verdades, gabando--se e fazendo piadas para fugir da realidade. Ele não tinha a intenção de relatar fatos, mas de um jeito torto foi o que fez.

Alguém devia ter dado a Riven a poção da verdade para beber, Terra concluiu. Mas quem, Stella?

Talvez saber quem fizera isso não fosse o mais importante naquele momento, ela refletiu. Por um minuto, sentiu-se tentada a deixar Riven apodrecer em seu próprio orgulho. Poderia continuar causando confusão com seu discurso agressivo e arruinar sua vida, pela qual tanto lutou. Contudo, aquilo não era correto. O problema surgiu na estufa, e ela resolveria tudo. Tinha o conhecimento e as ferramentas, portanto o problema era de sua responsabilidade. "Se pode fazer algo, então deve fazê-lo", pensou.

Terra enxugou as lágrimas no canto dos olhos com as costas da mão e buscou o baú de frascos prateados. Deveria ser prática. Era solitária e infeliz, mas tinha uma tarefa a fazer.

Água

Havia dois grandes degraus de pedra em frente às portas inscritas com galhos de ferro torcidos. Quando o sol se pôs no horizonte, a claraboia de vidro no teto deixava entrever que as cores do céu estavam derivando do azul prateado para o azul profundo. A senhorita Dowling aguardava no topo da escada e se dirigia aos futuros alunos de Alfea com a luz natural transformando as portas atrás dela em um cenário cênico de árvores prateadas e sombras.

— Futuros e atuais estudantes — ela começou com a voz ecoando contra as paredes de pedra —, agradeço a presença de vocês aqui para conhecerem nossa instituição. Esta escola foi criada para ajudá-los a atingir seus objetivos e transformá-los nas pessoas que almejam ser. Agradeço por depositarem sua confiança em nós. Sem vocês, Alfea seria apenas um castelo vazio no meio da floresta. Com vocês, Alfea é um sonho que vai se tornar uma realidade.

Aisha suspirou, ouvindo extasiada. Ao seu lado, Beatrix da saia xadrez e do caderno de anotações deu um bocejo. Aisha lhe lançou um olhar intimidador.

— Demonstre um pouco de respeito, por favor! A senhorita Dowling é nossa inspiração.

Beatrix encolheu os ombros com desdém.

— Sua inspiração, você quer dizer, se acredita em toda essa baboseira — a menina respondeu.

A diretora gesticulou para os pilares envoltos em luz e para a claraboia de vidro do teto, onde a magia da luz estava refletindo para desenhar estrelas no céu azul.

— E, como prova de minha estima por sua visita, preparamos em nossa estufa poções da sorte para que todas as fadas possam colecionar.

E acredito que um Especialista esteja trazendo uma seleção de adagas que nossos futuros Especialistas podem levar para casa.

Riven, o garoto Especialista, passou pelas portas de leucadendrons com uma caixa aberta repleta de adagas, com as lâminas em forma de folhas de aço. E sem camisa. Aisha revirou os olhos.

Ele carregou a caixa e a colocou sobre os degraus, em frente à senhorita Dowling, sob os olhares de uma plateia atônita.

A senhorita Dowling esfregou a testa, como se quisesse aliviar uma forte dor de cabeça.

– O que significa isso, Riven?

– Esta ideia foi de Stella – Riven foi direto. – Fizemos uma aposta.

– Vou matá-lo, Farah – o diretor Silva ameaçou, avançando das sombras, onde estava conversando com o professor Harvey.

– Isto é totalmente impróprio! – a senhorita Dowling exclamou.

Silva concordou com um gesto de cabeça.

– Você tem razão. Sinto muito. Vou matá-lo, diretora Dowling. Não, tenho uma ideia melhor, vou fazê-lo comer até quase estourar e pendurá-lo no teto da entrada do *Hall* dos Especialistas, como um aviso aos demais Especialistas.

– Sempre suspeitei de que você queria me matar! – Riven vociferou.

Silva arregalou os olhos.

– Não me provoque. – Ele levantou e estendeu a mão para, claramente, agarrá-lo pelo colarinho, quando percebeu que o garoto não estava usando camisa. Inconformado como um mártir frustrado pela sua morte iminente, Silva o pegou pela orelha e começou a arrastá-lo para fora.

A senhorita Dowling suspirou e pediu para as pessoas da primeira fila que subissem e pegassem as poções e os punhais. O restante da plateia ficou entretida com o caos de fofocas.

Aisha olhou em volta para seus colegas participantes do Dia da Orientação para compartilhar sua incredulidade com o rumo que as coisas estavam tomando. Conseguiu captar a expressão de descrença na face do menino Dane, mas parecia ser um sentimento de ceticismo muito diferente da emoção que Aisha estava vivenciando no momento. Ele tinha os olhos treinados do diretor Silva e de Riven.

– Uau, quem é esse cara? – Dane perguntou.

– Caramba, ele é um garoto magrelo e pálido, que mal tem músculos, controle-se – Aisha avisou. – E, pior, este lugar é impróprio para ficar sem camisa, tenho de admitir, então ele não passa de um lunático, e o abdômen dele nem vale o tempo que está perdendo. Milhares de homens têm abdômen. Eu tenho abdômen e nem por isso vou mostrá-lo nesta ocasião. Completamente desnecessário.

Provavelmente Dane tinha um abdômen mais torneado, bem definido, mesmo tendo baixa estatura. Mas Aisha desconfiou das intenções do menino.

– O que você quer dizer? Eu não estava olhando para... – Dane retrucou.

Contrariando suas palavras, ele ainda olhava para o corpo de Riven, de um jeito determinado. Beatrix se inclinou para a frente, compartilhando com Dane aquela visão. A popularidade de Riven estava crescendo.

"Algumas pessoas não conseguem resistir a transgressores de leis", Aisha pensou. Aparentemente, preferem pensar que regras não têm razão para existir.

– Concordo, seu tanquinho não é nada mau – Beatrix disse a Dane, que deu um olhar crítico para suas tranças pintadas de vermelho e para os olhos escuros perversos, antes que sua atenção retornasse a Riven como uma bússola apontando para o norte. – Mas eu tenho muito mais coisas para pensar – a menina concluiu.

Aisha desistiu de encarar Dane, era uma causa perdida, e se virou para Beatrix, a Garota Cínica do Caderninho. Pelo menos era uma menina focada. Talvez pudessem ficar juntas depois de toda aquela confusão.

– Todos nós temos compromissos – Aisha concordou. – Eu, por exemplo, perdi o dia inteiro tentando descobrir algum lugar para nadar nos campos. Muito prazer, meu nome é Aisha.

– Eu não sou chegada a esportes – confessou a menina. – Pretendo me concentrar nos estudos.

Cumprimentaram-se, mas Aisha se arrependeu de se apresentar. Beatrix tinha um ar ligeiramente desdenhoso em relação a ela, seu olhar parecia implacável e cruel. Aisha sentia como se a menina pudesse ver suas limitações com a magia e certamente não pretendia ser simpática.

– Você pretende vir para Alfea? – Aisha perguntou.

– Vamos dizer que estou considerando algumas alternativas – a outra respondeu. – Pensei em vir para conhecer o que me espera.

Perfeito! Beatrix nem ao menos estava certa se gostaria de frequentar Alfea, e lá estava Aisha, desesperada para começar a estudar. Olhou para a garota com um sorriso inexpressivo e fez um gesto vago, como se tivesse algum lugar mais importante para ir. Saiu e viu a garota conversar em voz baixa com o menino chamado Dane. Já dava para perceber que ambos provavelmente fariam amizade entre si muito mais facilmente do que com ela.

Desanimada, Aisha saiu do castelo, desceu os degraus até o jardim inferior e quase tropeçou na menina de fones de ouvido agachada atrás de uma árvore cuidadosamente podada.

– Oh – Aisha se assustou –, não sei o seu nome. Você está bem?

– Meu nome é Musa e estou apenas um pouco de saco cheio – ela admitiu, meneando a cabeça com os brincos de argola balançando na orelha. – Tem sido um dia… muito difícil.

Os brincos de Aisha também eram de argola, porém infinitamente menores e com uma pedra turquesa pendurada em cada uma delas. Não tinha certeza se conseguiria usar aqueles brincos enormes ou seu penteado *punk rock* de Princesa Lea, mas tudo combinava com Musa.

— Lamento se a perturbei — a menina disse. — Já estou indo embora.
Musa meneou a cabeça de novo.

— Tudo bem.

A intenção de Aisha era descer e contemplar os lagos dos Especialistas. Fazia-lhe bem para a alma, sentia conforto diante daquela visão da água e conseguia se concentrar antes de voltar para o ônibus. Se tivesse tempo, teria dado um mergulho para ver quanto tempo levaria para nadar dez chegadas em um dos lagos.

Contudo, Musa havia dito que não se importava com a sua presença, mas na verdade Aisha suspeitou de que Musa não deveria ficar sozinha. Ela parecia realmente abalada, curvada sobre o próprio corpo como se estivesse sob um fardo de toneladas invisível para Aisha. O mínimo que poderia fazer seria ficar perto dela.

Assim, Aisha ficou perto da árvore, observando a garota silenciosamente, enquanto ela ouvia a música, até que sua respiração ficou um pouco mais estável e sentiu-se mais relaxada, como se pudesse erguer lentamente as costas para interagir com alguém que estivesse ao seu lado.

— Gosto de seus brincos — Aisha disse por fim.

Os lábios de Musa se curvaram e delinearam um leve sorriso.

— Eu gosto de seu penteado.

Aquele elogio vindo de uma garota estilosa fez Aisha se sentir mais confiante em relação ao seu cabelo. Ela amou a cor. Poderia pintar mechas de azul, assim o cabelo ficaria mais harmonioso, e não como uma colcha de retalhos. Aisha concluiu, confiante, que ficaria bem legal.

— Também me senti muito pressionada quando cheguei a Alfea — Aisha admitiu. — Mas então pensei "Ei, talvez ficar em Alfea possa ser divertido".

— Talvez — Musa repetiu. — Obrigada por querer me relaxar.

— O que posso dizer? Sou Fada da Água, e todas as Fadas da Água são sempre relaxantes e refrescantes.

Aisha gesticulou levemente e fez gotas de orvalho pularem no ar, como uma pequena pedra pulando na água de um lago. Ela e Musa observaram juntas o arco cintilante, como um minúsculo arco-íris de cristal, flutuando para as montanhas no horizonte, e Aisha sorriu satisfeita.

Pela primeira vez, a magia funcionara perfeitamente.

Especialista

Mesmo tendo sido o Dia da Orientação, e um tanto quanto conturbado, Sky não perderia a oportunidade para correr no fim de tarde ao redor de Alfea. Correu sob os galhos das árvores e das sombras que se juntavam; mas reprimiu um grito assustado quando viu Terra brotar no seu caminho como um cogumelo gigante.

– Devo-lhe um pedido de desculpas! – Terra exclamou. – Por muitas e muitas coisas. Muitas...

A voz da garota se transformou em um sussurro, como se pudesse esconder a fonte de seus problemas: *a intimidação de Riven*.

– Por acaso Riven está metido em algum tipo de problema? – Sky indagou. – Seria melhor se me contasse tudo – pausou alguns segundos. – Espere, isso tem a ver com meu jeito de pegar pesado com ele em nossos treinos? Faço isso para ajudá-lo a melhorar! Ele tem muito potencial! – Sky parecia uma metralhadora cuspindo balas para todos os lados. Queria falar tudo de uma vez.

O rapaz não compreendia por que aquilo era tão difícil para as pessoas entenderem. Os olhos de Terra brilhavam, mas de tristeza. Eram suas lágrimas de remorso que cintilavam insistentes.

Talvez Terra tivesse visto os Especialistas treinando e acabou tirando conclusões erradas? Era verdade que fadas não brigavam como faziam os Especialistas, então poderia ter se assustado com as lutas.

Silva sempre o alertou para ser cuidadoso com Sam, acrescentando: "Se ele for como Ben".

Provavelmente o conselho também se aplicava a Terra.

– Sinto muito se está chateada – Sky disse com cuidado.

– Agora percebo tudo claramente. Obviamente você não o estava intimidando! – Terra exclamou. – Mas, sim, apenas tentando ajudá-lo. Ambos deveríamos reconhecer sua boa vontade, mas ele é um ingrato, maldito traiçoeiro.

– Acalme-se, Terra, você está muito tensa.

Sky estava acostumado com pessoas nervosas de temperamento forte, mas Terra estava literalmente tremendo.

– Lamento se alguma vez duvidei de você – a garota gemeu. – Principalmente se seus sentimentos foram feridos.

– Não se preocupe, Terra, foi apenas um ligeiro mal-entendido – Sky explicou.

– Você é um cara legal e uma pessoa maravilhosa!

– Obrigado... você... – ele agradeceu, titubeante.

– Sinto muito sobre as trepadeiras que tentei enrolar em volta de seus pés e também pelo arbusto de espinhos do tamanho de uma espada que plantei para mantê-lo longe de Riven.

– Como assim? – Sky arregalou os olhos.

Terra franziu a testa, assentindo rapidamente com um gesto de cabeça.

– Oh, creio que não houve tempo para você se deparar com o arbusto de espinhos. Que bom, pelo menos uma feliz coincidência. Vou cuidar disso, prometo. Ok, esqueça o que eu falei.

Na verdade, seria muito difícil para Sky se esquecer de um arbusto repleto de espinhos tão grande. Mas, lembrou-se das enormes raízes em seu caminho que fora obrigado a transpor quando estava fazendo seu treino de corrida. Porém, ele percebeu que Terra estava com os olhos vermelhos e se sentindo um poço de tristeza e arrependimento como a garotinha que estava brincando com o irmão nos jardins de Alfea quando Sky se aproximou empunhando uma espada ao lado de Silva. O jovem nunca aprendera a conversar com ela e não achou que pudesse começar naquele momento, mas Sky não queria que Terra ficasse triste. Além disso, a garota sabia fazer crescer espinhos do tamanho de uma espada em um piscar de olhos, logo seria melhor que ela se mantivesse calma.

– Ok, já não me lembro de nada.

– E você também foi envenenado – Terra continuou.

Sky se assustou. Desde quando ela estava envenenando pessoas? O que queria dizer com aquilo? Era algo alarmante saber que estava fazendo isso. As pessoas diziam que Stella era sinistra, no entanto a namorada não envenenava pessoas e era muito mais sociável do que Terra.

– Você está me deixando preocupado – Sky afirmou.

– Pois não fique preocupado. Em vista de todas as coisas que disse hoje, tenho certeza de que você tomou a poção da verdade – Terra explicou. – Mas posso resolver o problema. Eu fiz o antídoto, três doses no caso de... alguém mais precisar. Não tenho certeza de quem seria, mas também não me interessa saber! E seria prudente se mantivesse doses de reserva com você.

A conversa que estava tendo com Terra naquele momento trouxe em sua memória, com uma sensação desconfortável, o encontro entre ele e Silva naquela manhã. Aquele não era Sky em suas plenas faculdades mentais.

Terra lhe entregou três pequenos frascos do líquido azul-escuro que cintilava à luz do pôr do sol. As garrafinhas estavam fechadas com lacres de cera com desenho de amor-perfeito impresso neles. Era estranho que Terra tivesse embalado o antídoto cuidadosamente, mas ela era mesmo uma garota esquisita, a começar por suas roupas com estampas de flores, que não demonstravam um mínimo de cuidado para combinarem entre si.

Sky ainda não sabia por que ela o havia envenenado, mas naquele momento Terra o encarava com um olhar atento e suplicante.

Ele supôs que não fora responsabilidade dela por ele fazer papel de tolo diante de Silva. Uma poção da verdade era uma coisa boa justamente por causa de seu objetivo legítimo. A culpa era totalmente dele se sua amizade com Silva já estava abalada.

— Não se preocupe, Terra — ele disse com gentileza.

Sky pegou os frascos, ajeitando dois deles no bolso da jaqueta. Rompendo o lacre, ele despejou todo o líquido azul do terceiro frasco diretamente em sua boca.

Terra correu até o rapaz e o abraçou. Ambos não se conheciam o suficiente para um gesto daqueles, mas Sky retribuiu o abraço dando tapinhas gentis em suas costas.

Terra sorriu para ele, os olhos brilhando à luz do pôr do sol.

— Com certeza, contaria a qualquer amigo que você era uma das poucas pessoas legais que estavam lá no evento. Isto é, se eu tivesse algum amigo. E, claro, se você não estivesse namorando Stella, afinal não quero morrer.

Terra se desvencilhou dele, fez um sinal de positivo com os dedos e saiu correndo. Sky ficou a observá-la. Aquela havia sido uma estranha e intensa interação entre eles.

Em seguida, continuou sua corrida em torno do castelo.

Mal havia retomado seu treino quando escutou alguém gritar o seu nome.

Luz

A senhorita Dowling pediu para Stella encontrá-la em seu escritório.

A garota passou pela porta com o coração acelerado, apavorada. Estava em apuros, seria punida severamente. Mas ficou surpresa quando o sorriso da diretora acalmou os batimentos de seu coração em vez de fazê-lo acelerar.

A senhorita Dowling não era a visão de uma rainha em seu trono. Estava de pé ao lado de sua mesa, cercada por seus velhos livros e seu globo de reinos das fadas. Sua postura era severa, mas, ao mesmo tempo, serena e calma. Deveria punir Stella, mas não queria prejudicá-la.

A senhorita Dowling tomou um banho rápido e trocou de roupa antes de fazer seu discurso de encerramento. Trajava um vestido marrom-escuro, muito mais bonito do que o verde-oliva de antes. O cabelo estava preso em um coque alto, com pequenas mechas marrom douradas caindo ao lado da cabeça. No pescoço, um medalhão de ouro com o desenho estampado da Árvore do Conhecimento estava pendurado no colar de ouro. E mais nenhuma outra joia.

Quando viu Stella, a diretora sorriu, embora a garota estivesse em apuros. Não era um sorriso deslumbrante. Seus lábios mal se moveram, no entanto havia o habitual toque de humor em seu semblante.

Todos diziam que a rainha Luna era a mulher mais bonita de todos os reinos, mais bonita do que a própria filha poderia ser, mas naquele momento Stella gostava mais de ver o rosto da senhorita Dowling.

– Os problemas saíram do controle hoje, não é mesmo, Stella? – a diretora perguntou.

– Não fique desapontada nem brava comigo, senhorita Dowling! – Stella implorou, mordendo o lábio inferior, o que a fez se lembrar mais uma vez de Terra falando sobre as flores boca de sino.

Mesmo que alguém tivesse lhe dado uma dose da poção da verdade, Stella não poderia deixar a senhorita Dowling descobrir. Já havia desapontado sua diretora o suficiente naquele dia. Deveria ser capaz de lidar com isso sozinha.

— Não estou desapontada, muito menos brava com você — afirmou a senhorita Dowling com a voz comedida. — Bem, fiquei um pouco irritada, é verdade, quando metade de uma fonte caiu na minha cabeça.

Stella estremeceu.

— Especular sobre a vida amorosa de professores não é um comportamento particularmente apropriado.

— Muito menos adequado para uma princesa — Stella completou estupidamente.

— Totalmente inadequado para qualquer estudante de Alfea — a senhorita Dowling a corrigiu. — Não se esqueça de que, antes de princesa, você é aluna de Alfea, e não seria justo com os demais alunos se você fosse tratada com distinção.

A vida não era justa. Era justo que Stella se tornasse uma princesa atraente, mais bonita do que quase todos em Alfea? Sim, era, mas você deve pagar pelos seus privilégios de alguma forma.

— Foi uma ideia ridícula de Riven — Stella disse, e mesmo para ela suas palavras soaram como lamentação. Sua mãe ficava irritada com lamentos, muito mais do que com qualquer outra coisa. Stella seria enclausurada no escuro por causa de sua conduta se dependesse da rainha Luna.

— Riven será apropriadamente responsabilizado pelo diretor Silva, mas você está sob minha responsabilidade.

— Não quero ser um estorvo ou um desapontamento para Alfea — disse Stella, odiando-se pelo que fizera e pelo que as poções da verdade a obrigavam a fazer.

Concentrou-se nos potes de vidro alinhados ao longo da mesa, evitando, assim, o olhar da diretora e seu julgamento.

— Aqui não temos estorvos ou desapontamentos — a diretora asseverou —, muito pelo contrário, você é um privilégio para nós.

Aquela era uma ideia simpática, a noção de ser adorável, como uma tiara de ouro ou um título, algo de que as pessoas se orgulhassem e que gostariam de ter ou ser. Stella desviou o olhar dos potes para a diretora e sorriu levemente.

— Mesmo assim, eu seria negligente se não punisse seu comportamento de enganar futuros estudantes no Dia da Orientação — a diretora disse. — Você mentiu para a Fada da Água dizendo que era uma mentora? A punição por isso me parece clara. No próximo ano, se eu tiver uma estudante que eu acredite que enfrentará dificuldades pessoais, vou designar você como mentora dela. Tente fazer por ela melhor do que fez hoje para Aisha.

A voz da mãe batendo furiosamente em sua mente insistia em afirmar que a senhorita Dowling não tinha o direito de disciplinar uma princesa. Mas Stella não permitiu que nenhuma daquelas palavras escapasse de sua boca. Enquanto o alívio e o ressentimento se digladiavam dentro dela, apenas ousou assentir com um gesto de cabeça.

A senhorita Dowling repetiu o aceno em resposta.

— Muito bem, Stella. Mais uma coisa: hoje, quando você e Aisha combinaram a magia de vocês, notei que a luz de sua magia estava em uma intensidade extremamente elevada. Percebi que isso acontece com frequência em sala de aula. Recomendo que avalie como está usando sua magia de luz no seu dia a dia; caso contrário, poderá se tornar refém de sua luz, o que não seria o objetivo.

— Não dependemos todos de nossa magia? — Stella inquiriu. — Esta é uma escola para aprender magia!

Houve uma pausa na qual Stella tentou ficar calada, e sua diretora parecia pensativa. Havia círculos azuis, verdes e amarelos sobre a cabeça da senhorita Dowling, como joias encrustadas em uma coroa.

– Isso é verdade – confirmou a senhorita Dowling. – Contudo, as tarefas não ensinam que você deve deter o poder a qualquer custo. Você é uma fada extremamente poderosa, Stella. Mas o poder descontrolado pode ser tão prejudicial para seus inimigos quanto para seus amigos. Calibrar é muito mais importante do que brilhar.

Ela não conversava como se Stella estivesse em apuros. Falava como se estivesse dando uma aula para a jovem. As cadências calmantes da educação fizeram parecer por um momento como se Stella estivesse sentada ao lado de Ricki em uma mesa de uma sala decorada com papel de parede verde adamascado, olhando para fora das janelas salientes, em paz, enquanto a senhorita Dowling falava para elas com sua voz gentil e doce.

Quando Stella fosse rainha, iria querer fazer todas as pessoas sob seus cuidados se sentirem assim.

– O que me diz sobre ter algumas aulas particulares de ajuste de poder? – a senhorita Dowling insistiu, e Stella se sentiu seduzida pela ideia. – Se puder aprender a controlar sua magia aos poucos, acredito que vai se sentir mais confiante.

Com uma clareza incontestável, Stella podia imaginar a reação de sua mãe ao ouvir que Stella deveria aprender a regular sua luz de magia, mesmo porque a rainha Luna sempre acreditou que Stella não brilhava o suficiente. E se a rainha Luna descobrisse que a filha deveria ter aulas especiais porque seu controle não era suficientemente bom? Sua mãe pensaria que ela era um fracasso em todos os níveis.

Stella não poderia deixar isso acontecer.

– Não gostaria de fazer aulas especiais! Não quero pedir ajuda para ninguém. Não pretendia causar tanta confusão. Posso fazer melhor.

Tentarei com todas as minhas forças. Por favor, acredite em mim – a princesa implorou.

– Stella, acredito em você – a senhorita Dowling foi enfática. – Contudo, pedir ajuda não é sinal de fraqueza. – Ela evitou o protesto de Stella erguendo a mão. – Não tenha medo.

"Não estou com medo de nada", Stella desejava gritar, mas não podia dizer aquilo, porque estaria mentindo.

– Não a forçarei a fazer qualquer coisa que não deseja. Não estou dizendo que você precisa de ajuda. O que quero dizer é que, se desejar pedir ajuda, não hesite em me procurar. – A diretora pareceu dar a conversa por encerrada. – Isto é tudo. Pode ir para suas atividades.

Stella se sentiu fragilizada, muito mais chocada do que qualquer coisa pelo alívio inesperado. A rainha Luna não era muito boa para perdoar. Antes que a senhorita Dowling pudesse mudar de ideia, Stella deveria ir embora.

Ela se levantou, um pouco desconfortável sobre o salto alto de suas botas, quase derrubando os potes de vidro sobre a mesa da senhorita Dowling. Por sorte a diretora não percebeu seu deslize, e rapidamente ela recuperou o equilíbrio a tempo de fazer uma saída real.

– Stella – a senhorita Dowling a chamou quando a princesa já estava perto da porta, a cabeça erguida com orgulho –, a decoração de luzes para o Dia da Orientação estava maravilhosa. Amo ver Alfea pelos seus olhos.

– Muito obrigada – a princesa murmurou.

Foi muito bom ter sido elogiada. Voltou para sua suíte com ótimo humor.

Então ela poderia ser mentora de alguma pirralha no próximo ano? Aquele em nada se parecia com um castigo. Ela atravessou os incidentes com desenvoltura real, pensou. E, se alguém tivesse escorregado nas flores boca de sino como um tipo de brincadeira, que ela pessoalmente suspeitava de Riven, poderia dar conta daquilo também. Sua suíte era repleta de melhores amigas que eram também suas fiéis colaboradoras. O que poderia dar errado?

Quando chegou ao quarto, encontrou Ilaria posando na grande sala diante de um espelho suspenso no ar, duas outras garotas sentadas no sofá, e Ricki, na poltrona.

– Será que minha bunda parece grande dentro disto? – Ilaria perguntou.

– Não pergunte se sua bunda parece grande, mas, sim, se tem elegância para se vestir – Stella a aconselhou. – E, francamente, não acho que tenha.

Stella precisava de um antídoto com urgência. As meninas viviam inventando desfiles de moda improvisados na suíte, e, se ela permanecesse ali falando verdades irresponsáveis, mesmo que involuntariamente, poderia causar até um derramamento de sangue. Os olhos de Ilaria já estavam estreitados.

– Espere, eu não queria admitir, porque odeio admitir qualquer fraqueza. – Stella detestou ouvir aquelas palavras saindo de sua boca, aliás odiou sua própria boca por dizê-las. – Mas preciso de ajuda. Acho que tomei uma dose da poção da verdade. Alguém poderia chamar o professor Harvey para me salvar?

Ricki acenou com a cabeça rapidamente, pulando da poltrona e correndo até a porta, mas outra colega de quarto delas bloqueou seu caminho. Stella se lembrou de como elas trancaram as portas para que Sky não entrasse na suíte. Mas naquele momento aquilo não parecia nada divertido.

Os olhos de Ilaria continuaram semicerrados. O estômago de Stella ficou embrulhado.

Stella tinha mais medo de ilusões do que de qualquer outra coisa e por um momento pareceu que ela havia vivido uma grande ilusão antes daquela grande desilusão. Havia acreditado que estava cercada por amigos em Alfea. Sim, ela estava iludida.

– Mais devagar! – Ilaria exclamou, aproximando-se de Stella e pegando firme em seu braço. – Enquanto estiver por aqui, talvez possa compartilhar conosco as fofocas palacianas. Você é sempre tão calada, princesa Stella. Acha que segredos reais não são adequados para os ouvidos de seus súditos? Conte-nos como é a vida ao lado da rainha Luna.

Por favor, não, aquilo, não!

A mancha dançante de magia de luz multifacetada refletida na parede que Stella tinha sob seu domínio era um holofote apropriado para todas as ocasiões, principalmente as mais perigosas, e rompeu como um brilho destrutivo de uma estrela em explosão. Ilaria se sentiu ameaçada e se esquivou, sendo obrigada a soltar o braço da princesa, que aproveitou o momento para se desvencilhar e fugir daquelas garras como um cervo foge do caçador para dentro da vegetação rasteira. O caminho foi barrado pelas outras meninas, obrigando-a a correr para seu quarto, pensando apenas em desaparecer como uma criança que deseja se esconder sob os lençóis e acolchoados.

Ilaria e as outras a seguiram, amontoando-se diante da porta.

– Abra a porta, princesa – disse Ilaria, sua risada cortante como uma faca dilacerando a mente de Stella. – Estamos apenas curiosas. Se somos realmente suas amigas, pode falar com ou sem a poção da verdade. Stella, conte-nos apenas uma coisinha...

Stella ficou de costas para a parede, encurralada em um canto, como uma criança amedrontada sem a aura real. Cobriu as orelhas, não querendo escutar as perguntas, mordendo os lábios com tanta força que o sangue começou a escorrer pelo canto da boca.

– Cale-se, Ilaria! – Ricki reclamou ferozmente. – Todas vocês, calem a boca, saiam, saiam...

A luz tomou conta do quarto, afiada como um raio cortante refletido em um espelho quebrado. As garotas gritaram enquanto cobriam os olhos e se encolhiam de terror para se proteger da luz.

– Tudo bem, Stella, faça do jeito como você sempre faz, se escondendo atrás de sua magia descalibrada! – Ilaria gritou, afastando-se. – Vamos, Ricki, ela é uma doida.

Ricki correu, mas não na mesma direção das meninas; tomou a direção contrária.

– Sky! – Ricki gritou da janela da torre. – Sky, venha rápido, Stella precisa de ajuda!

Houve silêncio. Com certeza, Sky não estava lá. Caso contrário, ele atenderia ao seu chamado. Stella aguardou, tremendo, ansiando para ouvir a voz do namorado.

Em vez disso, ouviu adagas e botas raspando em pedras. Ricki se afastou um passo da janela; por uma fração de segundo, Stella se questionou por que a garota fez aquele movimento. Em seguida, Sky entrou pela janela, abaixando sua cabeça dourada para não se machucar na pedra. Foi então que a princesa percebeu o que havia acontecido.

Seu garoto dourado escalou a torre para salvar sua princesa. Stella ajoelhou-se no chão e, com a cabeça entre as mãos, desatou a chorar.

– Oh, obrigada por ter vindo, obrigada. Você é a pessoa que... – Ricki começou a falar, mas sem coragem de concluir o pensamento.

– Não precisa agradecer, estou sempre treinando em volta de Alfea quando o sol está se pondo – Sky disse com ar casual, passando por Ricki para alcançar a namorada, motivo de sua vinda. – Stella? O que houve?

O rapaz também se ajoelhou no piso gelado de pedra e a tomou entre os braços. As mãos calejadas pelas armas pesadas acariciavam com gentileza a trança de fitas e mechas do cabelo dourado.

– Ela disse que foi envenenada com a poção da verdade – Ricki explicou ao rapaz.

A mão de Sky permaneceu firme, porém calma, no cabelo da namorada.

– Está tudo bem, eu tenho o antídoto.

O jovem sacou de um dos bolsos o frasco azul. Stella jamais tomaria qualquer líquido das mãos de quem quer que fosse além do namorado, pois confiava nele. Fazia total sentido para ela que Sky tivesse a solução para todos os seus problemas, o remédio para todos os seus males. Aquele era o garoto em quem sempre acreditara, o único que realmente a conhecia. O rapaz que olhou para além da rainha com seus firmes olhos azuis e chegou até ela.

– Sky – a voz da princesa se fez ouvir entre um soluço e outro. – Não quero ficar sozinha.

– Stel, estou aqui – ele murmurou, acalentando-a como se fosse uma frágil criança. – Estou aqui. Sempre estarei.

Stella se aninhou em seu abraço, segurou a jaqueta com força e acreditou nele. Enquanto ele estivesse ali, ela estaria protegida.

Portanto, Stella nunca o deixaria partir.

Especialista

Riven levou muito tempo para explicar seus crimes ao diretor Silva. Em parte, porque àquela altura dos acontecimentos ele já havia cometido diversos outros crimes. Em parte, porque Silva não parou um segundo de gritar com ele.

– Quem você pensou que a senhorita Dowling era? Com aquele... seu assistente humano? – Silva inquiriu. – E você especulou sobre a vida pessoal dela com outros estudantes e a colocou em uma situação embaraçosa! Agora, corra, vinte voltas ao redor de Alfea!

Correr vinte voltas era muita coisa!

– Sei que Callum é um tipo traiçoeiro, mas existem pessoas assim no mundo todo – Riven disse, desesperado. – E mulheres têm algumas necessidades...

– Trinta voltas! – ele gritou, seu rosto transformado em uma máscara de ferro. – Nunca mais fale da senhorita Dowling com desrespeito!

Correr trinta voltas era muito, muito mais voltas!

– Sinto muito se a senhorita Dowling era sua namorada secreta, senhor! – Riven reclamou. – Eu não sabia! Só posso lhe dar os parabéns, pois ela parece muito gostosa para uma pessoa mais velha.

O olhar que Silva lançou a Riven foi fulminante.

"Pronto", o rapaz pensou, "minha morte está selada".

Ninguém sentiria a falta dele, porque ele conseguiu mais do que irritar todas as pessoas que ele conhecia.

– Quer saber, Riven? – Silva rosnou. – Comece a correr. Eu lhe direi quando parar.

– E se eu não correr? – Riven perguntou, desesperado. – Quero dizer, o que pode fazer comigo?

Bastou Silva dar um passo na direção do jovem para que Riven começasse a correr.

Muitas horas depois, Riven pulou por cima da cerca viva que contornava o *Hall* dos Especialistas. Sentia como se estivesse morrendo. Necessitava de sua cama. Precisava de água. Imaginou se Sky lhe traria água enquanto estivesse na cama, morrendo.

Em seguida, lembrou-se de que havia tratado Sky muito mal, ignorou-o muito mais do que fizera com Terra. Riven mal conseguia respirar, tamanho era seu cansaço. Com o peito ardendo, forçou-se a gritar chamando por Matt.

E Matt surgiu diante dele, com o olho roxo.

– Uau – Riven se surpreendeu –, quem socou a sua cara? Foi Sky? Por acaso, você fez comentários desrespeitosos sobre as garotas de Alfea? Se foi isso, você foi muito ingênuo. Deveria saber que essas conversas não rolam com o senhor Certinho.

Tato nunca foi uma virtude que Riven conhecesse, mas aquele realmente não era seu dia de sorte. O rosto de Matt se fechou quando o encarou.

– Fui atingido por aquele enorme vaso de planta de vestido.

– O quê? *Terra*? – Riven começou a rir descontroladamente. Matt deu um soco nele, esmagando seus lábios contra os dentes, e o garoto continuou a rir, mesmo sentindo o próprio sangue escorrer pela boca.

– Sim, ela mesma – Matt retrucou. – Terra, aquela louca! Ou eu deveria dizer "Terra, a louca com três personalidades".

De súbito, Riven deu uma direita em Matt com toda a força que tinha. Girou o punho exatamente como Sky lhe ensinara, e ele ficou surpreso quando a cabeça de Matt deu uma estilingada.

Então Matt mexeu o pescoço, como se quisesse se alongar, e o encarou com olhar assassino. Riven pôs a mão na camisa para sacar sua adaga, mas se lembrou de que a deixara na outra camisa quando trocou de roupa.

Pronto! Aquele dia terrível teria seu fim com Riven sendo miseravelmente massacrado.

Tentaria convencer Matt a não o matar.

– Cale sua boca – Riven vociferou. – Não estou interessado nem na metade do lixo que você tem para falar. Eu finjo que estou interessado somente para você pensar que eu sou um cara legal.

Por que diabos ele estava falando aquilo? Nunca desconfiou de que tivesse um desejo mórbido de sofrer! Por dentro, sabia que era puro desespero, pois de qualquer modo a morte era certa.

– Vou quebrar cada um dos ossos desse seu corpo inútil – Matt o desafiou.

Ele deu um passo à frente, e o coração de Riven quase saltou pela boca. Para sua surpresa, ouviu uma voz atrás de si.

– Vá para cima dele, Riv! – Sky gritou.

Riven então girou o corpo rapidamente, como um Especialista, e pegou o bastão que Sky jogou em sua direção. Mas ficou indignado quando viu que Sky jogou outro bastão para Matt.

– A luta deve ser justa – Sky avisou.

– Não deve ser justa, Sky! – Riven protestou. – Estava esperando para ter uma luta forjada a meu favor. Esse é o único tipo de luta que me interessa!

– Não, você não quis dizer isso! – Sky exclamou para em seguida mudar a feição de seu rosto como se estivesse constatando o que estava acontecendo. – Espere, você realmente quis dizer isso.

– É claro que sim! Pode estar certo disso!– Riven confirmou quando Matt se atirou contra ele.

Na realidade, Matt não foi tão ligeiro. Riven abriu o caminho, rolou pelo chão e bateu nos joelhos dele com o bastão e o viu cambalear. Incrivelmente, a expressão de Matt era de cautela, como se estivesse diante de uma real ameaça.

– Vá com tudo, você consegue! – Sky o incentivou.

– Fácil falar – Riven respondeu. – Sinta-se à vontade para pular em cima dele, e faremos um dois-contra-um, acabaremos com ele em dois tempos.

– Eu nunca faria isso! – Sky falou irritado.

Como se Riven não soubesse disso. Uau, ele ansiava por uma chance de um dois-contra-um.

Riven suspirou e atacou Matt com um chute giratório no peito dele.

– Você é muito chato!

Ele era muito melhor do que Matt, tinha consciência, apesar de o adversário ser muito maior e ele não ser um prodígio como Sky; ou seja, Riven tinha de apelar para a estratégia. Enganou o adversário com um movimento do bastão e viu os olhos dele piscarem. Sinal de medo, Riven era intimamente acostumado com aquele sentimento.

Fintou mais duas vezes, acertou Matt uma vez, bateu mais uma vez em suas costas tão forte que o adversário viu estrelas. Como ele fazia com sua adaga, Riven lançou o bastão para o ar, e, quando Matt olhou para cima, Riven aproveitou sua distração para se jogar em cima do adversário e levá-lo ao chão, anulando sua vantagem de tamanho. Rapidamente, agarrou a garganta de Matt sem piedade até que ele se desse por derrotado.

Riven saiu de cima do peito de Matt, levantou-se trêmulo e exausto, ainda descrente de sua vitória. A partir de então, carregaria duas armas com ele para qualquer lugar que fosse, assim ele teria sempre a chance de ter uma luta de dois-contra-um.

Quando Matt se pôs sobre os dois pés, murmurou:

– Não foi uma luta justa.

– Meu camarada, você foi fantástico! – Riven exultou. – Se eu tivesse um jeito de trapacear, com certeza teria feito, mas infelizmente não soube como trapacear.

– Nem todos recebem o treinamento especial do soldado perfeito, Sky. Acho que você escolhe seus amigos a dedo – Matt falou com rancor na voz.

Os olhos de Riven flutuaram em direção a Sky, assustados, mas o colega de quarto ainda encarava seu adversário com fúria que Riven consideraria profundamente irritante se fosse com ele, em qualquer momento, menos naquele.

– Você tem toda razão, Matt – Riven concordou.

Matt olhou para Riven, encostado contra a parede e visivelmente destruído, mas em sua mente estava claro qual a ideia que tinha para realizar uma revanche. Riven mal teve tempo para ficar tenso antes de Sky se colocar no caminho de Matt. Matt estava armado, e Sky, não, mas a expressão sombria do menino prodígio parecia obrigar Matt a repensar sobre sua intenção.

– Ok – Matt concluiu e saiu.

Usando o bastão que recebeu de Sky com e a mão apoiada na parede, Riven caminhou até os degraus e desabou. Depois de recuperar o fôlego, olhou para cima e viu Sky pairando sobre ele como uma das imponentes estátuas de Especialistas ao redor dos lagos. Riven odiava mostrar fraqueza diante das pessoas.

Sabia que soaria ingratidão quando ele retrucou:

– Já sei, não consegue evitar me ajudar.

– Por mim, seria muito fácil – disse Sky. – Mas ajudá-lo era a coisa certa a se fazer. Não se preocupe, você se superou, e eu sei que não somos amigos.

– Certo... – Riven murmurou. – Também sei que estou falando um monte de bobagens.

– Verdadeira bobagem – Sky concordou. – Você tomou a poção da verdade feita de flores de boca de sino na estufa. Aqui está o antídoto. – E pegou um pequeno frasco azul intenso.

Riven reconheceu o lacre do frasco. Terra teria feito aquele antídoto. Mas teria feito para ele? Ou para Sky, que estava ajudando porque era a coisa certa a ser feita?

Como Riven havia conseguido se cercar de benfeitores, afinal? Ele deveria reconsiderar seriamente suas escolhas da vida. Tinha de encontrar pessoas esquisitas para brigar e se relacionar. Afinal, amigos têm gostos em comum, e Riven nunca poderia brigar com eles.

– Obrigado. – Riven pegou o frasco das mãos dele, quebrou o lacre e abriu a tampa, mas hesitou. – Ei, Sky?

– O que foi?

Sky estava com as mãos para trás. Ainda se mantendo em posição de alerta no escuro da noite, naquele lugar, onde estavam apenas eles dois, o perfeito menino soldado. Às vezes ele tinha inveja do menino bonzinho e às vezes se irritava com ele, mas definitivamente não tinha a intenção de machucar seus sentimentos. Sky sempre fora bom para ele. De um jeito psicologicamente violento que Riven encontrava dificuldade de interpretar, ele de repente percebeu.

– Vamos ser amigos – Riven disparou. – Você sabe muito bem que eu quis dizer exatamente isso porque... a poção da verdade.

Sky hesitou.

– Por que quer que sejamos amigos?

Riven tomou o antídoto da verdade em um gole.

– Oh, não, acho que já tivemos sinceridade demais para um único dia, chega de Riven! Agora, é hora de tirar vantagem de nosso vínculo de amizade masculina imortal. Ei, me ajude a levantar, amigão, depois me leve para o quarto. E tem mais, traga-me um copo de água, irmão. Estou morrendo aqui!

Sky suspirou e agarrou firme a mão dele, ajudando-o a se levantar. Uma vez de pé, Riven se sentiu esquisito, porque um estranho impulso subitamente o fez reconhecer um sentimento parecido com afeto. Por Sky? Concluiu que talvez Matt tivesse atingido sua cabeça em cheio e mais forte do que imaginou. Ok, aceitou com leveza aquela estranha sensação.

– E também obrigado por evitar que Matt me matasse – ele adicionou, avançando um passo e envolvendo Sky em um abraço despretensioso e estranho com apenas um braço. – Irmãos não permitem que seus irmãos morram.

Riven sentiu como estivesse abraçando um cabide, com a diferença de que cabides eram mais casuais e descontraídos. Sky simplesmente ficou estático, como um soldadinho de chumbo.

– Sem abraços de irmãos? – Riven deu um passo para trás, arqueando as sobrancelhas. Certo, recado dado.

Riven guardou o frasco de antídoto vazio que Terra fez, arrependido, esforçando-se para não se lembrar de todas as asneiras que havia dito ao longo daquele dia.

O coração envelhece

Ben Harvey supervisionou quando as futuras fadas e Especialistas de Alfea subiram no ônibus após um dia exaustivo de eventos, o Dia da Orientação. Esperava reencontrá-los em poucos meses e que não tivessem partido aterrorizados com a experiência. Todos pareciam deslumbrados. Certamente alguns deles poderiam ser amigos de sua Terra.

– Obrigada, professor Harvey – agradeceu a menina de charmosas mechas azuis no cabelo.

O senhor deu um sorriso para ela e em seguida lançou um olhar inquieto para Callum Hunter, o homem que havia sido designado para ajudá-lo.

Ben pensou que seria melhor para as pessoas se esforçarem e crescerem para um futuro promissor, assim como as plantas que se esticam e crescem em busca do sol. O passado era passado e deveria ser deixado para trás. O professor se lembrou de quando Callum fez questão de entregar a ele doses de café para serem servidos aos garotos, que ficaram mais agitados do que o normal, como se houvesse algo a mais naquela bebida.

– Tem certeza de que Farah lhe pediu para entregar o café para Sky? – inquiriu o assistente, que se assustou com a pergunta.

– Sim... claro – respondeu um pouco desconcertado. – Não ousaria fazê-lo se não fosse por orientação dela.

Ben ficou em silêncio. Poderia se certificar com Farah. Talvez fosse uma boa ideia.

Callum mordeu o lábio.

– Porém, adicionei um... Bem, encontrei uma poção de comportamento em sua estufa e pensei que poderia ser uma boa ideia deixar alguns deles mais calmos. Mas acho que me enganei e peguei a poção da verdade. Sinto muito. Eu só queria que o Dia da Orientação transcorresse sem nenhuma intercorrência. Se contar a Farah, pode ser que ela me mande embora. Ok, isso seria o correto. Sim, deveria contar a ela. Pode ser que eu seja demitido, mas eu merecerei.

Callum estava visivelmente pálido, o que fez Ben pensar em sua juventude e em como se sentiu amedrontado durante as guerras.

– Vejamos – ele começou –, sua atitude foi inconsequente, mas todos cometemos erros. Sei disso melhor do que ninguém. Não houve nenhum prejuízo ou dano. Não reportarei nada a Farah.

Ben não gostaria de ver nenhum jovem sofrendo. Certamente, Callum havia aprendido a lição e não se arriscaria em outra confusão novamente.

Ben aproveitava qualquer oportunidade para ensinar a mais dura lição para Sam: paz de espírito e tranquilidade a qualquer custo. Não desejava que seu filho seguisse os passos do guerreiro. Temia que o que ensinara a Sam fosse incompatível com os ensinamentos que Silva havia transmitido a Sky, a ponto de impedir que os dois jovens fossem amigos.

Contudo, se aquele fosse o preço a pagar pela paz, Ben não hesitaria em correr o risco.

No passado, quando as crianças eram tão pequenas que provavelmente nem se lembravam, Ben e Silva permitiam que os três, Sky, Sam e Terra, brincassem juntos no extenso gramado. A época das brincadeiras rapidamente escapou de seu controle. A pequena Terra fez dezenas de galhos balançarem ao mesmo tempo sobre a cabeça de Sky, como tentáculos de um polvo assassino, e ele os golpeava com uma espada de madeira, enquanto Terra gritava:

– Ai, ai, ai!

Sky, a menina e Silva riam ruidosamente. Sam correu entre as árvores para fugir daqueles lunáticos.

– Você deve ter *muito* orgulho de Terra – Silva disse mais tarde.

Ele não sentia esse orgulho. Ben sentia-se mortificado quando via seus filhos serem preparados para a guerra.

Depois disso Ben disse que não havia mais tempo para brincadeiras, e Silva respeitou sua opinião, mesmo não entendendo aquele comportamento. Saul sempre fora um amigo leal. Sempre que Saul e Farah gritavam seu nome em exasperação afetuosa, Ben Harvey sentia-se plenamente reconhecido e amado. Qualquer um se sentiria sortudo por ter amigos como aqueles. Contudo, Ben desejava amigos diferentes, assim como uma vida diferente para seus filhos.

Temia mais por Terra do que por Sam. Eventualmente havia um brilho nos olhos dela que incitava Ben a desejar colocá-la dentro de uma bolha de vidro, como uma planta exótica que não tinha condições de prosperar naquele mundo sem sua ajuda. Mas, não! Terra era sua doce e tímida menininha. A introvertida Terra e o simpático Sam nunca pensariam em se lançar em direção ao perigo. Seus filhos nunca sofreriam como ele sofreu. Ben pagara o preço por eles.

Tudo havia valido a pena para que ficassem a salvo de qualquer ameaça.

Uma das visitantes estava aguardando na porta do ônibus, ouvindo a conversa entre o professor Harvey e Callum. Era a menina de saia xadrez, da mesma idade de Terra, mas muito diferente da filha em todos os aspectos. Seus olhos eram negros e astutos, Ben observou. Imaginou o que ela teria ouvido.

– Suba no ônibus – Ben pediu, e a garota sumiu dentro do veículo.
– Sigam em segurança! – ele gritou quando o ônibus fechou a porta.

Callum se esgueirou para longe enquanto Ben observava o veículo atravessar os portões de folhas douradas e seguir para o mundo.

Farah e Saul eram movidos pela culpa, atormentados pelas memórias das batalhas vencidas e perdidas, mas não Ben. Ele tinha de pensar no futuro. Tinha de pensar em seus filhos.

Haveria crianças em Aster Dell?

Provavelmente. Ben sabia ler as cinzas e os restos mortais como anéis dos troncos das árvores, era familiarizado com restos da história. Havia um sapatinho de bebê e uma armação deformada quase igual a um berço. Havia pelo menos uma, talvez duas crianças em Aster Dell, ele acreditava. Talvez mais. Crianças inocentes como Sam e Terra. Crianças que poderiam ter a mesma idade de seus filhos, suficiente para frequentar Alfea. Se tivessem sobrevivido.

Mas eles não viveram. Ben tinha de se lembrar dos sobreviventes e de seu futuro.

Para as crianças.

O professor foi se deitar e dormiu profundamente, ciente de que demonstrara ao secretário de Farah a gentileza que talvez outra pessoa não manifestasse. Farah não ficaria magoada por algo que nunca iria saber. Como diz o ditado, o que os olhos não veem, o coração não sente.

No dia seguinte, Ben Harvey acordou com as cotovias piando sob sua janela, assobiando e arregaçando as mangas de sua camisa para mais um dia de jardinagem. O dia anterior havia sido frenético, e ele esperava que naquele dia a paz reinasse, assim como nos dias que se seguiriam. Paz em Alfea e em todo o reino, paz infinita.

Enquanto recolhia suas ferramentas de jardinagem e deixava a estufa com a mente nas flores de verão, um garoto bateu em suas costas, gritou e correu, deixando-o para trás. Ben pensou que fosse Riven, o Especialista de péssimo comportamento que havia causado todos os transtornos do dia anterior. Silva deveria ter total domínio sobre aquele jovem para evitar mais problemas. Ben ficou triste com o pensamento de que o garoto tinha uma técnica de pipeta promissora, mas sua clara conduta de delinquente não lhe permitiria ir muito longe.

"Um dia, os meninos correriam desse jeito ao encontro de minha Terra", ele pensou com carinho. Quando Terra tivesse idade suficiente, talvez quando completasse seus trinta anos.

E nenhum garoto como aquele. Ele tinha uma faca.

– Não corra com facas! – Ben gritou depois de o garoto sair correndo.

Segurança em primeiro lugar. Ben nunca olhava para o passado. O perigo estava lá à espera.

Conto de fadas n.º 6

*Educação não é um balde cheio,
mas uma fogueira acesa.*
— Plutarco

O erro mais amargo

Senhor,

Boas notícias! Embora o Dia da Orientação não tenha transcorrido da maneira como se esperava, eu fui bem-sucedido em aplicar nos três estudantes a poção da verdade e confirmei sem sombra de dúvida que eles não têm ideia do que estamos fazendo. Ninguém em Alfea tem a menor noção de quais são nossos planos. Nem mesmo a filha da rainha.

Compreendo perfeitamente suas preocupações em administrar a poção da verdade nos estudantes, mas garanto que não houve nenhuma trágica consequência. Enganei Ben Harvey levando-o a acreditar que eu cometi um erro, mas com boas intenções, convencendo-o a não me denunciar. As fadas arrogantes de Alfea sempre subestimam a capacidade dos humanos. Vão aprender com seus erros um dia.

Peço sua paciência e compreensão. Realmente acredito que tudo aconteceu para um melhor resultado. Agora que tenho certeza de que não suspeitam de mim, posso continuar com nosso excelente trabalho. Fique tranquilo, em breve terei a chave dos segredos da senhorita Dowling e também da nossa vitória.

Tenho razões para acreditar que a senhorita Dowling encontrou algo no Primeiro Mundo. Escreverei mais assim que tiver uma chance.

Sinceramente,
Callum Hunter

Mente

Quando o ônibus se afastou de Alfea, Musa se assustou ao ver Aisha escolheu o assento ao seu lado.

– Posso me sentar aqui? – A mente de Aisha era aberta e tranquila, e Musa ficou feliz por ela ter pensando em perguntar.

– Se não se incomodar com o fato de que eu mal converso, tudo bem – Musa avisou.

– Não me incomodo – Aisha assegurou.

– Bem, essa não foi uma excursão muito interessante – Beatrix comentou, sentada perto daquele menino Dane.

Ele parecia surpreso, mas encanado com a presença de Beatrix ao seu lado. Musa estava contente que ambos tivessem se encontrado, supôs. Ela não gostava de nenhuma de suas mentes.

A mente de Aisha, agora que suas preocupações haviam diminuído, estava muito mais tranquila. Musa não se incomodou de tê-la ao seu lado, os pensamentos de Aisha fluindo como o curso de um rio determinado a chegar ao seu destino. Aisha respeitou os fones de ouvido e, quando ofereceu um saco de petiscos saudáveis, Musa recusou, mas, antes de responder, tirou os fones lentamente dos ouvidos, indicando vontade de falar. O poder de Musa permitia-lhe tão poucos limites que apreciava quando as pessoas respeitavam seus limites.

– Então, aquilo era Alfea – Aisha comentou. – O que você achou?

– Veja, alguém comentou que estudar em Alfea significa aprender como ser um herói – Musa informou. – Mas devo lhe dizer que, pelo que vi hoje, ninguém em Alfea me pareceu transmitir qualquer sentimento heroico.

– Não sei se heroísmo é algo que se sente – Aisha disse, pensativa. – Eu acho que ser heroico é algo que você tenta ser. Este é o motivo pelo qual quero ir para Alfea. Quero ter todas as ferramentas de que preciso, de modo que possa ser capaz de atingir meus objetivos. Isso faz sentido para você?

– Hum – Musa fez um gesto indefinível com a mão.

Queria refletir um pouco mais a respeito do que Aisha dissera, então colocou os fones nos ouvidos de novo para escutar a música.

Atrás dela, Beatrix e Dane sussurravam conspirativamente, a cabeça de trança próxima à dele. Musa até poderia ouvir o que pensavam, mas preferiu não o fazer. Ao seu lado, Aisha elaborava um cronograma aparentemente complexo, contemplando assustadoras horas de natação e de dedicado estudo. Aisha irradiava determinação.

O ônibus continuava seu caminho, entre florestas e montanhas, ao longo da noite, o reino de Solaria prateado como o mar à luz do luar se distanciando.

— Vejo-a em Alfea — Aisha disse a Musa, sorrindo, quando seu ponto de parada finalmente chegou. — Quero dizer, eu espero encontrá-la.

Musa considerou novamente o que Aisha havia lhe dito sobre não se sentir heroico, mas, sim, tentar ser heroico. Claramente, Aisha estava tentando fazer esse papel. Musa poderia fazer o mesmo, mas a seu modo. Talvez alguém em Alfea estivesse tentando, o soldadinho Sky, o terrível Riven, a aterrorizante princesa Stella e aquela irritante garota florista. Inclusive a diretora Dowling e o diretor Silva. Todos.

Musa até que gostou da ideia de pular fora de seu mundo de carrossel de emoções para partir para a ação.

Sua mãe estava morta, a última impressão do mundo de sofrimento ecoava na mente de Musa, sentimento que jamais esqueceria. Contudo, Musa estava viva. Para onde mais ela poderia ir? O que mais poderia fazer? Deveria pelo menos tentar.

Musa sorriu de volta e tomou sua decisão.

— Vejo-a em Alfea.

Aisha desceu do ônibus em apenas um salto com suas longas pernas atléticas, o cabelo preto e azul ondulado solto ao vento. Gritou por cima dos ombros:

— Não vejo a hora de esse dia chegar!

Musa se recostou em seu assento e permitiu que o sentimento a invadisse novamente, a emoção um pouco mais preciosa, porque não poderia ser confiscada: paz. Muito melhor: esperança para a paz no futuro.

Especialista

Sky concluíra seu circuito ao redor de Alfea, parando em frente ao castelo. O sol batia na janela com ouro, o céu azul cintilando sobre os telhados. Aquele dia seria menos complicado do que o dia anterior.

Os lagos dos Especialistas estavam cobertos por uma película azul também. Espelhos do céu, era como os lagos eram chamados, Stella lhe dissera. A primeira vez que Silva lhe disse que Sky estava crescendo para se parecer como seu pai, Sky olhou fixamente para seu reflexo em um dos lagos dos Especialistas, procurando Andreas. Agitou as águas com um bastão de modo que a superfície foi impactada, e o reflexo, distorcido. Tudo o que podia ver era uma figura alta, de cabelo loiro, com o rosto na escuridão, tendo a luz atrás dele. Seu reflexo nada tinha de parecido com um pai.

Em uma plataforma que atravessava o lago, Silva caminhava com seu bastão. Sky tentou passar por ele correndo discretamente.

— Sky! — Silva gritou. — Ei, garoto. Sei que consegue me ouvir. Venha até aqui agora.

"Finja que não escutou e continue correndo", uma voz interior o aconselhou, parecendo-se muito com o tom de voz de Riven, mas naturalmente Sky nunca desobedeceria às ordens de Silva.

Ele andou até os lagos, cada passo tão pesado quanto a vergonha que sentia por todas as bobagens que dissera no dia anterior. Silva devia pensar que ele fora patético, não um soldado.

Silva tinha o olhar fixo em um ponto acima da cabeça de Sky.

— Então, ontem foi um desastre.

— Uhum — Sky sussurrou em um som inaudível. — Sim. Sinto muito, senhor. Tomei uma dose da poção da verdade. Suponho que isso tenha sido obra de Terra.

— Terra fez isso? — Silva franziu a testa. — Por que ela faria isso?

— Não tenho certeza, senhor — Sky murmurou. — Aparentemente, ela estava chateada comigo. Foi tudo um grande mal-entendido.

O diretor meneou a cabeça.

— Pequena assassina — ele disse com carinho. Sky sabia que ele não colocaria a filha de Ben em maus lençóis. Silva tinha predileção por situações desafiadoras, como o cavalo da fada do qual o professor Harvey cuidara uma vez, o corcel que comia carne humana. – Mas isso não vem ao caso. Falar a verdade não é tão ruim assim, afinal. Mas que diabos seus amigos estavam pensando ao constrangerem a senhorita Dowling daquele jeito?

Não havia dúvida de que entre matar alguém a pedradas e incomodar a senhorita Dowling, mesmo que minimamente, Silva considerou este último o maior pecado.

– Bem... – Sky murmurou, sentindo-se culpado.

– Qual é a graça de gastar seu tempo livre discutindo a vida privada da senhorita Dowling? – Silva disparou. – Você tem alguma outra teoria esquisita para me explicar?

– Não, senhor! – Sky balançou a cabeça.

Após um interminável momento no qual Silva encarava Sky com desconfiança sombria, a irritação dele ficou reduzida por uma fração de segundo, e Sky sabia que estava sendo dispensado.

– Estamos conversados, Sky – o treinador resmungou.

– Algumas vezes, quando Stella ou Riven me contam sobre seus planos ou problemas, eu simplesmente me envolvo na situação sem dar muita atenção aos detalhes – Sky confessou. Os detalhes poderiam ser angustiantes.

Silva grunhiu.

– Bem, isso não justifica, mas é compreensível. Provavelmente eu faria o mesmo, se tivesse de ficar muito tempo ao lado deles.

Havia dois bons motivos naquela declaração para Sky se sentir um pouco alegre: ser comparado ao treinador, coisa que Silva raramente fazia, e saber que ele valorizara sua atitude diante dos amigos.

– Ontem, Stella se excedeu com sua magia de luz – Silva continuou. – Não me agrada o fato de ver uma arma em mãos inexperientes. Sem orientação, essa garota será o pior reflexo da mãe.

Sky não ousou contradizer aquelas palavras, apenas se aproximou um pouco mais do técnico e encostou a mão firme em seu braço, cuja mão segurava o bastão, agora abaixado. Trocaram olhares. Lembrou-se das lágrimas abundantes e dos olhos azuis brilhantes de Stella da noite passada, encarando-o com confiança. Sustentou o olhar de Silva, deixando bem claro que não concordava com sua opinião em relação à namorada.

– Não, você está enganado – Sky garantiu. – Stella jamais será uma pessoa minimamente parecida com a mãe. Acredito nela.

Silva deu um passo para trás, como sempre fazia, mas assentiu.

– Se você está dizendo, Sky, não tenho como duvidar.

Sky olhou para a prateleira de armas, depois para as castanheiras e de novo para a prateleira. Enquanto desafiava o descontentamento do diretor, continuou a falar.

– E... vou perguntar para Riven se ele quer ser meu colega de quarto de novo no próximo ano. Eu sei que Riven não é nenhum herói ou coisa parecida, como você e meu pai – Sky disse, enigmático. – Eu não o levo muito a sério, mas confio que podemos trocar boas experiências.

Esse era o ponto, ser capaz de não levar a vida tão a sério poderia ser uma chance para Sky poder relaxar e se divertir um pouco, algo que ele jamais se permitia fazer.

Sky encolheu os ombros, conformado.

– Prefiro assim, vou tentar.

Silva respirou fundo, como se quisesse recuperar a paciência, e Sky, apavorado, esperou ser repreendido.

– Faça o que achar melhor, então. Sei que é um amigo fiel – Silva concordou. – Tenho orgulho de você.

Ele estava falando a sério? Aquilo foi totalmente inesperado, mas muito bom. Sky sempre tentou fazer Silva sentir orgulho dele. Orgulho que poderia significar amor.

Sky abaixou a cabeça.

– Muito obrigado, senhor.

O sol estava cada vez mais alto e radiante, e a situação parecia resolvida e muito melhor, por um momento. Em seguida, tudo deu errado.

– Depois de tomar a poção da verdade, você falou sobre... coisas que o incomodavam – Silva comentou, hesitante. – Estava muito chateado. Eu sou um homem simples. Vivi minha vida inteira empunhando uma espada. Não sou a melhor pessoa para falar de... sentimentos, mas, se você ficar triste, pode me contar. Certo?

O técnico ficou ao lado de Sky, sentindo-se muito menor do que seu aluno, comprimindo os olhos contra o sol.

Silva poderia ter vivido sua vida inteira com uma espada nas mãos, porém Sky passou a vida inteira com uma espada enterrada em suas costas. Pronto para a batalha que Silva considerava que ele deveria lutar, carregando em seus ombros a herança do passado e o pavor de Silva pelo futuro.

Sky respirou fundo e endireitou os ombros. Foi criado para ser um soldado, portanto poderia ser corajoso sem estar sob o efeito de qualquer poção.

– Às vezes me pergunto... Alguma vez ficou arrependido por ter me aceitado como seu aluno?

Houve um silêncio pesado, enquanto Silva escolhia as palavras certas para responder.

Sempre fora cuidadoso com o que dizia para Sky, pois o garoto acreditava em tudo o que ele dizia.

– Eu me arrependo de muitas coisas – ele disse, por fim. – Talvez devesse me arrepender por isso também. Mas não, nunca vou me arrepender por tê-lo ao meu lado. – Ele fez uma pausa para perguntar inesperadamente: – Você acha que eu tomei a decisão errada?

– Não, senhor – Sky respondeu em posição de sentido.

– Devo dizer que não tiraria sua razão se pensasse o contrário – Silva afirmou. – Você teria crescido com muito luxo em Eraklyon. Não teria de ser arrastado pelo reino das fadas nem ser massacrado em treinamentos sem fim por um velho e rude soldado.

– Eu não me arrependo! – Sky exclamou. – Sou parecido com você. Nunca me arrependerei.

Um leve sorriso se delineou nos lábios de Silva, e Sky se deliciou com sua aprovação. Nem de longe ser mais alto que o técnico significava qualquer sentimento de superioridade em relação a ele, a diferença pouco importava, admirava-o com todas as suas forças.

– Estamos acertados – Silva declarou, e Sky entendeu aquilo como uma dispensa e se apressou para deixar a plataforma. Não queria incomodá-lo mais do que já fizera.

– Ei, Sky! – Silva chamou, e o jovem deu meia-volta rapidamente, atento. – Volte aqui.

Quando Sky se aproximou, Silva olhava para as águas do lago, mas mesmo assim abriu os braços.

O diretor não era acostumado com abraços. Na verdade, nunca abraçara o aluno, sempre fora abraçado pelo garoto nos raros momentos em que teve coragem de fazê-lo. Nas poucas oportunidades que tivera o rosto de Sky entre suas mãos, gostaria de pressionar sua testa contra a dele para frisar que as palavras realmente refletiam sua vontade.

Muitas vezes, o que Silva queria dizer era que Sky precisava parar de pensar apenas em seus defeitos.

Com coragem no coração, pegou Sky pela nuca como se fosse um filhote de gato, balançou-o de leve e bateu sua testa contra a dele, breve, mas firme.

– Quando se trata do que realmente importa... – Silva disse pausadamente.

O que Silva estava querendo dizer com aquele gesto? Falaram sobre tantas coisas que tudo estava embaralhado na mente de Sky, até que se lembrou de quando perguntou sobre seu pai... e sobre ele: "Você se importava com meu pai? Você se importa comigo?".

Silva engoliu em seco, um som áspero na garganta seca.

– Sim, eu me importava com ele – respondeu. – Eu me importava... e me importo com você

– E eu... – Sky começou a falar, sentindo brotar lágrimas em olhos. Silva se desvencilhou rapidamente, empurrando Sky para longe dele.

– Chega, já é demais por hoje – ele anunciou. – Podemos praticar um pouco com o bastão antes da aula? Você não tem se saído muito bem ultimamente, garoto.

– Vamos lá – o rapaz desafiou.

Silva acenou com a mão para ele se aproximar, e Sky sorriu enquanto girava o bastão, pronto para a luta.

– Cuidado, vou entrar forte – o garoto ameaçou.

No lago que era o espelho do azul celeste, movendo-se pela plataforma que trazia a insígnia de Alfea, duas figuras travavam um combate digno de plateia. Um deles, escuro e robusto e o outro, dourado e alto, moviam-se em completa sintonia.

Se Sky pudesse ver seus reflexos, certamente sentiria orgulho de ambos.

Especialista

Normalmente, quando a porta se fechava e Sky partia para mais uma de suas corridas matinais masoquistas, Riven se virava e colocava a cabeça sob o travesseiro com a convicção presunçosa de que sua vida pelo menos era um pouco melhor do que a de seu colega de quarto.

Naquele dia, esperou que o som dos passos de Sky desaparecesse para sair da cama e vestir suas roupas.

Antes de sair, pegou sua faca, lançou-a para cima, para logo em seguida pegá-la no ar sem pensar, mas com muita habilidade. Olhou para a lâmina reluzente em suas mãos com leve surpresa. Certo. Tomaria a precisão dos gestos como um bom sinal de sorte.

Riven seguiu seu caminho, como todas as vezes ao longo do ano antes e depois das aulas, para a estufa. Quase colidiu com o pai de Terra no meio do trajeto. Rapidamente, desviou dele, pedindo desculpas por cima dos ombros. Estava com muita pressa.

Deparou-se com Terra trabalhando ocupadíssima na estufa, podando as samambaias. A caixa das flores boca de sino estava fechada e trancada com cadeado.

Riven parou na porta. Havia cerca de catorze ladrilhos de mármore, mas a distância entre eles parecia muito maior.

– Oi – ele saudou, já que Terra não havia se manifestado.

– Oi, Riven – Terra respondeu a distância, não se desviando de seu trabalho. – O que faz aqui?

– Sky me contou que você entregou para ele o antídoto para a poção da verdade – o rapaz informou. – Então, em relação ao que eu falei sob o efeito da poção, eu…

– Oh, Sky deu para você? – Terra perguntou. – Fiz o antídoto para ele. Ele é um cara bem bacana, não concorda? Eu diria que ele é um dos melhores da turma. Mas você não sabe nada sobre garotos legais, sabe, Riven? – ela alfinetou, encarando-o.

Seu olhar sempre foi afetuoso e generoso quando se encontrava com ele, desde a primeira vez, quando o viu chorando na estufa sob uma árvore florida. Era como se o enxergasse através de um véu de bondade, toldando suas diversas imperfeições, de modo que ela somente conseguisse ver suas virtudes.

O véu havia sido rasgado, revelando sua verdade. Terra o enxergava claramente, encarando-o do mesmo modo como Sky ou Silva faziam quando ele se atrapalhava e derrubava uma arma.

Ninguém estava impressionado. Mas será que Riven era uma pessoa impressionante?

Ele sorriu maliciosamente, jogando sua adaga no ar.

– Acho que não, não me interesso por garotos, se é que me entende – o jovem respondeu, piscando.

– O que veio fazer aqui, Riven? – a menina quis saber. – Por acaso, pensou que eu gostaria que viesse, depois de saber a verdade sobre o que pensa de mim? Acreditou realmente que eu engoliria o insulto e alimentaria seu ego me preocupando com você? Uau! Deve achar que não tenho um pingo de orgulho. Não fazia ideia que me achava *tão* patética!

Riven deu um passo para a frente, para mostrar que não estava nem um pouco intimidado. Seu rosto refletido no vidro da janela, surgindo no meio das folhas pendentes, estava um pouco pálido.

– Verdade – ele falou, olhando para o vidro –, você é mesmo.

Na realidade, ambos agiram como patetas naquele ano, ele pensou. Vendo apenas o que lhes interessava, solitários, cada um em seu canto, tentando se enganar. Terra na estufa sob o manto brilhante da falsa verdade. Terra, que acreditava que Riven era um cara legal. A realidade era outra.

– Pode ir embora agora, Riven – Terra pediu, mas com o tom de voz cortante como uma espada.

– Ainda bem – Riven se virou. – Tenho lugares melhores para ficar. – E saiu batendo a porta.

Ele poderia voltar mais tarde à estufa se quisesse achar alguma planta divertida, afinal aquele lugar somente servia para esse fim. Seguiu para os lagos dos Especialistas. Talvez pudesse treinar naquela hora da manhã, como Sky fazia. Sem perceber, estava jogando e pegando sua faca no ar com muita habilidade enquanto andava. Quem sabe não seria um gênio nas artes marciais?

Silva e Sky já estavam na plataforma, conversando animadamente. Riven pegou um bastão para se juntar a eles.

– Eu sei que Riven não é nenhum herói ou coisa parecida, como você ou meu pai – ele escutou Sky falar para Silva. – Eu não o levo muito a sério.

Riven deu meia-volta e se afastou das plataformas e dos lagos. Depois de ouvir as palavras ácidas daquela menina planta, agora estava descobrindo que também não era um soldado dedicado! Talvez aquele fosse o projeto de vida mais idiota que Riven já havia tido! Voltou a pensar na ideia das plantas recreativas.

Para variar um pouco, foi atrás de um pouco de diversão, era o que restava a fazer naquele momento. Matt tinha razão sobre Terra, tudo o que havia dito estava certo. Terra era uma solitária esquisita, e Riven fez um papel patético. Sair para beber com uns caras incríveis e ficar com garotas bonitas seria seu próximo programa. Certamente encontraria um sujeito que o achasse bacana e uma menina que gostasse de suas piadinhas maliciosas. Diversão seria seu novo plano de vida. Honestamente, ser o gigolô do reino das fadas parecia muito melhor do que ser um Especialista.

Riven não precisava se levar a sério, assim como Sky também não o levava a sério. Quem se importa em não se encaixar nos moldes que Alfea preparou para ele? Ele iria relaxar.

Se encontrasse algum prazer em qualquer uma das muitas atividades recreativas que fossem oferecidas, não teria de se preocupar com a opinião alheia.

Havia uma garrafa de bebida no quarto dos rapazes, sobra da festa dos Especialistas Seniores. Riven voltou para o quarto, apoiou os pés sobre a mesa e engoliu o conteúdo da garrafa.

A garganta ainda queimava quando Sky entrou no quarto.

– O que está fazendo, Riv? – ele piscou, surpreso.

– Estou apenas me divertindo. – Riven mostrou os dentes.

Sky parecia confuso, balançando a cabeça, sorrindo e cedendo ao jeito debochado do parceiro de quarto, quem sabe talvez porque fossem amigos declarados.

"Não o levo a sério", dizia a voz de Sky dentro da mente de Riven, mas ele também relevou, deixando os dentes um pouco mais à mostra, como se fosse um sorriso. Como ele poderia culpar Sky? Pelo menos, o garoto estava disposto a lhe dar um pouco de atenção, tolerância.

– Ei, Riv – Sky chamou sua atenção –, fiquei pensando se aceitaria ser meu colega de quarto no próximo ano.

– Pode ser – ele confirmou com a característica indiferença –, parece uma boa ideia.

Houve uma pausa. Riven olhou por cima do ombro e viu Sky sorrindo. O tormento estava sendo lavado de sua alma, centímetro por centímetro, pelo calor envolvente da descoberta de que Sky o havia escolhido, apesar de ele não ser nenhum tipo de herói. Talvez não fizesse a menor diferença o que Sky realmente pensava dele, ao menos parecia um sujeito correto.

– Vamos comemorar este momento – Riven propôs, preparando seu celular. – Vamos fazer uma *selfie*.

Levantou a mão enquanto Sky se aproximava. Riven passou o braço pelos ombros do colega e tentou captar o melhor ângulo para sua *selfie*. Insuportavelmente, Sky parecia ter só ângulos favoráveis.

– Devo fazer um gesto como algumas pessoas fazem em suas postagens no Instagram? – Sky perguntou.

– Você quer dizer um gesto de paz?

– E por acaso existe algum gesto de guerra? – Sky pareceu surpreso.

A tentação era óbvia nos olhos do menino mau. Estava claro que Riven rapidamente responderia afirmativamente, faria um gesto de guerra, se existisse, e diria para Sky fazer o mesmo para imortalizar o momento no Instagram.

Observou o rosto sério e esperançoso de Sky e não teve coragem de fazer nada daquilo. Terra estava certa em relação a Sky, da mesma forma como estava certa em relação a ele. Sky era um bom moço. O melhor. E ele era o pior de todos.

– Sente-se ali e seja você mesmo, irmão – Riven sugeriu. Levantou o celular e fez sua primeira *selfie* com Sky.

Em seguida, conferiu a foto. Riven parecia estranho naquela imagem. Talvez pareceria estranho em qualquer foto ao lado de Sky. Talvez aquela visão fosse a primeira demonstração do futuro de inferioridade de Riven como amigo de Sky.

Sua vontade era de apagar a foto.

Mudou de ideia e publicou a foto no Instagram, com a legenda: "Boa notícia, garotas: agora é oficial. Preparem-se para votar nos colegas de quarto mais bonitos de Alfea, pelo segundo ano consecutivo".

– Sua legenda não seria muito desrespeitosa com as mulheres? – A voz de Sky soava suspeita.

– Eu não teria coragem de fazer isso, Sky! – Riven piscou, irônico. – Você está me ferindo.

– Oh, não, Riven. Por que...

Logo abaixo da postagem, os comentários começaram a pipocar. Riven leu cada um deles com uma sensação de previsibilidade.

"Imagine ser colega de quarto de Sky... INVEJA!!"

"Quem é ESSE com tantos emojis de fogo?"

"Sorte! Você não é ele heheh."

"Apague a foto", a consciência de Riven ordenou. "Apenas apague." Em vez disso, ele simplesmente desativou os comentários. Se ele não fosse obrigado a ver as mensagens, não precisaria pensar nas opiniões negativas sobre si. Planejou cair no esquecimento para o resto do ano. Na realidade, deveria começar naquele momento.

Tudo seria diferente no ano seguinte. Ele seria diferente. Seria amigo de Sky, mas faria outros amigos também. Teria uma namorada. Não uma demente com Stella, mas uma bem legal. Ele e Sky seriam iguais, em um dia muito próximo. Mais importante do que qualquer coisa, não haveria mais aquela história de aparecer na estufa e ficar se lamentando como um perdedor.

Riven assentiu, concordando para si mesmo com sua decisão, levantou-se e guardou o celular em um dos bolsos e a garrafa de prata no outro. Completaria a garrafa com mais bebida mais tarde, assim que tivesse uma chance.

Com a faca na mão, começou novamente sua sessão de malabarismo, jogando-a no ar, acompanhado com o olhar a trajetória da lâmina, brilhando em seu movimento de subida e de descida. Estendeu a mão e a agarrou, o reflexo rápido após muita prática. Faca em mãos. Pelo menos por enquanto.

No próximo instante, Riven derrubou a faca no chão. Culpa de Sky, que escolheu aquele momento particular para se aproximar e lhe dar um breve e tenso abraço, movendo-se com rigidez como se talvez não tivesse abraçado muitas pessoas antes em toda a sua vida.

– Sim para abraços entre amigos – Sky lhe disse.

Riven bateu levemente nas costas dele quando respondeu ao gesto e se viu sorrindo de verdade. Escondeu o sorriso no ombro de Sky para que ninguém percebesse.

– Anotado!

Água

Antes de Aisha chegar em casa, ainda havia uma última coisa que deveria fazer. Muito tempo atrás, decidiu nadar duas vezes por dia, todos os dias. E, quando ela decidia qualquer coisa, nunca desviava de seu foco. Quando dizia "todos os dias", significava "todos os dias".

Não importa quão estranho aquele dia tivesse sido.

Aisha amava água em todas as suas formas; contudo, após ver os riachos da floresta, as piscinas dos guerreiros e as fontes decorativas de Alfea, ela tinha um destino em mente. Tirou os sapatos, escalou as dunas e desceu em direção ao mar.

Quando o oceano estava diante de seus pés, a luz do sol refletindo na água, brilhando como um tesouro depositado diante de uma princesa, Aisha suspirou e finalmente se deixou relaxar.

Livrou-se de seu vestido midi azul pavão e roxo, largando-o para trás em um pequeno amontoado de tecidos nas areias. A água a envolvia enquanto entrava, pé ante pé, em outro mundo para finalmente mergulhar no mar. Estava, por fim, em seu elemento.

Aisha adorava nadar nas piscinas, treinar com suas colegas da equipe, nas raias demarcadas para saber exatamente qual era seu lugar. Contudo, há momentos em que uma garota precisa do mar. O som do vento assobiando rente ao mar foi a primeira canção de ninar de Aisha. Aprendeu a nadar em mar aberto, superando os próprios recordes e proclamando sua vitória diante das ondas. Naquele dia, queria quebrar o recorde de velocidade que havia estabelecido no último mês.

Quando partiu para o azul profundo, sua mente viajou de volta para a extensa floresta verde. Aisha considerou a perspectiva de futuros colegas de equipe em Alfea. Já simpatizara com Musa e pensou que poderia encontrar meios para ajudá-la a concluir a escola. Tudo o que Musa precisava era de uma companhia que não a pressionasse. Aisha não acreditava em Stella ou Beatrix, mas reparou que Terra, a Fada da Terra, tentava persistentemente conversar e ajudar as pessoas. Aisha apreciava o espírito de equipe. Pensou que Terra poderia ser uma amiga. Talvez Aisha pudesse dividir o quarto com Musa ou Terra. Seria muito legal.

A chave para se dar bem em Alfea seria ter uma colega de quarto com quem pudesse se dar bem. Aisha se esforçaria, e elas formariam um time. A não ser que fossem meninas maquiavélicas, não quisessem ser amigas ou a desprezassem por não ter ainda total controle sobre sua magia.

Sentiu outra pontada de pavor perturbando, inquieta, dentro dela quando se lembrou de seu poder explodindo, fora de controle, perto da fonte. Lembrou-se também da senhorita Dowling e de sua absoluta firmeza diante de poderes estranhos.

Aisha não permitiu que suas braçadas esmorecessem. Atravessou as ondas e venceu a corrida contra si mesma. Quando emergiu, parecia uma explosão de água cortando a superfície do mar, o rosto mirando o céu. Tudo era triunfante, azul sobre azul.

Aisha queria colegas de equipe, mas, se fosse necessário, poderia enfrentar os desafios sozinha. Acreditava em seu poder. Deveria primeiro contar apenas com uma equipe de uma pessoa: ela.

Em seu tempo, uma gota de água poderia furar uma pedra. A mudança do curso de um rio poderia mudar a terra. O mar poderia engolir uma costa. Um dia, uma gota de chuva poderia se tornar um oceano.

Aisha continuaria a vencer.

Terra

A porta da estufa se abriu, Terra sufocou seus soluços e limpou os resquícios das lágrimas de seu rosto. Se fosse Riven voltando para rastejar e implorar por seu perdão... Bem, ela jamais o perdoaria, pelo contrário, ela o desprezaria com altivez. Mas, se fosse...

Não, não era Riven. Era Sam.

– Oh – Terra se mostrou surpresa e explodiu em mais lágrimas.

Seu irmão parecia aterrorizado e se apressou para se sentar ao seu lado, o braço envolvendo seus ombros, na lama sob as samambaias. Os irmãos sempre se sujavam, cuidando do jardim juntos. Terra já tinha dez anos quando percebeu que as sardas de Sam não eram apenas sujeira.

Ela e seu irmão não eram muito parecidos, mas tinham as mesmas sardas.

– Aquele Especialista te importunou!

– O que está dizendo? – Terra perguntou, consternada. Foi quando se deu conta de que o irmão estava se referindo ao outro Especialista.

Sam tinha uma expressão mortífera no olhar, muito diferente do seu jeito sempre calmo e bem-humorado. Aquilo pegou Terra de surpresa, e ela não sabia como Sam entendera tudo errado, porém gostou de saber que ele se preocupava com a irmã.

Terra deu um tapinha no braço dele.

– Quem se importa com aquele cara? Eu bati nele com algumas árvores e fiz a erva da lagoa se enroscar nos pés dele e enterrá-lo em um monte.

Sam era a única pessoa em Alfea que não se espantaria com aquela declaração. Ele arqueou levemente a sobrancelha, para em seguida sorrir e aceitar.

– Não saberei como encarar nosso pai quando você for presa por assassinar alguém com uma planta.

– Não seja bobo, Sam – Terra disse. – Todos sabemos que matar é errado. Se um dia eu matar uma pessoa com uma planta, será por uma boa razão, como me proteger de algo ou de uma pessoa má, e eu antes tentaria contê-lo ou subjugá-lo, é claro. Não usaria uma planta venenosa com intenção letal, isso seria profundamente irresponsável. Usaria trepadeiras ou galhos fortes que pudessem erguer uma pessoa, ou plantas aquáticas se estivesse perto da água, mas eu nunca manteria ninguém submerso tempo suficiente para causar qualquer dano cerebral. De qualquer forma, seria uma boa ação, e eu não deveria ser presa por isso.

Sam a cutucou.

– Pensamos em muitas coisas, não é? Bem, se o cara não te incomodou, então por que estava chorando?

Por que estava chorando? Terra virou a cabeça para que Sam não visse os olhos vermelhos, e com a ajuda das folhas tenras da samambaia afastou a última lágrima.

– Acho que estava apenas me sentindo um pouco solitária – ela falou.

– Ah, Terra – Sam lamentou, os ombros caídos ao suspirar. – Eu realmente sinto muito. Tenho sido um lixo de irmão neste ano, não é?

Houve um silêncio. Terra não pensou em contradizê-lo. O irmão havia sido seu parceiro de bagunça a vida toda, sem outras crianças ao redor, exceto Sky, brilhando a distância. E, de súbito, ela se viu completamente só. E se viu às voltas com más companhias e tomando péssimas decisões, algumas relacionadas a arbustos espinhosos do tamanho de espadas, e se lamentou.

Era cercada pelo vidro e pedra da estufa, pelas folhas das plantas e pelos cestos pendurados no telhado, os delicados cactos e as enormes samambaias que Terra se sentia bem. Estar ali, com todo o ambiente familiar, lhe dava a sensação de um abraço. Aquele era o seu lugar de poder, e ninguém tinha o direito de estragá-lo ou invadi-lo.

Sam tinha o mesmo valor que a estufa para ela, uma visão familiar e amada com sua jaqueta verde surrada e seu cabelo escuro penteado com gel, que o fazia se sentir um cara descolado.

Ocorreu-lhe que o cabelo de Sam sempre fora desarrumado antes daquele ano. Talvez Terra não fosse o único membro ansioso da família Harvey que queria se encaixar no ambiente de Alfea.

– Sam, você não é um lixo de irmão – Terra quis deixar o clima menos pesado. – Mas é sempre muito irritante, obviamente.

– Você não é a única pessoa que sonhou em finalmente poder frequentar Alfea – Sam pontuou. – E, sim, honestamente, quando pensei em zoar com os garotos ou sair para encontrar uma menina, não pensei que minha irmãzinha estivesse pronta para compartilhar comigo o mesmo lugar. Já imaginou seu irmão Sam em um clube só de garotas na casa de árvore?

– Não, sinceramente, não – Terra admitiu. – Haveria uma placa proibindo sua entrada.

Na realidade, ela tinha formado um clube no qual Sam era barrado para que ela pudesse brincar de fazer reuniões em paz com suas bonecas. Em sua infância, os amigos eram imaginários. Infelizmente, seus amigos continuavam imaginários.

Plantas poderiam ser consideradas como amigas imaginárias? Pois suas amigas eram as plantas.

No entanto, no ano seguinte, seus amigos não seriam imaginários. Seriam pessoas, e não plantas. Por segundos, Terra não conseguiu pensar em nada, como um golpe de onda cerebral balançando-a com a força de sua própria natureza. Ela presentearia seus novos amigos com plantas. Seria uma maneira infalível de conquistá-los. Sim, o próximo ano seria um marco em sua vida.

Por enquanto, teria apenas o irmão chato ao seu lado.

– Foi um grande erro de minha parte não cuidar de você – Sam admitiu. – Não tinha a menor ideia de que estava sendo atormentada pelos malditos Especialistas! Pensei que estaria bem, cuidando das plantas na estufa como sempre. Preocupei-me mais comigo pensando que levaria algum tempo para, você sabe, fazer amigos. Namorar.

O pé de canna-índica próximo a eles tinha folhas grandes e largas. Terra aproveitou para limpar suas mãos sujas de lama em uma das folhas, como se fosse um pedaço de papel. Sam observou a cena com restrições, ele nunca seria capaz de usar plantas como objetos de higiene pessoal. Mas ela estava tão integrada àquele ambiente que vivia em total harmonia com a natureza.

– Não posso culpá-lo por tentar namorar antes de, inevitavelmente, ficar careca, como nosso pai – Terra brincou.

Sam lhe deu um leve empurrão.

– Por que você sempre tem que trazer esse assunto à tona? Isso pode não acontecer...

– Perca as esperanças, meu irmão, porque a genética às vezes é cruel. A careca virá, como os brotos na primavera. – Terra torceu o nariz. – É por isso que está tentando deixar seu cabelo mais ajeitado? Ei, agora entendi! Aproveite cada fio dele enquanto ainda pode, Sam!

– Ok, se continuar a zoar comigo, voltarei a ignorá-la – Sam ameaçou.

Terra parou de rir. A provocação ainda era muito presente entre eles, a dor muito recente; assim, sempre que Sam tocava em algum assunto dolorido, tinha vontade de bater nele.

O irmão colocou seu braço ao redor do ombro dela e a apertou.

– Estou só brincando. Não se preocupe, sempre estarei pronto para protegê-la, irmãzinha.

Sam não esteve lá para protegê-la quando ela precisou. Mas apareceu quando estava chorando. Seu irmão estava ao seu lado naquele momento, mesmo se pensasse que era uma fracassada. Ele estava certo. Todos pensavam que Terra era uma perdedora. O que importava era que Sam ainda a amava. E ela o amava.

– Quer saber? Você é um grande e irritante idiota – Terra falou amorosamente. – E você ainda nem tem uma namorada. Nenhuma surpresa nisso!

Sam pegou um punhado de terra e tentou colocar por dentro da gola Peter Pan da irmã. Terra lutou contra ele com a ajuda de folhas de samambaias dando alguns tapas nele para protegê-la. A magia da terra dela sempre fora mais agressiva. Sam foi uma criança da paz e da natureza e por isso se considerava inferior a qualquer pessoa.

– Não quis me envolver com nenhuma garota do meu ano desde que as conheci – Sam disse, arrogante, depois de derrubar várias samambaias. – Foi apenas uma questão de escolha.

Terra bufou.

– Certo – ela hesitou –, eu não me envolvi com ninguém no Dia da Orientação – confessou em voz baixa. – Não de uma forma amigável, quero dizer. Mas... e se eu nunca tiver um amigo?

Sam a abraçou. Terra apoiou a cabeça no ombro do irmão mais velho e fungou.

– Não se preocupe, você fará amigos – ele prometeu, sussurrando em seu ouvido. – Mesmo que você seja um poço de preocupações, eu prometo que terá amigos. – Sam suspirou. – E, se uma das suas colegas de quarto for bonita e interessante, você poderá me apresentar a ela.

Terra bateu nele.

– Fique longe de mim e de todas as minhas amigas no próximo ano! Saia de perto! Minhas amigas serão muito legais, e você estará proibido de incomodá-las!

Sam abriu um sorriso, enquanto ela o agredia com os punhos. Mesmo que seus olhos ainda estivessem úmidos, ficaria sentada na rica terra, ao lado do irmão e respirando o perfume do jasmim. Assim se sentiria pronta para sorrir de novo.

Luz

O dia seguinte ao Dia da Orientação estava brilhante e muito bonito, e Stella estava planejando almoçar com Sky e Ricki, porque as demais colegas de quarto estavam angustiadas. As meninas rastejaram por sua atenção, e talvez Stella até pudesse ceder ao pedido delas, mas, naquele momento, Stella queria estar com as pessoas em quem confiava.

Contemplou sua mesa exclusiva e as lindas pessoas ao seu lado com suprema satisfação. Quando seu olhar encontrou o solitário e mal-humorado semblante do traiçoeiro de plantão, seu sorriso quase desapareceu, mas tentou mantê-lo firme nos lábios.

Quase tudo estava lindo. A única coisa chata era a presença de Riven, mas Stella era ciente de que a vida não poderia ser completamente perfeita. Pelo menos enquanto não fosse rainha, quando então poderia exilar aquele chato para sempre.

– Meus queridos amigos – ela declarou, colocando sua bandeja sobre a mesa de almoço ao lado de Ricki... e de Riven.

Riven brindou a ela com a garrafa de prata, levando-a até a boca logo em seguida.

– Você está... – Stella não conseguia acreditar no que estava vendo. – Você está bebendo aqui no restaurante, na hora do almoço? É realmente isso o que está acontecendo aqui?

– Você sempre me inspira, princesa – Riven fez um gracejo.

Stella desviou seu olhar para as fotografias em preto e branco dos alunos notáveis de Alfea, que foram obrigados a testemunhar Riven profanar seus salões sagrados.

Sky observava o colega de quarto com ar preocupado.

– Isso não é nada bom para seus reflexos, Riv. Aliás, não é bom para nada.

— Especialistas precisam de fígados saudáveis — Ricki concordou. — E se você estiver podre e sofrer um atentado, tipo, esfaquearem o fígado?

Ela soltou seu riso alegre, contagiando Stella e Sky. Apenas Riven, com sua natureza deplorável, não sorriu. Seu semblante estava um pouco mais desagradável do que o normal, Stella refletiu. Olhando para ele, a princesa não conseguia imaginar como pôde um dia acreditar que ele seria uma opção como parceiro adequado para Ricki.

— Estou apenas me divertindo — ele disse, vestindo sua expressão mais azeda e desprezível possível.

Stella revirou os olhos.

— Por Deus, não me importo com sua saúde mental ou física! Concentro-me nas coisas importantes da vida e tenho um reino a zelar. Seu comportamento não me afeta em nada, Riven.

Ele fez uma careta, e Stella zombou dele, mas sabia que tinha de elaborar um novo plano para Riven. Enquanto isso, preferiu pensar que Sky tinha adotado um cão abandonado em um momento de bondade equivocada.

"Sinto muito por ele, eu sei que ele não é fofinho. Mas o meu namorado de coração de ouro é, sim, fofinho, não é?"

Stella tentou se conformar com a teoria. Pensou que aquilo funcionaria. E vasculharia toda a escola para ajudar Ricki a encontrar um rapaz digno dela. Essa pessoa *tinha* de existir. Embora ninguém fosse tão bom quanto Sky. Era muito triste seu namorado ser órfão, com uma trágica história de vida, e não ter nenhum irmão fofinho para conquistar Ricki.

Seu olhar percorreu o salão discretamente. Graças ao pequeno candelabro que ela colocou sobre a mesa, conseguia ver que todos estavam bem. Ninguém aparentemente percebeu o fato de Riven ser um atormentado delinquente. As pessoas a observavam com admiração e inveja. Quando Stella estendeu a mão encontrando a mão de Sky, a inveja em muitos rostos femininos ficou mais evidente.

Refletindo sobre a maravilhosa natureza de Sky e a desconfiança inerente de outras pessoas, seria prudente tomar cuidado com as outras garotas, impedindo-as de se envolverem na vida de Sky. Com exceção de Ricki. Ela tinha absoluta confiança na amiga.

– Vamos nos concentrar em coisas importantes – Ricki disse com entusiasmo. – Todos concordam que a decoração para o Dia da Orientação estava fabulosa; portanto, um brinde à princesa!

Ela levantou um copo com suco espumante de maçã. Sky sorriu e brindou quando Ricki se aproximou.

– À princesa – ele concordou com ternura.

Riven fingiu vomitar. Apesar da falta de educação dele, a princesa considerou que o momento era adequado para uma homenagem e sorriu carinhosamente para seu namorado e sua amiga.

– Vamos brindar também a todas as pessoas reino de Solaria. Não podemos nos esquecer delas, porque, vocês sabem, também podem ser bondosos.

Piscou para Sky, cujos cabelos loiros queriam penetrar em seus olhos azul-escuros como feixes de trigo reluzentes. Deveria respeitá-lo mais, assim como sua amiga, Ricki. Inclinou-se por cima da mesa e deu um beijo em Sky.

A perturbação dissimulada de Riven se intensificou.

– Obviamente, quando me referi às pessoas comuns que eu respeito, não estava me referindo a você, Riven – disse Stella quando voltou ao seu lugar.

– Se você achasse que eu era legal – Riven se manifestou –, seria forçado a simular minha própria morte, porque não suportaria sua falsa simpatia.

– Pessoal, em algum momento vocês terão de aprender a conviver – Sky ponderou.

Stella e Riven assentiram com um gesto de cabeça. Sky era um tipo de alma bondosa, para quem a esperança sempre triunfava sobre o realismo, mas a loira não suportava seus delírios com essa história de boa vontade entre os homens.

– Vocês deverão aprender – Sky insistiu – se quiserem conviver comigo, quero dizer, já que convidei Riven para ser meu colega de quarto de novo para o próximo ano e ele concordou.

– Estou repensando se quero dividir o quarto com você; aliás, estou repensando em tudo – Riven disse.

Sky então começou a dar diversos tapas na cabeça de Riven.

Riven tentou se proteger da pancadaria, dando alguns golpes de volta, mas não com a mesma força dos que recebia.

– Estou horrorizada por saber que você tomou essa terrível decisão, Sky – ela falou com sinceridade. – Mas, para sua sorte, você me lembrou de que ainda não escolhi a minha colega de suíte. Ricki, vamos ser colegas de quarto no próximo ano, não vamos?

Ao perguntar, sentiu uma súbita falta de ar. E se Ricki não quisesse ser sua colega, depois de todos os eventos do Dia da Orientação? Stella não gostaria de dividir o quarto com alguém que conspirasse contra ela.

A princesa não teve de esperar em suspense por muito tempo. Ricki gritou de alegria e a abraçou.

Sky não se deu por satisfeito e chamou o adversário para um combate na rua, sendo aceito de pronto. Enquanto os meninos estavam expressando seus sentimentos batendo um no outro, até Riven cair no banco sobre os paralelepípedos, Stella, uma princesa extremamente civilizada, colocou seu braço no ombro de Ricki.

A expressão no rosto da amiga era de pura alegria.

– Eu amaria, Stella. Mas tem certeza de que é isso que quer?

– Naturalmente, tenho certeza – Stella concordou. – Eu não tenho sempre razão? Você não é minha melhor amiga?

Ricki assentiu com um gesto de cabeça entusiasticamente, braços ao redor da cintura de Stella e a cabeça apoiada no ombro dela. Stella escondeu o sorriso entre os fios de cabelo de Ricki, não querendo demonstrar sua emoção e alívio.

Estava tudo acertado. Seriam colegas de quarto e melhores amigas para sempre. Sky ficaria ao seu lado e seria sempre leal.

A senhorita Dowling não sabia o que estava dizendo quando alertou Stella de que sua magia estava fora de controle; certamente a subestimara, assim como a rainha Luna sempre fizera. Não, estava sendo injusta. Havia diferença no modo de pensar entre sua mãe e a senhorita Dowling, pois tinha certeza de que, se estivesse com problemas, a diretora a ajudaria.

A verdade era que a ajuda não seria necessária. O dia anterior havia sido uma exceção. Stella não precisaria da ajuda de ninguém novamente.

Olhou ao redor do salão através dos arcos de pedras e das portas abertas. Muitos lugares em Alfea tinham as portas abertas para oportunidades.

Stella pôde ver o caminho dourado do futuro à sua frente, como se ele se estendesse diante de seus olhos, iluminado com sua própria magia.

Ela seria admirada e amada por ser praticamente perfeita em todos os sentidos. Cuidaria de Ricki e se certificaria de que a amiga seria a garota mais brilhante da escola. Perto dela, obviamente.

Concluiria o ano com estilo, e seu próximo ano em Alfea seria muito mais glorioso que o primeiro.

Stella tomou um gole do suco espumante de maçã, transformando-o em um líquido dourado com sua luz, e, sim, era doce. O brinde de sua melhor amiga ecoou silenciosamente em sua mente.

"Um brinde à princesa."

O coração envelhece

— Admito que a orientação foi um experimento que não tenho interesse em repetir, mas, pensando bem, o evento como um todo foi até divertido — disse Farah, já em sua sala da diretoria, após um longo e estafante Dia da Orientação, seguido por um dia muito mais longo para esclarecer seus efeitos posteriores.

O pequeno truque de Stella e Aisha com a fonte realmente criou um enorme buraco na cerca, exigindo dela e de Ben muito tempo para consertá-lo.

Farah recostou-se na cadeira esculpida atrás da escrivaninha e sorriu. O diretor Especialista Silva, seu substituto e a segunda pessoa mais importante em Alfea, estava bem acomodado em uma de suas poltronas de couro marrom e jogando uma faca no ar para se distrair, como um garoto.

Silva arqueou a sobrancelha.

— Você acha engraçado que os estudantes façam especulações repugnantes sobre sua vida pessoal? — perguntou a ela.

O técnico parecia muito mais ofendido com o problema do que ela. Pessoalmente, Farah achou hilária toda a questão.

Como estava de folga, apesar de nunca sentir que estivesse totalmente ausente de Alfea, Farah não se sentia confortável atrás da escrivaninha. Deixou seu lugar de diretora e foi se sentar na poltrona ao lado de Silva. A mesa ao lado do sofá era na realidade um baú no qual ela guardava sua armadura de batalha. Havia muitos anos que não o abria. Um copo estava sobre a tampa, fazendo do baú uma pequena mesa de canto.

— Pense em tudo o que nos preocupava quando tínhamos a idade deles — disse Farah. — Gosto da ideia de que são capazes de serem jovens tolos.

– E eles precisariam ser tão tolos assim? Pessoalmente, preferiria um pouco menos de tolice – Silva resmungou. – Tudo tem limite.

A diretora examinou seu escritório com silencioso deleite. No passado, havia sido um domínio de Rosalind, muito solene sob vigas de mogno. Farah gostava de pensar que havia feito boas mudanças. Atualmente era a sua sala, pintada com sua tonalidade preferida de azul e estêncil dourado em volta das formas circulares das janelas. Instalou mais prateleiras nas paredes até o teto, completando-as com livros desgastados pelo tempo, edições com lombada dourada e vasos de plantas com que Ben havia lhe presenteado e que, segundo ele, o faziam pensar nela. As folhagens tinham cores suaves e eram robustas com raízes profundas. Farah recebeu o presente como um elogio. Apreciava aquelas plantas, molhava-as e as mantinha viradas para a luz do sol, na esperança de que prosperariam.

– Por acaso, você encontrou o que estava procurando? – Silva perguntou, com um olho nela e o outro na faca. A diretora não achou que a pergunta fosse tão casual como ele tentou fazer parecer.

– Eu... não tenho certeza – ela respondeu. – Não encontrei nada que pudesse me deixar satisfeita. Talvez não haja nada para ser encontrado, mas precisava voltar para o Primeiro Mundo para me convencer disso.

– Por que não me manda para lá? – ele perguntou, voluntariando-se de súbito.

Farah balançou a cabeça.

– Se houver algum segredo de Rosalind no Primeiro Mundo, certamente será relacionado à magia. Eu sou uma fada e devo enfrentar magia com magia. Se eu encontrasse um monstro, pediria a você e sua espada para detê-lo, mas este é meu problema. Não seria justo ou honesto exigir que você corresse perigo por algo que eu não gostaria de enfrentar. Qual seria sua resposta?

Silva ficou intrigado diante daquela pergunta, como se ela já soubesse a resposta. Parou de brincar com a faca, guardando-a em um de seus diversos bolsos escondidos da jaqueta escura.

– Eu diria que estou sob seu comando – respondeu.

– Oh, sem dúvida – Farah riu discretamente, deixando o assunto de lado. – De qualquer forma, tenho meus próprios pés e minha própria magia. Acredite em mim, posso enfrentar o perigo por mim mesma e voltar sã e salva. Já fui uma vez e não foi tão ruim, não é? Confesse, você mal percebeu minha ausência.

Uma piada sutil e um pouco de autocomiseração, e eles puderam abandonar aquela conversa.

Desde sempre, Saul e Ben a supriam com o que fosse necessário, nada mais do que isso. Se precisasse deles pelo bem de Alfea, seria a primeira a lhes pedir ajuda, mas desejava lidar sozinha com toda a responsabilidade.

O olhar de Silva, muito azul e austero, estava focado nela.

– Está enganada, diretora, pois eu percebi sua ausência. Todos perceberam. Você é o coração pulsante desta escola, Farah – ele garantiu. – Não se pode deixar de notar quando seu coração para de bater.

– Oh – Farah se surpreendeu. Aquele não era o Saul que ela conhecia. – Pare com isso. Não há necessidade de agir como se você não conseguisse viver sem mim.

– Eu não consigo viver sem você – o diretor declarou.

Não. Farah acreditava que também não poderia viver sem ele ou Ben. Eles estavam unidos para sempre, as três almas que saíram vivas de Aster Dell. Mas jamais falaram sobre o assunto.

– Como está seu aluno, Sky? – ela perguntou de súbito, desviando a conversa para o assunto favorito de Saul, e o seu olhar de aço suavizou rapidamente.

– Excelente atleta, como sempre. A esquerda dele é infalível, sempre luta como se tentasse proteger alguém que está perto dele, mesmo quando não há ninguém ao seu lado. Ainda é o Especialista mais promissor que Alfea jamais viu. E, creia, não estou sendo tendencioso.

Seus olhos examinaram os dela, desafiando-a a dizer que ele estava defendendo o jovem.

— Eu nunca diria que você é tendencioso. — Ela sorriu.

— Estes são os fatos, ele se esforça muito e tem talento, o que é fundamental — Saul continuou a falar com sua voz severa, mas que escondia um verdadeiro orgulho e felicidade. — Ele quer compartilhar o quarto com aquele moleque, Riven, novamente no próximo ano. Fui contra em princípio, mas estou me acostumando com a ideia. O garoto está aos trancos e barrancos ultimamente; estrangulou o pobre do Mikey quase até a morte no treino de hoje cedo.

— Oh, que bom! Eu adoro estudantes estrangulados pela manhã — Farah comentou, sorrindo.

Silva, imune a sarcasmos quando está concentrado em um assunto, apenas arqueou as sobrancelhas.

— Estava pensando em alguém diferente para ser o parceiro de batalha de Sky, alguém com real compromisso com a luta, mas... talvez eu estivesse errado. Não queremos que as crianças cresçam exatamente como nós.

Só de pensar naquilo, Farah estremeceu.

— Por favor, tudo menos isso.

— Estou um pouco preocupado com Stella — Saul revelou, cauteloso.

Farah se lembrou de quando observava o rosto dos jovens, um por um, enquanto fazia o discurso de encerramento do Dia da Orientação. Lá estava Stella, cintilante como a decoração de luzes que ela organizou. O pequeno estratagema de Stella foi mal orientado, mas Farah notou o modo como sua magia adornava a escola, e não apenas ela. A rainha Luna considerava o mundo inteiro como uma caixa onde estava guardada a maior e mais valiosa joia de Solaria: ela; mas, por mais dramática e imperfeita que Stella pudesse ser, a diretora sabia que a princesa era diferente.

Contudo, ser diferente não seria o suficiente para Stella se salvar. Farah havia conhecido pessoas heroicas. Quanto mais forte a emoção, mais forte era a magia, era a verdade corrente na boca dos habitantes de Solaria. Aqueles que sentiam a magia mais intensa e apaixonadamente, cuja luz brilhasse mais forte, corriam o risco de se extinguir e cair em profunda escuridão. Rosalind havia sido poderosa e inspiradora, uma líder que Farah queria seguir por toda a sua vida. Andreas fora um guerreiro corajoso e bonito com quem as mulheres sonhavam e por ele suspiravam. E tudo acabou em cinzas.

– Também estou preocupada com Stella – Farah concordou. – A rainha é nossa aliada, e não quero me colocar contra ela, mas deve ser muito difícil ser filha da soberana de Solaria.

Respeitosamente, Silva não falou, mas sua expressão dizia muito. Ele havia liderado missões para a rainha Luna, esteve no palácio mais vezes do que Farah. E foi assim que Sky e Stella se conheceram.

Anos atrás, Farah queria se esconder em Alfea e se curar. A rainha Luna havia concordado que a ajudaria a cobrir a tragédia de Aster Dell. Farah poderia ter Alfea, e Luna teria o apoio dela e de Silva. À época, pareceu um acordo justo.

O tempo mostrou que ela não estava correta. Farah não conseguia se esquecer do olhar assombrado de Stella quando a jovem estava sentada naquele mesmo escritório com as mãos unidas, implorando para que Farah *não* a ajudasse.

O que uma mulher que faz o que faz com a própria filha poderia fazer para um reino? O que Luna fez ao reino deles?

Se Luna era uma ameaça para Solaria, Farah deveria agir, assim como ela agiu contra Rosalind. Mas certamente os medos de Farah não tinham fundamento. Sem dúvida, nunca poderia existir outra Rosalind ou outra Aster Dell.

Farah ficou muito cansada apenas com a ideia de outra batalha. Ela se inclinou na direção da cadeira onde Silva estava sentado. Era um alívio tão grande falar com liberdade para alguém em quem pudesse confiar.

– Você viu como a luz queimou no ar, como se a magia de Stella se transformasse em outro sol por um momento? Devemos, no mínimo, agradecer porque ninguém olhou diretamente para ele.

– Mas você pode ajudá-la. – A expressão dele era de atenção.

– Poderia se ela permitisse ser ajudada – Farah suspirou. – Mas ela não quer ajuda, não confia em mim. – A diretora respirou fundo. Era amargo de se admitir, mas aquela era a verdade. – Nenhum deles confia em mim. Eu nunca fui o tipo de pessoa acessível, para quem os alunos pudessem contar seus problemas. Esta é minha falha, e não dos meus estudantes. Desconheço o truque para encantar as pessoas para ficarem ao meu lado, como Rosalind conhecia. Desejaria mais do que tudo conhecer o encantamento.

Rosalind possuía muitos poderes, mas aquele era o único que Farah invejava. Poderia ajudar os estudantes se houvesse uma relação de confiança entre eles.

O cenho de Silva estava franzido.

– Se a princesa chateou você...

– Ela não me chateou, claro – Farah tentou forçar um sorriso –, eu desejava apenas saber como ajudá-la melhor. Ela tem um potencial e tanto. Encontrei vários outros estudantes com potencial no Dia da Orientação. Acho que o próximo ano será muito interessante, houve até um garoto que quase se afogou em dos lagos dos Especialistas ou foram apenas boatos?

– Foi um momento glorioso – Silva sorriu com orgulho. – A pequena Terra foi a mentora desta lição de respeito.

— O que ela fez? — Farah ficou um pouco preocupada. — Ben sabe disso?

Silva balançou a cabeça negativamente.

— Acho que ele ficaria aborrecido se soubesse, Farah. Não faria sentido perturbá-lo, não concorda?

— Eu acho que alguém deveria ter resolvido a situação.

— Eu cuidei do problema — Silva declarou. — Eu disse ao Especialista em questão que, se ele incomodasse qualquer um de nossos estudantes, eu pediria a Terra para arrastá-lo pelo caminho, e depois seu corpo seria jogado no lago, para que nunca fosse encontrado. Situação dominada.

Farah duvidou de que ele tivesse resolvido a situação com Terra. Sabia que Saul morreria pelos filhos de Ben. Também sabia que ele preferiria nunca ter qualquer tipo de conversa com eles.

Silva fora uma criança calada e agora ele era um homem taciturno. O segredo que jamais poderia contar a Sky parecia ter lacrado seus lábios para todo o mundo, e Farah o respeitava demais para invadir sua mente. Mas não podia deixar de admitir que não o fazia porque receava descobrir tudo o que Saul perdera por ela quando eram jovens e o quanto ele tinha de ressentimento guardado contra ela por isso.

O erro foi dela, e não de Saul. Fora ela quem dera a ordem para enfrentar Rosalind. Para salvar Farah e Ben, Saul havia sacrificado seu melhor amigo. Depois disso, foi obrigado a conviver com a culpa que verdadeiramente era dela. Jamais conseguiria fazer as pazes com ele.

— Muito bem, Saul — ela disse. — Mas, se Terra tentar afogar mais alguém com suas amigas ervas daninhas, estrangular outra pessoa com suas trepadeiras ou se quiser perfurar alguém com seus espinhos, serei obrigada a ter uma séria conversa com ela.

Ela já havia recebido diversos relatórios negativos de outros jardineiros. O primeiro ano de Terra Harvey na escola poderia se mostrar perigoso, mas, se Alfea conseguiu lidar com a princesa Stella, poderia encarar Terra sem problemas. E nada levava a crer que ambas pudessem unir forças.

Farah se lembrou de um velho ditado que dizia que as piores ervas daninhas eram capazes de se entranhar em pedras e por vezes rachá-las. Pensando nisso, talvez Terra, sendo uma força da natureza, pudesse compartilhar o dormitório com uma garota que precisasse romper suas próprias barreiras. Farah se lembrou do jeito calado e desesperadamente reservado de Musa, a Fada da Mente que viu no Dia da Orientação. Aquelas considerações valiam a pena ser feitas.

Por outro lado, a expressão facial de Saul indicava que considerava demasiadamente tolerantes as sanções de Farah para conter comportamentos inadequados.

– Eu acho que Terra poderia ter a permissão de reprimir Riven com suas trepadeiras se ela assim quisesse – ele opinou. – Como uma ameaça, quero dizer. Seria bom para o garoto.

– Eu desaprovo qualquer tentativa de repressão contra qualquer estudante, não importa quão irritantes você os considere – Farah advertiu. – Esta é a minha opinião. Se Sky colocou o rapaz sob sua asa, tenho certeza de que Riven ficará bem.

A fisionomia do diretor se iluminou à menção do nome de seu pupilo, como se o sol tivesse nascido sobre as sombrias montanhas de granito.

– Quem sabe todos os alunos de Alfea se saiam bem – Farah continuou. – Talvez tenhamos cometido todos os possíveis equívocos em nossa época, portanto não há mais erros a serem cometidos por nossos estudantes.

Farah falava com mais esperança do que realmente com convicção. Não era como Ben, que sonhava poder manter as crianças a salvo de tudo e de todos. E também não era como Saul, que queria que todos estivessem preparados para a guerra.

O que ela sonhava para todas as almas de Alfea era um lugar para aprender, crescer e escolher. Farah amava aquele lugar porque era onde as boas oportunidades nasciam. Oportunidades para o bem ou para o mal, tinha de admitir.

Contra sua vontade, os olhos de Farah se demoraram no espaço de seu escritório onde a porta secreta estava escondida. De súbito, desviou o olhar para longe.

– Se algum de nossos alunos fosse como você – Silva conjecturou –, talvez a vida não seria tão ruim. O mundo precisa de bons líderes.

Ela mal sabia o que dizer, sentiu-se tocada.

– Acredito que sim, precisamos de líderes.

O diretor fixou o olhar em suas botas.

– Não quero que eles passem pelo que nós passamos.

Tudo o que podia fazer era dar apoio ao amigo, o que não era muito, ela sabia.

– Sei o que sofreu – Farah disse – e os pesadelos que teve depois de tudo o que passou. Mas não precisa falar sobre isso se não quiser, Saul.

– Felizmente... não foram somente pesadelos; aprendi muita coisa com os meus erros. E esta experiência quero transmitir para o meu garoto – ele disse, referindo-se a Sky.

Farah lançou um olhar interrogativo.

– Além de um escudo, a proteção mais importante que um soldado pode ter é alguém em quem ele possa sempre confiar – disse ela. – Você ainda sente falta de Andreas... – ela murmurou.

A coisa mais natural do mundo era vê-los um ao lado do outro. Enquanto estavam vivos, Andreas e Silva jamais ficaram distantes um do outro. Houve um tempo em que Farah desejava que houvesse um pouco mais de distância entre eles, embora amasse ambos igualmente, mas naquele momento seu coração se corroía de pena pelo companheiro de proteção deixado sozinho.

Ela se assustou quando Silva se mexeu e se inclinou para a frente.

– Farah – ele chamou, com um semblante sereno, apenas visto nos momentos em que ele falava sobre Sky – Não estava me referindo a Andreas, mas, sim, a você.

Aproximou-se e pegou na mão dela. Farah observou as duas mãos unidas e se lembrou de quando soube que Rosalind havia mentido, que Aster Dell não era um lugar de monstros, mas apenas uma tranquila aldeia. Ficou muito assustada, pois sabia que deveria ter desafiado sua líder e, pior, sozinha.

Mas bastaria uma única palavra, e Saul fecharia os dedos em volta da empunhadura da espada, pronto para lutar por ela.

– Oh – Farah se comoveu, duvidando do seu próprio tom de voz, então decidiu falar. – Saul, sempre me perguntei sobre o que havia acontecido no passado. Já se foram quase dezesseis anos desde Aster Dell. Se houvesse crianças naquela aldeia e se tivessem sobrevivido, a essa altura teriam idade suficiente para virem a Alfea. Mas, se não lhe perguntar agora, nunca mais o farei.

Silva se encolheu ao ouvir o nome de Aster Dell, mas continuou a escutar.

– Se pudéssemos voltar no tempo, se fôssemos confrontados com os mesmos problemas e eu lhe pedisse para me seguir em todas as nossas aventuras, o que você me diria?

Os olhos dele se fixaram no rosto de Farah por mais um momento, azuis como a chama de uma vela inabalável. Em seguida, curvou-se sobre a mão dela, como se fosse beijá-la.

– Eu diria novamente que estou sob seu comando.

Ambos eram pessoas muito reservadas. Passaram-se alguns minutos até que o constrangimento extremo se instalasse.

Silva soltou a mão dela e rapidamente se levantou sem a sua habitual postura de soldado.

– Devo ir embora... para verificar... as armas.

Farah concordou, resoluta. O armamento era sua companhia segura.

– Até amanhã, diretor Silva – ela disse rapidamente. – Tenho certeza de que será outro maravilhoso dia de formação das jovens mentes.

Saul olhou por cima do ombro.

– Não faço ideia do que seja isso. Usarei meu tempo planejando como bater nos alunos com galhos de árvores.

A declaração provocou uma gargalhada em Farah, fazendo com que o diretor sorrisse ao sair da sala, travesso e satisfeito, como o menino que um dia ele foi.

Saul sempre afirmou como Sky era parecido com Andreas. Contudo, quando o desastre aconteceu, Farah correu para Saul mais ligeira do que as flechas que ele lançava em suas caçadas. Ela nunca teria escolhido Andreas para socorrê-la. Em sua mente, não havia dúvida de quem era o melhor entre os dois. Se Sky tivesse a rara coragem de ficar contra um amigo para desembainhar sua espada e despedaçar o próprio coração, Farah saberia com quem o jovem havia aprendido a ser assim.

A porta se fechou atrás dele, e a diretora de Alfea estava sozinha em seu domínio.

Muito tempo atrás, sobre as cinzas de Aster Dell, Farah se ajoelhou e prometeu a si mesma: "Preciso reparar isso. Devo fazer algo realmente maravilhoso".

Então pensou em como Alfea brilhou no Dia da Orientação, polvilhada com o brilho das estrelas de Stella, e mais uma vez veio à mente seu discurso diante daquela multidão de estudantes. Cada um deles era uma potencial possibilidade. Em cada rosto, uma luz.

Talvez em Alfea sempre houvesse uma possibilidade à espera, até mesmo para ela. Talvez, um dia, houvesse um estudante que enxergaria Farah além de suas reservas, das barreiras que ela havia construído contra a culpa e a dor, barreiras que ela não sabia como derrubar. Quem sabe uma fada acreditaria que ela desejava apenas ajudar e que confiaria nela para isso. Não culpou nenhum dos estudantes por não acreditar nela, mas daria tudo para mudar a situação. Para que pelo menos um estudante estendesse a mão para ela.

Era uma fantasia estranha, mas às vezes pensava que, se apenas um estudante confiasse nela, talvez pudesse acreditar em si mesma também. Assim como era na sua juventude.

Pensou no perfil delicado de Stella. Depois pensou em Terra, forte como a primavera, em Aisha, implacável como um chicote, e em Musa, que se isolou, mas que teve a coragem de ir a Alfea. De repente, e mais estranhamente, Farah pensou naquela menina Bloom, do mundo humano, com seu cabelo parecido com uma chama e a voz, com um sino.

Farah colocou o copo vazio sobre a mesa, levantou-se e balançou a cabeça para livrá-la daquelas visões.

Talvez no próximo ano.

Deveria voltar para seus papéis de trabalho antes que eles se transformassem em uma enorme pilha e desmoronassem sobre ela. Tempos atrás, Farah tinha uma técnica para lidar com todos aqueles papéis, porém as tarefas foram se acumulando, e sua solução foi simplesmente tentar conter a enxurrada de documentos.

Por um momento, permitiu-se uma indulgência e ficou de pé diante da janela, círculos e mais círculos de vitrais inundados pela luz do luar. Admirou a extensa faixa de um rio, serpenteando ao lado de gramados bem cuidados, o labirinto pronto para esconder as pessoas, e as estátuas aladas comemorando o voo que não completaram.

O poderoso círculo de pedras, a cachoeira rugindo, as árvores em crescimento e as altas torres cinza do reino das fadas. A imensidão da floresta e a grandeza das montanhas e toda a graça, paixão, culpa e fé daqueles que viviam entre as paredes. Contemplar Alfea de seu domínio era um privilégio.

Ela podia ver o castelo e seus campos de dezenas de milhares de cores e amava cada luz de Alfea.

Um sonho de sua juventude, o derradeiro sonho se tornou realidade. Farah Dowling olhou o campo ao longe e acreditou que havia feito algo útil e maravilhoso por aquele lugar.

Enquanto vivesse, o sonho de Alfea também viveria. E, se fosse sábia e sortuda, se ensinasse seus alunos da melhor maneira que sabia, o sonho de Alfea continuaria vivo. Mesmo depois de sua própria morte.

Fogo

Bloom Peters, que tinha magia, mas não sabia, jogou o corpo para trás e sorriu com satisfação enquanto admirava sua obra artesanal. Ficara acordada toda a noite arrumando a luminária quebrada que a mãe lhe dera de presente. O esforço valera a pena. Havia sido incrível resgatar algo bonito dos destroços do passado.

A luminária brilhava, a armação em metal e o vitral multicolorido reluziam como novos, como uma flor feita de ouro e pedras preciosas. No dia anterior, Bloom encontrou a peça na soleira de sua porta. Em princípio, sentiu-se tentada a descer as escadas correndo para falar com sua mãe, porém Bloom era uma garota de ação, não de palavras.

Não pensou duas vezes: tomou a peça nas mãos, levou-a para dentro do quarto e começou a trabalhar.

Concluir seu trabalho infelizmente não foi somente alegria, pois também trouxe de volta aquele pensamento indesejável, como uma lufada de ar que entrou pela soleira da porta e penetrou em sua mente.

Custava a acreditar que sua mãe fora até seu quarto no dia anterior para falar sobre incêndios. Bloom sabia que era uma pária, mas estava longe de ser uma criminosa.

Na realidade, ela não se sentia nem um pouco chateada por aqueles eventos. O homem, proprietário da loja de antiguidades, era um idiota que havia enganado uma senhora enlutada para tomar toda a sua herança. E o incêndio no laboratório de ciências começou na carteira daquele cara chato, que conseguiu que três outras garotas se retirassem chorando do laboratório, na semana anterior, de tanto que as molestou. Então, o que aconteceria se suas coisas pegassem fogo?

Ninguém ficou ferido. Nenhum prejuízo, exceto para os idiotas de plantão.

Ela não estava arrependida, o que não significava que era a culpada pelos incidentes. O modo como sua mãe falou sobre os incêndios, o modo como sua mãe a encarou. Ela não falou nada, mas era como se sua mãe acreditasse que a própria filha tivesse algo a ver com o início do fogo.

Imagine pensar algo assim de sua própria filha.

Bloom não estava perto dos locais incendiados quando aconteceram, não possuía nenhum material inflamável e, além disso, não era nenhuma incendiária maluca. Se lhe perguntassem, a garota diria que o fogo era a justiça cósmica. Bloom ficava brava com a mãe sempre que ela pensava em acusações veladas. Ficava furiosa com a injustiça da mãe, sentindo o estômago revirar até doer, mas logo a razão voltava e acalmava seu temperamento.

Ultimamente, podia haver uma distância entre elas, mas sua mãe não poderia, em hipótese alguma, acreditar que a filha faria algo assim. Era impossível. Bloom não era uma destruidora, mas, sim, uma reparadora de coisas quebradas.

Sua mãe sabia, tinha certeza. Por isso havia deixado a luminária na soleira de sua porta, para confirmar que não teve a intenção de machucá-la.

Bloom ligou o rádio para ouvir uma música e balançou a luminária no ar, como se fosse uma batuta e ela estivesse regendo uma orquestra, satisfeita com o sucesso. Teria chamado seus amigos para lhes contar sobre o que estava vivendo, mas ela não chamou ninguém... porque não tinha amigos.

As pessoas mantinham distância de Bloom. Sempre fizeram isso. Até sua mãe começou a se afastar cada vez mais dela. Bloom não sabia por quê, pois não estava tentando empurrar ninguém para longe. Ela não se *sentia* diferente por dentro, mas também não sabia como outras pessoas se sentiam por dentro.

Os vitrais da luminária eram de diversas cores, mas sua cor favorita se destacou entre todas. O carmesim era um tom de vermelho muito bonito, como a cor do melhor vinho de seu pai, e refletia um lindo formato. Como asas.

A luminária ficou realmente muito bonita. Gostaria de mostrar para sua mãe, mas ela parou de se impressionar quando Bloom consertou muitas outras coisas, há muito tempo, e agora só reclamava de mães e filhas das suas aulas de ioga. Quando Bloom fracassou em suas iniciativas para conquistar amigos, ela insistiu para participarem de aulas de gastronomia e mergulho em grupos de mães e filhas. Quando Bloom era criança, ambas costumavam sair, apenas sua mãe e ela, liam livros de contos de fadas, inventavam suas próprias danças, consertavam juntas seus brinquedos quebrados. Ela bastava para sua mãe, mesmo nunca tendo sido uma líder de torcida.

Enfim, Bloom já estava um pouco velha para contos de fadas.

A jovem usava o depósito abandonado na sua casa, onde guardava algumas das coisas recuperadas, para que sua mãe não soubesse o que estava fazendo, com que frequência, nem quantas coisas possuía. Bloom sabia que a mãe não queria ver nada que a lembrasse de que gastava todo o seu tempo entre quinquilharias em vez de se divertindo com sua turma da escola.

Embora sua mãe obviamente soubesse da luminária, Bloom ficou tentada a levar o objeto para o depósito, para que pudesse curtir seus tesouros em paz. Talvez ela fizesse isso, poderia manter a luminária a salvo.

Estava mais feliz, a alegria renovada, e mais aliviada. Levantou a luminária contra a luz. Se olhasse através dos vitrais, poderia transformar seu monótono bairro de subúrbio em um mundo completamente diferente.

Bloom ainda não havia pensado sobre faculdades que poderia cursar, contudo, de repente, imaginou aquela luminária em um dormitório de uma universidade, um objeto trazido de muito longe. Se sentisse saudades de casa, onde quer que estivesse poderia olhar para a luminária e pensar: "Eu fiz isso. Minha mãe deu isso para mim. Trouxe esta luminária de minha casa".

Toda a sua vida fora atraída por coisas do passado, mas talvez aquele seria o momento de pensar no futuro. Seus pais sempre lhe disseram que Bloom fora feita para grandes propósitos. Aquilo soava muito bem, mas era também muito vago, o tipo de coisa que os pais sempre falam, como: "Acredite em você e poderá alcançar seus objetivos". Não importava quanto Bloom acreditava em si mesma, era improvável que salvaria um país ou se tornaria uma heroína de um conto de fadas. Mas ela poderia, sim, fazer alguma coisa. Queria realizar uma grande aventura, queria provar aos seus pais que sua estranha filha era capaz de coisas grandes.

Gostaria de deixar sua mãe orgulhosa.

Mas afastou os pensamentos inatingíveis de sua mente.

Sua mãe havia deixado a luminária na sua porta como um pedido de desculpas e um gesto de confiança. Bloom segurou a luminária e repousou o rosto no vitral, como fazia quando era mais nova e encostava seu rosto contra o de sua mãe, que costumava niná-la e segurá-la bem perto de seu corpo.

Às vezes Bloom desejava poder fazer uma grande descoberta, achar um tesouro incrível e que estivesse quebrado em pequenos pedaços. Então, Bloom teria a chance de consertá-lo, transformar um grande erro em um grande acerto.

O sol da Califórnia entrou por sua janela e iluminou as asas vermelhas desenhadas no vitral da luminária, tornando-as escarlate como uma chama.

O erro mais amargo

Senhor,

O que falei para o senhor? Nunca mande um idiota fazer o serviço de uma mulher. Aproveitei a oportunidade da visita a Alfea, no Dia da Orientação, e Callum Hunter provou ser um risível incompetente como seu espião. Observei incrédula como apenas a sorte o salvou de ser exposto quando executou suas manobras desajeitadas com a poção da verdade. Callum Hunter não será capaz de atrair ninguém para nosso lado. Aquele trapaceiro apenas os afastará de nós.

Não sou mais criança. Posso ir a Alfea, salvar Rosalind e encontrar o caminho para o poder de que precisamos. Todo o reino será nosso. Cada gota de seu sangue derramado custará um rio de sangue aos nossos inimigos. Tudo o que Farah Dowling, Saul Silva e Ben Harvey mais apreciam mudará de mãos, para nossas mãos.

Acredito ter encontrado alguns estudantes que podem ser passíveis de ficar ao nosso lado. Confie em mim para recrutar alguns garotos adequados para nossos objetivos.

Vou deixá-lo orgulhoso, Andreas. Você vai ficar feliz por ter me recebido. Prometo, vamos nos vingar pela traição de todos eles, inclusive pela tentativa de seu dito melhor amigo de matá-lo. Os antigos pecados dos traidores em Alfea finalmente serão pagos. Completamente.

Eles estão bem acomodados, presunçosos, em seu castelo, contudo a derradeira glória será sua e minha. Eu juro pelas cinzas de Aster Dell.

Sempre sua comandada,
Beatrix.

Reconhecimentos

Meus agradecimentos a Beth Dunfey, minha fabulosa e compreensiva editora, que sempre me convida para lugares divertidos; desta vez o reino das fadas! E a Naomi Duttweiler e a toda a incrível equipe de Escolástica.

Minha profunda gratidão a Suzie Townsend, minha gloriosa agente, à sempre proativa Dani Segelbaum e à maravilhosa equipe de New Leaf!

Muitos agradecimentos também a toda a equipe Fate: a equipe The Wing Saga, especialmente Sarah Sagripanti, que deu uma ótima sugestão para compor a personagem Aisha. E para Abigail Cowen, afinal nunca tive antes alguém em mente para escrever cinco livros! Obrigado por arrasar como uma fada heroína e uma bruxa também.

Também meus milhões de agradecimentos aos meus Revisores em Lockdown, Susan Connolly, que sempre gosta dos mesmos *bits* que eu, e Holly Black, que sempre soube que um dia me atrairia para as fadas. E aqueles que me apoiaram pelo Zoom, especialmente Chiara Popplewll, que mandou *cupcakes*.

E, finalmente, sempre a você, leitor, por ler meus contos de fadas.